世紀映像叢書 70

幾人相憶在江樓

——追尋現代文學史上的人影書蹤

徐魯 著

目次

下卷　鶴立霜天竹箑三

附錄　鉛字時代舊稿四篇

上卷　幾人相憶在江樓

大師的個性

　　翻譯過《莎士比亞十四行詩集》的著名詩人、翻譯家梁宗岱先生，少年時即成名，十六歲時已博得「南國詩人」美譽；十七歲時被沈雁冰、鄭振鐸邀請加入了著名的現代文學團體「文學研究會」。後來去法國留學，用漂亮的法文在歐洲著名雜誌《歐羅巴》和《歐洲評論》上發表詩歌和論文，得到法國文豪羅曼‧羅蘭的欣賞，並與當時的詩歌大師保羅‧瓦雷裏過從甚密。梁用法文翻譯的《陶潛詩選》，由保羅‧瓦雷裏親自做序。二十八歲時，梁氏從法國歸來，擔任北京大學法文系教授兼系主任，以後又陸續在南開、復旦、中山大學等著名學府任教和從事著譯工作。

　　也許是因為少年得意和性格使然，梁宗岱在文人中向來以喜歡爭辯、自負好勝而聞名。最有名的逸事是他與另一位希臘文學翻譯家羅念生先生的「大打出手」。那是在一九三五年，梁與羅在北京一見面，便就新詩的節律問題發生了互不相讓的爭辯。到最後，兩位西裝革履的、而且都已

詩人、翻譯家梁宗岱先生

大名鼎鼎的外國文學教授，爭著爭著竟然開始了肢體動作。
「他把我緊緊地按倒在地上，我又翻過來壓倒他，終使他動
彈不得。」多年後羅回憶說。

　　但兩個人卻保持著終生不渝的摯友之情。二十世紀八十
年代時，梁拖著病體，艱難地翻譯出了歌德的名著《浮士
德》上卷，身在北京的羅，親自為他奔走聯繫出版事宜。梁
在詩歌創作和翻譯上從來自負得不得了，但他這時竟然能
夠虛心聽取羅的意見。他晚年翻譯的《莎士比亞十四行詩
集》，「我提過一些修改意見，他都接受了，出乎我的意
料。」羅回憶說。

梁宗岱在復旦大學任教時的一個學生，也親眼看見過，梁與一位中文系的老教授為一個學術問題爭論不休，而終於發展到「君子動口也動手」的地步：兩個人從休息室一直打到院子當中，然後一齊滾進了一個水坑。等到兩人水淋淋地爬了起來，彼此看著對方的狼狽相，不禁又一齊放聲大笑起來……兩位性情君子放浪形骸的情景，令站在一旁訝然觀看而不知所措的學生們終生難忘。

青年時代的梁宗岱

文人君子動口也「動手」，還有更著名的一例，就是國學大師熊十力。熊十力在與哲學家梁漱溟尚未謀面的時候，曾先通過書信，說梁在《東方雜誌》上發表的一篇文章裏，「罵我的話卻不錯，希望有機會晤面仔細談談」。不久，兩個人見了面。不用說，爭論得面紅耳赤而並無結果。爭論結束後，好鬥且好勝的熊十力覺得並沒解氣，竟趁梁漱溟轉身告別的時候，跑上前去報以老

梁宗岱先生手跡

《梁宗岱文集》封面

翻譯家羅念生先生

青年時代的羅念生

拳，口中連罵「笨蛋」方可甘休。熊的爭氣好鬥的性格，由此可見。

熊是湖北黃岡人，與當時的另一位新文學家、北大名教授廢名（馮文炳）是同鄉。一九四八年夏天，兩人都住在北京沙灘的北大公寓裏，門對門而居。當時，熊已寫出《新唯識論》，其中批評了佛教，而廢名卻是信仰佛教的，兩人常常因此而辯論不已，每次兩人的聲音都越辯越高，互不相讓，完全不顧「有理不在聲高」的雅訓。經常，院子裏的同事一聽到他倆的聲音，就知道這兩個湖北佬又「開戰」了。有一次，大家聽到他倆又在爭辯，可是，爭著爭著，竟然萬籟俱寂，一點聲音也沒有了。大家都感到好奇，忙到後院去看個究竟。原來，這兩位同鄉的博學君子竟然扭打到了一處，互相卡住對方的脖子，彼此僵持著，使對方都發不出聲音了。當時有人謂之「此時無聲勝有聲」。

這段逸事，在當時和後來的許多北大同人筆下都出現過。有的版本還

說兩人是在桌子底下扭打成了一團，熊十力終於不敵廢名，舊學者打不過新文人，最後被廢名又出了門外，卻仍然「邊逃邊罵」。不過，兩人過幾天相聚，又談笑風生，和好如初。當然，新一番爭論又會重新開始。張中行先生在他的書中說過，「這動手的武劇，我沒有看見，可是有一次聽到他們的爭論。熊先生說自己的意見是最對，凡是不同的都是錯誤的。馮先生答：我的意見正確，是代表佛，你不同意就是反對佛。」

兩位博學大儒既執著於維護自己的學術見解，又不失為純真和狂放的性情君子風采，由此可見一斑。

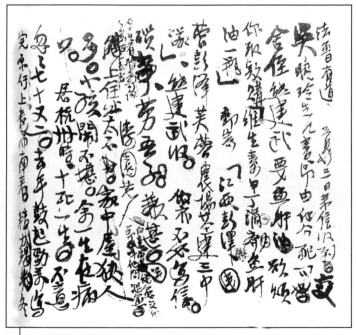

熊十力先生手跡

梁漱溟先生題簽的《熊十力及其哲學》封面

現代作家廢名先生

哲學大師熊十力先生

廢名小說集《橋》初版封面

《羅念生全集》封面

知己文字

　　一九一七年二月，青年作家周瘦鵑將自己的一部歐美短篇小說選集譯稿交給老牌的中華書局，以《歐美名家短篇小說叢刊》為書名，正式出版。書出版後，中華書局將樣書送到教育部審定。如獲通過，可獲得一些來自教育部的獎勵和資助。這年十一月三十日，《教育公報》上刊出了當時送報到教育部的一些參評圖書的評審意見。其中一份《通俗教育研究會審核小說報告》中，刊佈了這樣一段評語：

　　「《歐美名家短篇小說叢刊》凡歐美四十七家著作，國別計十有四，其中意、西、瑞典、荷蘭、塞爾維亞，在中國皆屬創見，所選亦多佳作，又每一篇署著者名氏，並附小像傳略。用心頗為懇摯，不僅志在娛悅俗人之耳目，足為近來譯事之光。唯諸篇似因陸續登載雜誌，故體例未能統一，命題造語，又系用本國成語，原本固未嘗有此，未免不誠。書中所收，以英

國小說為最多，唯短篇小說，在英文學中，原少佳制，古爾斯密及蘭姆之文，系雜著性質，於小說為不類。歐陸著作，則大抵以不易入手，故尚未能為相當之紹介，又況以國分類，而諸國不以種族次第，亦為小失。然當此淫佚文字充塞坊肆時，得此一書，俾讀者知所謂哀情慘情之外，尚有更純潔之作，則固亦昏夜之微光，雞群之鳴鶴矣。」

這段文字寫得十分精到、漂亮，不僅充滿真知灼見，而且文辭優雅，富有情采。該肯定的，都予以了充分肯定，對不足之處，也指正分明，令人心服口服。如果用後來唐弢先生所說的「書話的散文因素需要包括一點事實，一點掌故，一點觀點，一點抒情的氣息」來衡量，這無疑也是一篇標準的文藝「書話」。

當時一般人都不知道，這段文字是出自魯迅先生之手。是知堂老人後來回憶說，其時魯迅正供職教育部，在社會教育司任科長，這份評語就是魯迅親自撰寫的。教育部對周瘦鵑這部翻譯小說最終的結論是：「復核是書，搜討之勤，選擇之善，信如原評所雲，足為近年譯事之光。似宜給獎，以示模範。」

兩年之後（一九一九年），周瘦鵑果然收到了中華書局轉來的一份來自教育部的獎狀：「茲審核得中華書局出版周瘦鵑所譯之《歐美名家短篇小說叢刊》三冊，與獎勵小說章

程第三條相合，應給予乙種褒狀，經本會呈奉教育部核准，特行發給以資鼓勵」云云。知堂還回憶說，魯迅對於周瘦鵑能采譯英美以外的作家的小說最是稱賞，有「空谷足音之感」，只是可惜不多，因此魯迅原本很希望周瘦鵑繼續譯下去，給新文學增加些新鮮的氣息，可是不知怎的，後來周瘦鵑不再有此類譯作問世。

青年時代的魯迅先生

　　事實是，周瘦鵑當時並沒有機緣看到魯迅先生的這段評語。當他後來也是從知堂回憶中得知這段掌故後，他幾乎已經中止自己的翻譯生涯了。周瘦鵑後來在《永恆的知己之感——追念我所敬愛的魯迅先生》一文中說：「我才知道魯迅先生和我有這麼一段因緣，不由得感激涕零，深深地引起了知己之感。」他還回憶到，三十年代他去內山書店買書看書時，「總能看到魯迅先生坐在店堂後面的籐椅上，和店主內山完造在那裏聊天。我對著這位文藝界的巨人，有些自卑的感覺，不敢前去招呼，只是遠

周瘦鵑散文集《花花草草》封面

周瘦鵑譯《歐美名家短篇小説叢刊》封面

遠地看他幾眼，廢然而去。如果早知道我年青時蒙他老人家刮目相看，那一定要走上去致一個敬禮，表示我這一份永恆的知己之感。」

魯迅先生和周瘦鵑的這一段動人的文字因緣，也使我想到了另一個話題。按說，魯迅的這段評語，只是他作為政府「公務員」而撰寫的不署個人名字的「職務文字」。職務文字而能寫得如此優雅講究，毫不敷衍，先生從文、治學之認真和敬業的態度，由此亦可見一斑了。再想到今天的一些政府官員，無論大小會議，動輒就用秘書或手下起草的八股公文，千篇一律，空洞無文，味同嚼蠟，面目可憎。與魯迅先生這樣的「職務文字」相比，真乃天壤之別，豈可同日而語。

現代作家周瘦鵑先生

周瘦鵑先生手跡

雪霽月光風不夜 天儀之舞步共歡 翩躚歌喉串 北珠圓泰國 衣冠都豐之八 方羣众目闌之 空前勝會雲空 前　周瘦鵑

俯首甘為孺子牛

　　魯迅先生的一生愛恨分明。他的著名詩句:「橫眉冷對千夫指,俯首甘為孺子牛」,可以說是他的性格最形象的寫照。

　　他尊重孩子,關心孩子。早在一九一八年,他就向全社會發出了「救救孩子」的吶喊。不久他又在《我們現在怎樣做父親》裏,企望成人們能夠「自己背著因襲的重擔,肩住了黑暗的閘門」,而放孩子們到「寬闊光明的地方去;此後幸福得度日,合理的做人」。

　　他在自己的許多作品裏,不無留戀地描寫了他的童年以及童年時的小夥伴們的生活。《從百草園到三味書屋》、《社戲》、《阿長與〈山海經〉》、《故鄉》等等,無論對小讀者還是成年人,都有著迷人的魅力。他懷念「社戲」時節和「百草園」裏的孩子們那天真爛漫、無憂無慮的自由生活;他同情被苦難的命運損害和軋傷了的童年時代的小夥伴「閏土」。他把自己最美好的希望寄予未來的一代孩子們的身上,相信「他們應該有新的生活,為我們所未經生活過

的」好日子。他很欣賞一位日本作家的《與幼小者》裏的話，他覺得這也是他的心聲：

「幼者啊！將又不幸又幸福的你們的父母的祝福，浸在胸中，上人生的旅路吧。前途很遠，也很暗。然而不要怕。不怕的人的前面才有路。」
「走吧！勇猛著！幼小者啊！」

魯迅、許廣平和幼年時的周海嬰

他因此也常常為自己曾經在兒童身上做過的「錯事」而感到愧疚和不安，覺得那無異於一種「精神的虐殺」。我們都記得他在散文《風箏》裏懷著懺悔的心情回憶過一件小事。這是一件真實的事情。一九五六年九月，許廣平女士在北京北海少年之家舉行的魯迅先生紀念會上也曾講述過，魯迅先生曾多次檢討自己當年對待小兄弟有些太凶了。曾有一次放學回家，他不知道自己的小弟弟（周建

魯迅和幼兒時的周海嬰

魯迅和夫人、兒子合影

晚年的魯迅

人）到哪裡去了，後來才發現小弟弟正躲在一間堆積了雜物的小屋裏，用自己從後園裏撿來的小竹竿兒紮風箏。他覺得弟弟這樣做是在貪玩兒，是件沒出息的事兒。於是他伸手折斷了尚未做完的一隻蝴蝶風箏的翅骨，又將風輪擲在地上，狠狠地踩扁了，然後「傲然走出，留他絕望地站在小屋裏」。許多年後，當他終於明白，遊戲是兒童最正當的行為，玩具是兒童的天使的時候，他的心頓時變得像鉛塊一樣沉重。為了補過，他曾對小弟弟提起這件事，但小弟弟卻詫異地問：「有過這樣的事嗎？」好像他已經不記得了。魯迅先生因而感歎道：「他不記得這件事，使我更不好受。」還說，自己做過的事，尤其是錯事，應該牢牢地記住，尤其是在孩子身上做過的錯事。

他把這種愧悔牢記在心裏，默默地為更多的孩子而辛勞地工作著。他收集過江浙一帶的兒歌，他為孩子們翻譯出版了許多優秀的讀物如

《表》、《小彼得》以及愛羅先珂的童話等等。他對自己的下一代，如姪女周曄、兒子周海嬰等，也鍾愛至極。當海嬰還小的時候，許多文壇朋友常常在他家裏聚談到深夜。每當這時，他總會悄悄地關掉熾亮的電燈而點起蠟燭。他說，孩子要睡覺時是最怕光的，我們不能影響他。他在寫給友人的書信裏，也總不忘附帶記上幾筆海嬰的成長痕跡，一腔拳拳的慈父之情令人感動，真是「無情未必真豪傑，憐子如何不丈夫」。

著名作家唐弢在他所寫的《魯迅先生的故事》中，向我們講述過這樣一件小事：魯迅先生在北京的時候，有一次，他到一個書店裏去聯繫出版的事。一個中學生模樣的少年人匆匆忙忙地跑進來，這個少年人不認識魯迅先生，把他當成了書店的夥計。因為魯迅先生的穿著總是朴樸素素，衣服上還常常打著補丁。先生問明他的來意，原來是要買一本《吶喊》。魯迅先生便親自把書遞給他。這個中學

魯迅譯《小約翰》封面

魯迅設計封面的《小彼得》（許霞譯）封面

魯迅《二心集》初版封面

魯迅《吶喊》初版封面和扉頁

生吃力地從衣袋裏掏出幾毛錢，放在先生的手裏。那錢還是暖暖的，帶著體溫。這股暖氣一直烙印在魯迅先生的心頭，使他受到很大的感動。他知道年輕一代熱愛他的著作，對他懷著很高的崇敬和期望。從此，他更加嚴肅認真地為青年一代工作著，嚴厲地審視著自己的作品，以不至於貽誤年輕的後一代。

還有一個深秋的中午，天下著小雨。魯迅先生坐在書店的一角，正和店主人閒談著。這時，一個穿著黃色制服的年輕人走進來，他是一個公共汽車上的小售票員。他拿起一本有著瓷青色封面的小說，愛不釋手地撫摸著。這本書正是魯迅先生翻譯的蘇聯小說《毀滅》。小售票員撫摸著書，又想買，又猶豫不決。魯迅先生看在眼裏，便走過去，溫和地問道：「想買這本書嗎？」「是的。」小售票員回答說。

魯迅先生於是從書架上抽出另外一本中文書遞給他：「你買這一

本吧。」小售票員接過書，見封面上題著《鐵流》二字，定價一元八角。他的頭便垂下來，讓濃密的頭髮遮住了慚愧的臉色。「我買不起，先生。」他囁嚅著說，「我的錢不夠……」

「一塊錢你有沒有？一塊錢？」魯迅先生問道。「有！」小售票員抬起頭，恢復了勇氣。「那麼，這兩本書你都拿去吧，一塊錢。」

小售票員驚喜地一面掏錢，一面仔細地端詳著這個奇怪的老人：瘦削的身材，濃黑的鬍鬚，頭髮一根根倔強地直豎著，和善的眸子裏閃著智慧與慈祥的光芒……小售票員猛地記起了從雜誌上看見過的魯迅先生的照片。他幾乎是驚叫起來：「哦，您，您就是……」

魯迅先生輕輕地點一點頭，微笑著解釋道：「這本《鐵流》是曹靖華先生譯的。他也很困難，得收回一點點成本。我譯的這本《毀滅》，就送給你了。」

現代作家、學者、魯迅研究專家唐弢先生

唐弢散文集《回憶 書簡 散記》封面

俯首甘為孺子牛

小售票員感激地深深鞠了一躬，眼睛裏噙滿了淚水。他依依不捨地告別了魯迅先生，匆匆地跑進小雨之中……

　　四年之後，魯迅先生終於疾勞而逝。小售票員得知噩耗，痛苦著追述了這件小事。他說：每當困難和憂愁的時候，一想到這件事，一想起魯迅先生來，我就更加堅強起來了。

風流總被雨打風吹去

　　魯迅先生《集外集拾遺補編》裏有篇短文，針對當時文壇上一些作者的筆名，為自己定下了幾個「不看」：署名「鐵血」「俠魂」「古狂」「怪俠」「亞雄」之類的不看；署名「蝶棲」「鴛精」「芳儂」「花憐」「秋瘦」「春愁」之類的不看；自命為「一分子」，自謙為「小百姓」，自鄙為「一笑」之類的也不看；自號為「憤世生」「厭世主人」「救世居士」之類的也不看。這篇短文裏固然帶著魯迅的幽默，但也真實地反映了當時文場的一種景象：各種化名筆名，矯揉造作，肉麻當有趣；或自鄙，或自憐，或自負，或自賤，標新立異，五花八門。而使魯迅不屑一顧的這些寫手，也多半是當時的「洋場才子」和「小報文人」。清末民初，上海灘十里洋場，小報叢生，魚龍混雜。這些人就生存在小報的密林裏。

　　他們都是「傳統文人」，舊學根底深厚，詩、文、書、畫、曲幾乎無所不能。但是「新文學」運動的興起，科舉

周瘦鵑散文集《花木叢中》封面

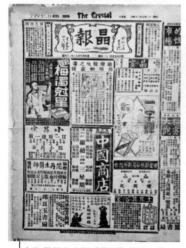

上海灘著名小報《晶報》版面一頁

制度的廢棄，使這批傳統文人漸成「另類」，甚至成為了新文學的「對立面」。新文壇不給他們飯吃，他們就只好在小報上另起爐灶，施足拳腳。小報的興起，不僅給這些風流才子和閒適文人提供了生存的空間，也使許多擅長經營通俗副刊的報人和編輯有了用武之地。小報之間也互相攀比和促進，或搭夥求財，共生共榮；或你追我趕，相互較勁。例如，你辦一張日報，我就辦一張三日報，三個「日」湊成一個「晶」字，於是就有了《晶報》；你有了《晶報》，那我就用「金剛鑽」來「剋」你，於是又有了一張《金剛鑽報》；你說我辦的是小報，我就偏要給它命名為《大報》。從晚清到二十世紀二三十年代，上海灘上先後出版的各類小報竟有七百種之多。

曾經寫過《民國的身影》、《梅蘭芳與孟小冬》、《人間四月天》、《張愛玲·色戒》等一系列近代文化題材著作的學者蔡登山先生，窮數年

功夫，耙梳故紙，鉤沉史籍，遴選出
二十來位曾經馳騁海上的洋場才子和
小報文人，如陳冷血、陳蝶仙、嚴獨
鶴、周瘦鵑、秦瘦鷗、張丹斧、範煙
橋、王小逸、陳小蝶、陳蝶衣等，寫
成了一部《洋場才子與小報文人》，
既尋繹了他們的洋場生活軌跡，再
現了他們的小報文人生涯，也鉤沉了
一些事件和一些人物的來龍去脈，探
討了小報文人的命運沉浮和彼時彼地
風華流轉的秘密，讓我們從多年來一
直佔有主流地位的近代文學史和出版
史體系之外，看到了另一種被遮蔽已
久、甚至被完全埋藏在故紙堆中的文
壇景象。

張恨水長篇小說《啼笑姻緣》
舊版封面

　　洋場才子們的寫作才情大都汪洋
恣肆、倚馬可待，下筆千言而風月無
邊。例如以「市井風情」見長的通俗
小說家王小逸，就常以「捉刀人」、
「愛去先生」等筆名，每天為大小十
幾家報紙寫連載小說。據登山先生考
據和統計，他一生為三十五家小報寫
了一百多部連載小說，而且能適應各

種海派小報的「風格」。有一次，《海報》編輯金雄白請他同時寫四部中篇連載小說，筆調要求一學紅樓，一仿西廂，一追三國，一效仿水滸，結果，王小逸十日之內全部交稿，筆下風光旖旎、韻味各異，各篇情節，機杼獨具，絲毫不亂。這位小說家的容貌卻是「恂恂如三家村學究」，或近似「南貨店阿大」一般。更令人叫絕的是，因為每天同時要向十幾家小報交稿，跑來跑去地為各家送稿子，實在費時費力，於是他想出了一個好辦法：索性跑到各家小報都集中在牯嶺路上的某家印刷所裏，在隆隆作響的印刷機旁支了張桌子，現寫現排，既節省了時間，各家也都不得罪，十幾個連載裏各自的人物線索都被他安排得有條不紊、循序漸進，從沒有夾纏混淆過。王小逸因被稱為「奇才」，也難怪當時有「有報皆『捉』，無刊不『愛』」之說。而「無白不鄭補」之說，指的是「補白大王」鄭逸梅。鄭氏文章大都是短小的「補白體」，有時短到只有幾個字，如「許地山擅彈琵琶」之類。但是他熟稔掌故，舉凡金石書畫、版本目錄、雕刻塑像、詩文詞翰、技工巧匠、才媛名流、戲劇電影、醫藥氣功、烹飪飲食、名勝古籍、花木蟲魚，皆能俯拾即是，化作筆下的散銀碎金。他一生寫下的補白文字竟超過兩千萬字，是小報文人中的又一「奇跡」。

再如馳騁流行歌壇六十多年的洋場才子、歌詞大佬陳蝶衣，不僅是資深的小報編輯，而且詩、詞、劇、曲、小說、雜文無所不能。光是為各個時期的影劇寫的流行歌詞

范煙橋編劇的《西廂記》（周璇主演）劇照

就有三千多首，因有「三千首」之謂。從周璇到鄧麗君，從蔡琴到張惠妹，中國流行樂壇上一代代歌星，都演唱過他寫的歌詞。

　　小報文人們的日常生活也多風雅浪漫，甚至是放浪恣肆的。他們的生活狀態，有時就是他們筆下故事的「現實版」和離奇情節的「繼續」。例如曾經被張愛玲作為「湯孤鶩」這個人物的原型寫進《小團圓》的鴛鴦蝴蝶派小說家、《紫羅蘭》雜誌編輯周瘦鵑。周青年時在一所中學執教，鄰校是一所女校。周每次經過女校，都會與一個女生相遇。女生每次對他嫣然一笑，令瘦鵑為之傾倒，以至於風雨無阻，漸

周瘦鵑主編《紫羅蘭》創刊號封面

范煙橋長篇小說《孤掌驚鳴記》封面

成「日課」。晚年的周瘦鵑寫有《一生低首紫羅蘭》一文，透露了這段隱情：「我之與紫羅蘭，不用諱言，自有一段影事，刻骨銘心，達四十餘年之久，還是忘不了。因為伊的西名是『紫羅蘭』，我就把紫羅蘭作為伊人的象徵，於是我往年所編的雜誌，就定名為《紫羅蘭》、《紫蘭花片》，我的小品集定名為《紫蘭芽》、《紫蘭小譜》，我的蘇州園居定名為『紫蘭小築』，我的書室定名為『紫羅蘭盒』，更在園子的一角壘石為台，定名為『紫蘭台』，每當春秋佳日紫羅蘭開放時，我往往癡坐花前，細細領略它的香色；而四十年來嵌在心頭眼底的那個亭亭倩影，彷彿就會從花叢中冉冉地湧現出來，給予我以無窮的安慰。」這本身就是一個浪漫動人的「鴛鴦蝴蝶」故事。

陳蝶仙（天虛我生）也是一位身兼小說家、詩人、翻譯家、報人、書畫家、實業家的洋場才子。他的生活經歷也如一部「鴛鴦蝴蝶派」的小

說。他十九歲娶妻，妻子出身書香門第，能詩會畫。妻子臨產前那幾天，他搬張矮幾坐在床邊，一邊陪伴妻子，一邊趕寫纏綿悱惻的愛情小說《淚珠緣》。而這本小說卻是寫給他正在熱戀的蘇州才女顧小姐的。顧小姐得知蝶仙的小說是為她而寫，卻也並不覺得特別興奮和感動，據說她讀罷之後只淡淡說了一聲：「寫得不錯。」

曾經寫過一百五十多部通俗小說、翻譯過一百多部外國小說的陳冷血，也是小報文人裏的佼佼者。他一邊編輯《時報》，一邊寫連載小說和翻譯小說，同時還喜歡養狗、攝影、打麻將，有時就在報社編輯部裏拉開麻將桌，隨時入局，興致所至居然還會「飛箋召妓」，據說他後來的一個小妾就是這麼召來的。另一位資深的洋場才子唐雲旌，人稱「唐大郎」，當年也是典型的小報文人。因為生活放浪不羈，身邊總是舞女如雲，朋友們說他天生一副「春宮面孔」。他後來竟然也娶了一個舞女為妻，笑言「她是我睡到天明不要錢的人」。

長期以來，小報文人和從事新文學者「井水不犯河水」，彼此之間壁壘森嚴。但其中也有不甘自我庸俗與鄙薄，試圖破除壁壘而與新文學「接軌」者，如《社會日報》、《世界晨報》、《時代日報》等，最終就和新文學家們達成了一定程度上的攜手合作。創辦過《社會日報》的小報文人陳靈犀就一再撰文「抗爭」：新文學的作家和小報發生了關係並非「罪惡」，小報也未必皆如新文學家所說的那

蔡登山著《繁華落盡》（簡體字版名
《洋場才子與小報文人》）封面

麼「惡劣」。話雖如此，但誠如登山
先生所言，這些小報文人寫的東西雖
然迎合了市民一時的口味，一旦時移
世變，卻無法經得起時間的淘洗，曾
經的繁華，終歸也只好「無可奈何花
落去」了。

這些洋場才子和小報文人的命運
沉浮和最後歸宿，也是令人唏噓和感
歎的。登山先生在書中做了許多力所
能及的追尋和交待。例如《夜上海》
的詞作者、著名南社詞人和小說家范
煙橋，「文革」期間和周瘦鵑、程
小青被列為鴛鴦蝴蝶派的「三家村」
而受盡凌辱和折磨。為避免更大災
禍，他把自己一生視為心血的所有著
作，包括從一九一五年起五十年不曾
間斷的日記、手稿、信箋、書籍和收
藏等，都在園中假山洞裏付之一炬，
連續燒了三天三夜。所有的東西燒光
了，一代文人的魂也沒有了。不久這
位洋場才子就鬱鬱而終。當年的同道
之一鄭逸梅，為範煙橋的「後事」補
寫了這樣一筆：「煙橋交遊甚廣，一

定素車白馬，吊客盈門，豈知不然。除家屬外，往吊者僅周瘦鵑一人。瘦鵑深歎涉世如蜀道之難，人情比秋雲之薄，實則其時株連羅織，哪裡有人敢來執紼，敢來奠觴。不久，瘦鵑被迫投井，除家屬外，吊者並一人而無之。」

　　海上洋場從來就是煙花幹雲、春風勝遊之地，舞影婆娑、杯盞交觥之間，留下了多少風流豔跡和鴛鴦蝴蝶故事。但是百年之後，多少樓臺歌筵都曲終人散，隱入了蒼茫煙雨。所謂「風流總被雨打風吹去」。登山先生的這本書，雖然間或做一些文獻和掌故的甄別與考證，卻多半並非為了繁瑣的學術，而是出自溫潤的追憶情懷，是一曲繁華落盡的慨歎和一代才子命運興衰的挽歌。

珞珈散文三女傑

一

　　坐落在武昌珞珈山上的武漢大學，是武漢乃至全國創辦較早的高等學府之一，至今已是一所百年老校了。一九二八年，國民政府將創辦於一九一三年、而後又幾易其名的「國立武昌中山大學」正式改名為「國立武漢大學」，任命劉樹杞（字楚青，湖北蒲圻人，留學美國密歇根和哥倫比亞大學習化學）代理武大校長，又聘任李四光、王星拱、張難先、曾昭安、葉雅各、石瑛為武大新校舍建築設備委員會委員，李四光為委員長。李四光等人在武昌東湖邊的落架山一帶選定了新校址。選址時正值深秋，眼前水碧山黛，幽靜宜人，是高等學府的理想校址。校址選定後，「落架山」由詩人聞一多改名為「珞珈山」。不久，李四光又親赴上海，物色了美國建築師凱爾斯，包租了一架飛機直飛武漢，在珞珈山上空俯瞰了新校區。此後經測量、征地、修路等前期準備工作，於一九三〇年代中期陸續完成新校舍的建造。相當於當

國立武漢大學正門門坊

二十世紀三〇年代的武漢大學遠景

時價值三百多萬銀元的建築耗資投入，可謂我國近代建築史上少有的大手筆。武大校舍建築的造型與設計，以北京故宮的格調為藍本，對近代建築的功能亦兼顧，建築立面手法和風格典雅大方。

一九四九年以前，武漢大學曾經擁有過辜鴻銘、竺可楨、郁達夫、李四光、聞一多、葉聖陶、葉雅各、李達、蘇雪林、陳源（西瀅）、孫大雨、凌叔華、唐長孺、吳宓、楊端六、金克木、畢奐午等一長串在中國近現代文化、學術史和科學史上堪稱為大師的教授名單。郭沫若、胡適、老舍等文學家，也在這裏留下過匆匆逆旅中的足跡。武大校園，也是中國近現代大學中最美麗的校園之一。當年，建委會秘書長葉雅各是美國耶魯大學林學碩士，他為綠化專門聘請了一批園藝技師，幾年內，在校園內栽種了四十餘種樹木。我們今天所觀賞到的珞珈山上的櫻樹、桂樹、梅樹，都是那時栽種的。去珞珈山賞櫻，幾乎成為今日武漢市民每年春天的一個美麗的節日。三四月間前來珞珈山賞櫻的遊人，其萬頭攢動的勝景一點也不亞於日本三月的上野公園。

二十世紀三十年代，珞珈山麓的武大校園裏，也同時活躍著三位著名的女作家：凌叔華、袁昌英、蘇雪林。她們都以小說、散文創作和學術上的成就，在現代文學史上爭得了各自的地位，也成為三十年代珞珈山麓和武漢三鎮的文學美談。三人當時即擁有「珞珈散文三女傑」或曰「珞珈山三劍客」的美譽。

凌叔華與張秀亞、林海音、琦君等女作家的合影

二

　　凌叔華（一九〇四至一九九〇），原名凌瑞棠，筆名
素心、叔華等，原籍廣東番禺，生於北京。少女時代曾師從
繆素筠、王竹林等學習繪畫，成年後擅畫山水和蘭竹；也跟
「怪才」辜鴻銘學習過英語，跟家人在日本住過兩年，學會
了日語。一九二〇年考入燕京大學外語系，一九二五年在
《現代評論》發表小說《酒後》成名。此後主要在《現代評
論》、《新月》和《晨報》副刊上發表作品。一九二八年
由新月書店出版了小說集《花之寺》。次年，隨丈夫陳西

現代作家凌叔華女士

凌叔華和她的丈夫、
現代作家陳源先生

瀅（陳源）教授來到武漢大學。陳出任武大文學院院長，凌沒有受聘擔任教學工作，只在操持教務之餘，仍事創作，同時也參加了當時武漢的一些文藝活動。一九三〇年在武漢出版的文藝期刊《日出》上發表過短篇小說《鳳凰》等一批名篇。

凌叔華在珞珈山生活的這段日子裏，陸續出版了《女人》（商務印書館，一九三〇年）、《小哥兒倆》（良友圖書印刷公司，一九三五年）兩個小說集。她的小說曾得到魯迅先生的評價，認為她的作品「恰和馮沅君的大膽、敢言不同，大抵很謹慎，適可而止地描寫了舊家庭中的婉順的女性。即使間有出軌之作，那是為了偶受文酒之風的吹拂，終於也回復她的故道了。」魯迅還認為，凌的小說使人得以看見「世態的一角」，尤其是「高門巨族的精魂」。（魯迅《中國新文學大系·小說二集·導言》）

一九三五、一九三六年間，凌為《武漢日報》主編《現代文藝》週

刊，邀約過現代文學史上不少知名作家寫稿，力圖活躍文壇的空氣。該刊共出刊近百期，是當時在武漢發行的報紙上生命最長的文藝副刊之一。一九三八年三月，凌叔華參與發起成立「中華全國文藝界抗敵協會」，並列名《發起趣旨》中的文化工作者群體中。

凌在珞珈山生活的這個時期，武大外語系有位來自英國的年輕詩人、教授朱理安‧貝爾（Julian Bell）。貝爾出身於英國知識界的望族，屬於倫敦「布隆斯伯裏文化圈」裏的人物。他本人畢業於赫赫有名的劍橋大學英王學院，他的父親是著名的藝術評論家克萊維‧貝爾，母親是著名畫家瓦涅莎‧貝爾，他還是著名女作家佛吉尼亞‧吳爾芙的外甥。也許正是因為詩人朱理安‧貝爾，凌與佛吉尼亞‧吳爾芙一度關係密切，她接受了佛吉尼亞‧吳爾芙的一個建議，開始用英文撰寫自己的生平，每寫好一篇就寄給吳爾芙看。一九三八年夏天，凌隨武漢大學遷移到四川樂山。她和

凌叔華小說集《小哥兒倆》新版封面

凌叔華小說《花之寺　女人　小哥兒倆》合集封面

吳爾芙繼續保持著頻繁的通信聯繫。吳爾芙在這年十月寫給她的信上說：「我十分愛讀你寫的文字，這些文字不僅好看，而且彷彿具有一種說不出的魅力。」

她們的通信聯繫一直保持到了一九四一年吳爾芙因為抑鬱症去世時。戰後，凌叔華一家遷居英國，在另一位女詩人的幫助下，認識了吳爾芙的丈夫，並從吳爾芙的舊居中找到了她們的通信和那些寄給吳爾芙看的自傳手稿。五十年代裏，凌的這部英文自傳《古歌集》在英國出版，成為一本風行一時的暢銷書。

凌叔華在珞珈山時期的創作主要是小說，寫的散文並不多。珞珈山時期是她短篇小說創作的「黃金時期」。

三

袁昌英（一八九四至一九七三），號蘭紫、蘭子，湖南省醴陵人。其父袁雪安先生，畢業於日本早稻田大學，曾任北京民國大學部部長，湖南省代理省長等職。袁幼年起即受到良好的教育，一九一六年赴英國愛丁堡大學攻讀英國文學，在那裏認識了同鄉留學青年、未來的金融學家和商業會計學家楊端六。一九二一年袁、楊締結良緣。歸國後，袁曾執教北平女子高等師範學校，講授莎士比亞。一九二六年，袁捨下剛滿三歲的女兒（後來成為翻譯家的）楊靜遠，再赴歐洲，在巴黎大學攻讀法國文學和近代戲劇。兩年後回國，先在上海由胡適任校長的中國公學擔任教授，一九二九

年和丈夫一同來到武漢，住在武昌華村街，執教於武漢大學文學院，任外文系教授，擔任法文、戲劇、希臘神話和悲劇、莎士比亞、歐洲近代戲劇等課的教學。

現代作家袁昌英女士

袁昌英來到珞珈山不久，於一九三〇年在商務印書館出版了她的戲劇成名作《孔雀東南飛》。她這部重新演繹了一個古老的愛情故事的劇作，給當時沉悶的劇壇帶來了清新的氣息。一九三二年，武大新校舍建成後，她遷居到珞珈山前一區教授住宅群中。袁是武大首批聘任的教授之一，也是「珞珈散文三女傑」中年齡最長、學歷和資歷最高、在武大任教時間也最長的一位。在珞珈山期間，她寫作了大量散文、小說和文學評論，主要發表在《現代評論》、《現代文藝》和《武大文哲季刊》等刊物上，如《毀滅》、《琳夢湖上》，譯文《蘋果夫人》等。其後她將這些作品結集為《山居散墨》（商務印書館，一九三七年）出版。

在巴黎時期的青年袁昌英

《袁昌英散文選集》封面

袁昌英（前排中）和家人的合影

　　袁昌英和詩人徐志摩私誼深厚。在那本關於徐志摩和張幼儀的有名的傳記《小腳於西服》裏，作者曾轉述過一個細節：張幼儀第一次見到袁昌英的「小腳」時，竟是十分的憂慮和不安，她甚至還臆測，袁也許就是志摩準備迎娶的「二太太」。實際上，當時袁已經名花有主，她的小腳也已「解放」，她與徐詩人也只能是一種柏拉圖式的文人間的心儀與相惜。一九三一年徐志摩遇難後，袁不僅自己以小說體寫了《毀滅——紀念一個詩人》，發表在凌叔華主編的《武漢日報·現代文藝》上，表達了自己的痛惜之情，還極力攛掇蘇雪林寫了《北風》等紀念文字。

抗戰爆發前，袁在武漢的《文藝》月刊上發表過一篇《現階段所需要的文學》，同時該刊還發表了蘇雪林寫的《過去文壇病態的檢討》。這兩篇文論皆是站在胡適、陳源（即西瀅）等所謂「學院派」的文學觀點寫的。而袁和蘇都是武大文學院教授，文學院院長是陳源。陳與魯迅論戰多年，受到過魯迅先生一再痛斥。魯迅所指斥的「正人君子」之流，自然也包括袁、蘇在內。

　　翻譯家葉君健先生當時是珞珈山外文系的學生，與朱理安‧貝爾有著亦師亦友的情誼。他在自己的回憶錄《我的青少年時代》裏，寫下了對當時武漢大學的文藝風氣的印象：「我們那個系的高年級同學集資辦了一個有四個版面的小型文學刊物，……刊物的方向，是有意無意地沿著當時系裏幾位文學教授的文藝思想定的。這幾位教授就是陳西瀅、袁昌英、蘇雪林和其他幾位在美國大學得過文學學位的較年輕的人士。如果說他們有什麼派別的話，那就是『新月派』。……他們都是正統派的學者，把英美大學那一套照搬過來——他們都是英美留學生，也只能這樣。這些東西與當時中國的實際情況距離太遠，而我寫的那些小說卻是當時中國實際社會——特別是底層社會的寫照……因此在這些教授的眼中我自然不算是一個好學生……」

　　一九三七年十二月三十一日，「中華全國戲劇界抗敵協會」在漢成立時，袁被選為理事。戰亂歲月，把一位出身名門、懂得數國語言的大教授、大作家和大小姐，變成了生活

拮据、每天必須親自操持柴米油鹽的家庭主婦。她的一位老學生曾回憶說，袁教授第一次用秤，竟將秤砣放在秤盤內，將要稱的食物放在秤桿上稱來稱去；而為了學會做菜，她用小本子記下了十幾種做菜的方法，如「烹鴨」一條，她寫：一，把鴨子捉來，二，用刀將鴨殺死，三，在沸水中去毛……。她的散文《忙》，即是她當時生活困境的真實的記述。

一九三八年武大遷校四川樂山，袁昌英全家隨行。抗戰結束後，夫婦二人回到珞珈山上繼續任教，直到七十年代。夫婦二人幾十年的中文和外文藏書，大部分都捐贈給了武漢大學圖書館。

三

蘇雪林（一八九七至二〇〇〇）是安徽省太平縣人，原名蘇梅，曾用名瑞奴、瑞廬、小妹，筆名有綠漪、杜若、杜芳、靈芬、天嬰等。蘇在十七歲時就以家鄉的一個小童養媳為原型，用文言體寫出了第一篇小說《始惡行》。一九一四年，她考入安徽省立第一女子師範，畢業後在母校附小任教。一九一八年報考北京高等女子師範，與後來成為作家的廬隱一起成為旁聽生，後都升為正式生。一九二一年又考取了由吳稚暉、李石曾在法國開設的海外中法學院，後轉入里昂國立藝術學院學習美術和文學。一九二五年因母親生病輟學回國。先後任上海滬江大學、蘇州東吳大學、安徽省立大學教授。一九三一年，蘇雪林來到珞珈山，任武漢大學文

學院教授。她在武大任教達十八年之久，一九四九年離開武漢去了香港。

在珞珈山時期之前，蘇雪林最初的一些作品大都發表在北京《晨報》副刊上，以散文和小說為主。也有一些以《鄉村雜詩》為題的小詩。創作之外，她也寫過幾本學術性的考據著作，如《李義山戀愛事蹟考》（北新書局，一九二七年）、《蠹魚生活》（真善美書店，一九二九年）等。後來以「綠漪」為筆名，在北新書局先後出版過《綠天》（一九二八年）、《棘心》（一九二九年）兩本集子。前一部是小說，表現那時的青年一代對愛情的渴望、追求、挫折以及悲歡。後一部系自傳體小說（也似系列散文），以女主人公杜醒秋出國起，到她歸國終，講述了她留法的異國生活，以及對故國家園、對親人的懷念之情。女作家在小說前面有這樣幾句題詞：「我以我的血和淚，刻骨的疚心，永久的哀慕，寫成這本書，紀念我最愛的母親。」像那時的許多女作

珞珈山時期的蘇雪林女士

現代作家、學者蘇雪林女士

胡適先生一九三二年在武漢大學講學時與武大同仁合影。前排中立者為胡適,其左三女士
依次為蘇雪林、凌叔華、袁昌英。

二十世紀三〇年代的武漢大學教學樓

家常常寫到的主題一樣，母愛、自然、女性心理、人生、戀愛……在她的筆下都有所表現。無論是小說還是散文，都帶著那個時代的感傷和唯美的情調。

在珞珈山任教期間，她除了散文和小說創作，還寫過一部三幕話劇《鳩那羅的眼睛》，內容取材於印度宗教文學故事，通過青年王子鳩那羅和其父王、王后之間的種種矛盾糾葛，張揚了愛情的美好與力量。此間，她對文學批評、藝術批評、中國古典文學和古代文學史的研究也用力甚勤，出版過《青鳥集》（長沙商務印書館，一九三八年）、《屠龍集》（上海商務印書館，一九四一年），一九三三年還在上海商務印書館出版過《唐詩概論》、《遼金元文學》等學術著作。

一九三一年，蘇在陳瘦竹編輯的《武漢文藝》創刊號上發表了《易經和生殖器崇拜》一文，頗有點驚世駭俗的架勢，因此而引人注目。一九三三年，《我們的詩》由「荒村

《蘇雪林散文選集》封面

《蘇雪林散文選集》（臺灣版）封面

103歲的老壽星蘇雪林女士

詩社」編輯，在武大校園裏問世。這是武大師生自己創辦的一份詩刊，以發表各個詩歌流派的新詩為主，同時也刊登舊體詩詞。當時為之寫稿的除該校吳宓、袁昌英等教授外，蘇雪林也在上面發表了一些散文小品。這個小刊物還刊登過不少在校學生如金克木等，以及其他幾位 常在武漢發表作品的詩人的作品。一九三六年，上海新興書店出版過一冊《蘇綠漪創作選》；女子書店出版過一部《綠漪自選集》。

蘇雪林似乎特別喜歡寫「批評文章」。她寫過一篇《憶武漢大學圖書館》，對武大圖書館的美觀而不甚實用提出了批評，至今為武大師生們所稱道。「一個人想寫篇學術性的東西是非多跑圖書館不可的，可是為了怕爬那百餘級石階，我往往寧可讓自己文章一個典故昧其出處；一位古人生卒時間，說得不大正確；或可供佐證的資料，聽其缺少一條或數條；或該注的原文記不清楚，只有以自己的文字總括幾句；還有為懶查書，當把別

晚年的蘇雪林女士

人已說過的話，矜為自己的創見；別人已矯正過的錯誤，我來大駁特駁，……要不是為了我們的圖書館龍門千尺，高不可攀，我何至於在這典籍豐富、獨步華中的最高學府混了幾年，學問上還是依然故我？天下美觀與實用不能兩全，則應該捨美觀而取實用，惜乎武大校舍的設計者當時未曾注意及此。」是故，文中又有此言：「我對世間萬事一無所好，所愛只是讀書。若一個神仙以三個願望許我選擇，我所選擇的第一願，要有一個完備的圖書館，讓我終日獺祭其中；第二願，有一個和美的家庭；第三願，太平時代的中產之家的收入。倘神仙所許的僅一願，那麼，給我圖書館吧。」「但使魯戈長在手，斜陽只合照書城。」她用龔自珍的詩做了這篇散文的收束。

「兒童崇拜者」

　　我國現代文學家裏，豐子愷先生是十分獨特的一位。他一生不失真純的赤子之心，自稱是「兒童崇拜者」。朱自清在為《子愷漫畫集》所作序文中這樣說過：「因為他喜歡春天，所以緊緊地挽著她；至少不讓她從他的筆底下溜過去。在春天裏，他要開闢他的藝術的國土。最宜於藝術的國土的，物中有楊柳和燕子，人中便有兒童和女子。所以他自然而然地將他們收入筆端了。」這番話是針對豐子愷的漫畫而言的，我覺得，它同樣也適合於談論豐子愷的隨筆。

　　豐子愷說過，人的心都有包皮，有的人用的是單層紗布，有的人用的是紙，有的人用的則是冰冷的鐵皮，而只有孩子的心，才是「連一層紗布都不包的」，是「赤裸裸而鮮紅」和「徹底的誠實、純潔而不虛飾」的。他在《我的漫畫》一文中還進一步闡發了他的這種兒童觀：「……初嘗世味，看見了當時社會裏的虛偽驕矜之狀，覺得成人大都已失本性，只有兒童天真爛漫，人格完整，這才是真正的

『人』。於是變成了兒童崇拜者，在隨筆中，漫畫中，處處讚揚兒童……從反面詛咒成人社會的惡劣。」

豐子愷的這種兒童意識，我們從他的隨筆《給我的孩子們》、《華瞻的日記》、《兒女》、《送阿寶出黃金時代》等篇章中不難看出。詩人郁達夫就豐子愷的這種對於兒童的體貼入微的愛心，和冰心的對於兒童的母愛之心做過比較，認為描寫兒童相貌是豐氏隨筆的一個顯著特色。

豐子愷不僅喜歡孩子，而且善於教育孩子。他的身邊常有很多孩子，有自己的兒子和女兒他稱他們是「小燕子似的一群兒女」，也有鄰居家的。他盡可能地利用所有閒暇的時間同孩子們親近玩耍，或者給他們講故事，或者教他們畫畫兒。他曾這樣說過：「朋友們說我關心兒女。我對於兒女的確關心，在獨居中更常有懸念的時候。但我自以為這關心與懸念中，除了本能以外，似乎尚含有一種更強的意味。所以我往往不顧自己的

現代作家、畫家豐子愷先生

豐子愷散文集《緣緣堂隨筆集》封面

豐子愷漫畫《被寫生的時候》

豐子愷繪《愛的教育》插圖之一

畫技與文筆的拙陋，動輒描摹。因為我的兒女都是孩子們，最年長的不過九歲，所以我對於兒女的關心與懸念中，有一部分是對於孩子們普天下的孩子們的關心與懸念。」

正如豐子愷的一幅題為《兼母之父》的漫畫裏畫的那樣，豐子愷不僅要外出教課，而且一到家裏便手腳不停地抱孩子，餵孩子吃食，唱小曲逗孩子入睡，描圖畫引孩子發笑。有時也蹲下身子和孩子們一起用積木搭汽車，或者裝著坐在小凳上「乘火車」……因為這種熱愛和親近，使他深深地體會到了孩子們的心理，發現了一個和成人世界完全不同的兒童世界。他把這個世界的種種畫進他的漫畫裏，寫成他的隨筆，從而「為兒童另行創造了一個世界」。在這個世界裏，房子的屋頂可以要求拆去，以便看飛機；睡床裏可以要求生出花草，飛著蝴蝶，以便遊玩；凳子的腳可以穿上腳子；親兄妹可以做新郎官和新

娘子；天上的月牙兒也可以摘下來拴上秋千繩子⋯⋯這是一個真與美的世界。

　　抗日戰爭時期，豐子愷先生一家顛沛流離，居無定所，幾個正值學齡的孩子無法入學。儘管如此，豐子愷仍然不放鬆對他們的教育。他親自為孩子們編選教材，讓孩子們讀書學習，尤其是對古典詩詞的學習。從李白、杜甫、白居易到辛棄疾、李清照、龔自珍⋯⋯他不僅讓孩子們能夠背誦他們的作品，還要求孩子們領會這些作品的思想內容。豐子愷的小女豐一吟曾回憶過這樣一件小事：當他們全家在杭州西子湖畔居住的時候，有一個夏日的傍晚，豐子愷先生沒有像往常那樣出來乘涼和給孩子們講故事，而是一個人躲在悶熱的屋子裏。豐一吟很納悶，便走進去看個究竟。原來，他正用工整的蠅頭小楷把洋洋兩千多字，近四百行的屈原的長詩《離騷》，全部抄錄在一把白紙摺扇上，他擦著汗水對女兒說：「一吟，這是大詩人屈原的名篇，我把它抄錄在扇子上，你揮扇時就可以讀到，今年一個夏天你就可以把它全部背下來了。」豐一吟果然按照父親的要求，日日搖扇誦讀，整個夏天終於把一首長長的《離騷》熟練地背下來了。

　　孩子們回憶起父親，個個都覺得，他不僅是一位嚴厲而慈祥的父親，更是他們心靈中的一位平等而知心的朋友和夥伴，豐子愷自己也承認說：「⋯⋯這小燕子似的一群兒女，是在人世間與我因緣最深的兒童，他們在我心中佔有與神明、星辰、藝術同等的地位。」

豐子愷漫畫《得其所哉》

豐子愷有的散文直接以童年見聞和兒童生活為題材；有的散文雖然不是直接表現兒童生活，卻也從不同的角度呈現了豐先生的「兒童本位」意識和兒童教育理念；還有的散文描寫了祖國壯麗的河山，尤其是展現了新中國的新生活和新氣象。這些散文在語言上準確、質樸而溫婉，是真正的「美文」。

《給我的孩子們》是豐子愷散文的一個新選本。所選散文分為三輯。一輯是一九四九年前創作的散文；另一輯是新中國成立後創作的散文；中間一輯的三篇，也寫於一九四九年以前，它們是散文，更是童話。尤其是《赤心國》和《明心國》，最能呈現豐子愷先生的理想世界，可視為豐先生的童話代表作。

在這裏，請容許我援引一位豐子愷研究者、香港教育學院中文系霍玉英博士的一段文字，或許可以幫助我們更準確地閱讀和理解這兩篇題材比較特別的作品。

「赤心者，能感應世間痛苦，為王者，赤心最大。而官次之。明心者，能以誠心示人，感情與思想都沒法隱瞞。比之於成人，兒童有著一顆赤心；比之於成人，兒童有著一顆明心。然而，豐子愷恒常以赤心與明心觀照世界，彷如他筆下所稱道的楊柳。花木大都向上生長，於是有紅杏高出牆頭，有古木聳立參天，但越往高處生長，卻忘了養活它的根本。楊柳不同，當春抽條，越長越高，也越垂越低，風過時，條條垂柳輕吻養活它的根本。楊柳之美，在其下垂。高而能下，不忘根本，豐子愷獨得垂柳之美。」（霍玉英：《高而能下：豐子愷的故事創作》）

需要特別說明的是，本集的編選，承蒙豐子愷先生的女兒豐一吟女士慨允和授權，得以順利完成。本集中一些篇章涉及的注釋，也參照或採用了豐一吟、豐華瞻等編輯的《豐子愷文集》、《緣緣堂隨筆集》、《豐子愷散文選集》等書中的注釋，特此致謝。（本文系豐子愷散文選集《給我的孩子們》編輯後記）

幾人相憶在江樓

　　豐子愷的漫畫兼有佛性與童心，已成為我國現代藝術寶庫裏的一筆珍貴的遺產。他的表現護生思想的《護生畫集》，表現兒童生活的《兒童漫畫》，表現社會眾生相的《人間相》等，深得一代代讀者的喜愛。由山東畫報出版社出版的《幾人相憶在江樓——豐子愷的抒情漫畫》，著眼於豐子愷漫畫的抒情性，精選其作品中的精華，並以同樣具有詩性的散文文字，對每幅漫畫的畫意作出必要的闡發和聯想，不僅凸現了豐子愷漫畫的抒情特徵，又幫助讀者準確和充分地體味豐子愷漫畫內在的溫情和意蘊。

　　這是一本不僅圖美，而且文亦清麗恬淡的小書。人道之美，藝術之美，再加上簡約的文字裏散發出的淡淡書香，盡在樸素的紙頁之間。而且，這本書並不厚重，定價也只有六元五角（這樣的定價在書市上已是罕見的了），正適合大眾讀者閱讀欣賞和購藏。這本書的編著者陳星、朱曉江多年從

事豐子愷研究，寫過豐子愷的傳記等著作，是知名的豐子愷研究專家。他們的導讀性文字簡約清新，疏朗多姿，與豐子愷漫畫的獨特風格相映成趣。

豐子愷先生在作畫

豐子愷抒情漫畫《人散後一鉤新月天如水》

豐子愷的抒情漫畫集《幾人相憶在江樓》封面

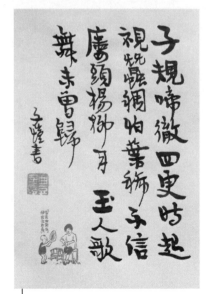

豐子愷先生手跡

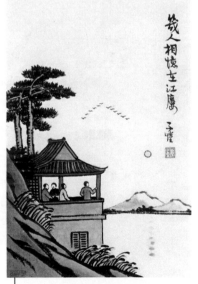

豐子愷抒情漫畫《幾人相憶在江樓》

朗誦詩人高蘭

　　高蘭先生（一九〇九至一九八七）是我國現代著名朗誦詩人。他原名郭德浩，有一次，當他又寫完一首激情高昂的詩篇，舉首望壁，凝視著自己一向推崇的兩位文豪——高爾基和羅曼・羅蘭在莫斯科的合影時，不禁心有所動，遂將自己的名字寫為「高蘭」。

　　高蘭先生出生於黑龍江省璦琿縣。「九・一八」事變後，東北三省淪陷。正在燕京大學讀書的高蘭依然揮別校園，參加了北平學生臥軌南下的愛國請願活動，投身到了抗日宣傳隊伍之中。他曾在《我的家在黑龍江》一詩中寫道：「我的家在興安嶺之陽，在黑龍江的岸上，江北是那遼闊而自由的西伯利亞，江南便是我生長的家鄉。」他在《大公報》上發表的詩歌《給姑娘們》，鼓勵自己的同胞們，包括那些從未走出過閨房的少女們，都能夠走下繡樓，換上戎裝，拿起刀槍，「我們只有誓死抵抗，希求真正的民族解放。」

現代朗誦詩人高蘭先生

　　高蘭先生本來十分熱衷於晏殊、晏幾道們「花間詞」的研讀，讀書期間曾選擇晏殊、晏幾道作為攻研方向。可是從南京請願歸來後，他放下了對二晏的研究，在郭紹虞和鄭振鐸兩位先生的指導下，改為研究亡國君主和詞人李煜的命運和作品，借古喻今，撰寫了一部《李後主評傳》（天津人文出版社一九三三年版），他在序言中坦言，這本書「意借李煜的亡國之痛激勵國人奮起抗日」。

　　大學畢業後，高蘭志願到了北平「義勇軍指揮部」秘書處工作。在此期間，他結識了許多東北義勇軍的將領，如天照應將軍等。一九三七年十月十九日，高蘭和全國各地許多文藝工作者一起，雲集武漢，紀念魯迅先生逝世一周年。著名電影話劇演員王瑩在紀念大會上朗誦了高蘭的詩《我們的祭禮》。這不僅是一首悼念詩，也是一首動員民眾從民族災難中奮起抗戰的「鼓動之詩」。在武漢，高蘭見到剛從哈爾濱趕來的散文家楊朔。

楊朔給他講述了一位東北義勇軍將領為國殉難的動人事蹟。這位民族英雄不是別人，正是高蘭在北平結識的朋友、有著「中國夏伯陽」之稱的天照應將軍。這一年，高蘭揮筆寫成了壯懷激烈的報告文學《記天照應》和悼亡詩《吊天照應》，並在漢口大路書店出版了一冊《高蘭朗誦詩》。這是他的朗誦詩第一次結集出版。

多次朗誦高蘭詩歌的電影和話劇演員、現代女作家王瑩

抗戰之前，中國的現代新詩承接著新月派、象徵派的意緒，一直存在著一種表現自我、唯美主義、脫離實際、脫離大眾的傾向，顯然與抗戰時期的時代精神格格不入。盧溝橋的槍炮聲把許多詩人從自我陶醉和唯美的抒情中驚醒，許多詩人一改纏綿悱惻的詩風，而讓自己的詩變成了蘆笛、戰鼓和號角。朗誦詩和朗誦詩人，在這時也應運而生。高蘭認為，國難當頭之時，詩歌應該「用活的語言，作民族解放的歌唱」，應該大力提倡詩歌朗誦，使作為視覺藝術的文藝，發揮出聽覺藝術的功能和效果。於是，

他與詩人馮乃超、光未然、徐遲、蔣錫金等人遙相呼應，合力倡導和推動詩歌朗誦運動。他們各自不僅創作出了許多朗誦詩作品，有的還從理論上撰寫文章，提倡和指導朗誦詩，而且在行動上身體力行，紛紛走上廣場、街頭、集會、舞臺，用高亢的聲音朗誦自己的詩歌作品。

一九三九年一月十五日，《大公報》為高蘭舉辦了一場詩歌朗誦晚會，請他朗誦前面提到的那首《我的家在黑龍江》。這首朗誦詩有三百多行，情緒飽滿，氣勢高昂。例如這些句子：「就在那山崗！那田野！那冰川！那高粱紅了的青紗帳！一個，兩個，十個，百個，千個，萬個，……抬起了頭，挺起了胸膛！」彷彿擂動的鼓點一樣。

此後，高蘭先生不僅寫下了大量的動人心魄的朗誦詩——這些詩常常是電臺和群眾文藝集會上最受歡迎的節目，詩人方殷，電影話劇演員白楊、張瑞芳、舒繡文等，都多次朗誦過他的詩歌。

一九四四年，高蘭先生在重慶建中出版社出版了《高蘭朗誦詩》新輯，分為一、二兩輯，屬「建中文藝叢書」之一。他被傳頌一時的朗誦詩名篇，如《展開我們朗誦的詩歌》、《縫衣曲》、《我們的天堂》、《武漢！你祖國的心臟！》、《雞公山！你多麼年輕！》、《我的家在黑龍江》、《致日本的勞苦大眾戰鬥員》、《咱們，立下最後的誓言！》、《迎一九三九》、《十年》、《冬天來了》、《嘉陵江之歌》、《哭亡女蘇菲》、《送別曲》、《初

冬》、《這不是流淚的日子》等，都收錄在這個版本中。一九四四年，《高蘭朗誦詩》又在上海建中出版社出了一版。

高蘭先生自己也是一位著名的朗誦家。他朗誦自己的作品，也朗誦郭沫若、聞一多、馬雅可夫斯基等詩人的作品。他的詩朗誦在我國現代文學史上產生了極大的影響。抗戰期間他最為著名的一首朗誦詩，是悼念他的夭折的小女的《哭亡女蘇菲》。這其中有個令人痛心的故事。一九四一年三月，高蘭七歲的愛女蘇菲（小名叫小魚）患上了瘧疾。抗戰期間，詩人一家顛沛流離，生活艱辛。他用盡了自己僅有的家財，也沒能救活這個可憐的小女孩。她像一朵小花蕾一樣地夭折了。詩人痛不欲生，含淚把她葬在重慶歌樂山下。

女兒的不幸的命運引起他深重的思考。女兒的命運不正是那個年代裏的許許多多流亡的家庭的命運嗎？第二年春天，詩人在紀念小女去世一周

《高蘭朗誦詩》（建中出版社1944年重慶版）封面

《高蘭朗誦詩選》（新文藝出版社1956年版）封面

年時，含淚寫下了這首題為《哭亡女蘇菲》的長詩。詩中通過對愛女的悼念，反應了國統區廣大人民饑寒交迫的痛苦生活，對採取不抵抗政策的國民黨當局提出了強烈的控訴。同時，這首詩也十分細膩而纏綿地抒發了一個慈愛而無助的父親對於孩子的深切懷念和愧痛的感情。詩中寫道：

> 你哪裡去了呢？我的蘇菲！
> 去年今日，
> 你還在臺上唱「打走日本出口氣」！
> 今年今日啊！
> 你的墳頭已是綠草淒迷！
> 孩子啊！你使我在貧窮的日子裏，
> 快樂了七年，我感謝你。
> 但你給我的悲痛
> 是綿綿無絕期呀，
> 我又該向你說什麼呢？

他在詩中還寫到，他曾幾度翻看著她留下的小小的箱子。她的遺物還都好好地保存著——藍色的書包，深紅的裙子，一疊香煙盒上的畫片，還有她最喜歡玩的一塊小小的綠玻璃……它們好像都在等待著她回家來呵！當他默默地翻看這一切，他低低地呼喚著愛女的名字，他不能不伏在箱子上放聲大哭……但蘇菲卻是聽不見呵！

他痛苦地想像著，在另一個世界裏，他的可憐的小女兒是非還是把小手指頭放在口裏，呆呆地羨慕地望著別人的孩子吃著花生米？望著別人漂亮的花衣服，她是否又會憂鬱地低下頭去。他還記得，有一個冬天，他們三口之家在一個寒冷的風雪交加之夜，蓋著一床薄薄的被子，吃完了唯一的一個白薯，然後一起抱頭痛哭！他覺得自己是多麼對不起這無辜的孩子啊！她在這個世界上是短暫的，卻跟著他跨越了千山萬水，而連一點點幸福的影子也沒看到就匆匆離去了……

　　深切真摯的悼亡之情，使這首詩不脛而走，廣為流傳。當時許多學校的孩子都把這首詩作為詩歌朗誦的保留節目，每次朗誦時，聽眾沒有不流淚的。高蘭先生後來也回憶說，他的朗誦詩中，「被朗誦次數最多的是《哭亡女蘇菲》，在我自己被約請朗誦的許多次中，印象最深的一次是在中央大學的一次」。那次朗誦中，全場人為之泣下，不少人竟失聲慟哭，紛紛上臺簇擁著也是淚流滿面的詩人。

　　還有一次，高蘭和詩人光未然一起到北平師範大學參加文藝集會。在風雨操場上，他應邀向全校師生朗誦《哭亡女蘇菲》。朗誦不到一半，有國民黨特務搗亂，熄滅了電燈。但學生們群情激奮，兩名學生手持紅燭，伴在詩人身邊，直到朗誦到底，全場師生被詩中的深情感動得久久不願離去……

　　詩中還寫到，因為小女喜歡寫字和畫畫，所以在盛殮她小小的遺體時，他們在她的右手放了一支鉛筆，在左手放了一卷白紙……詩的最後，他這樣寫道：

小魚！我的孩子，

你靜靜地安息吧！

夜更深，

露更寒，

曠野將卷起狂飆！

雷雨閃電將搖撼著千萬重山！

我要走向風暴，

我已無所系戀！

孩子！

假如你聽見有聲音叩著你的墓穴，

那就是我最後的淚水滴入了黃泉！

　　現在，那個災難的年代已離我們很遙遠了！但這首詩卻使我們牢記著這個可憐的小女孩的死，牢記著一位慈愛的父親的滿腔深情。

　　建國後，高蘭先生曾在山東大學中文系擔任教授，同時也擔任過山東省文聯副主席、作協山東分會副主席等職。從舊中國的漫漫長夜中走過來的詩人，這時候也寫出了許多獻給新中國的頌歌。一九五一年，高蘭先生出版了一本新的朗誦詩集《用和平的力量推動地球前進》（山東人民出版社）。一九五六年八月，新文藝出版社又出版了新版的《高蘭朗誦詩》，這是所有高蘭詩集中最為漂亮的一個版本。

詩人在晚年，對詩歌的朗誦仍然念念不忘，抱病重編了《高蘭朗誦詩選》、《詩的朗誦與朗誦的詩》兩部書。一九八七年六月下旬，當山東大學中文系的同事將《高蘭朗誦詩選》（山東文藝出版社）樣本從印刷廠取來，送到高蘭先生手上時，此時他的生命已處在彌留狀態。他雖已不能說話，但雙唇還在吃力地顫動著，接過書靜靜放在自己身旁。六月二十九日，一代朗誦詩人高蘭離開人世，享年七十八歲。他去世四個月之後，《詩的朗誦與朗誦的詩》由山東大學出版社出版。

最後的歌劇

「城牆上有人，城牆下有馬，想起了我的家鄉，我就牙兒肉兒抖。舉目回望四野荒涼，落日依山雁兒飛散……風大啊黃沙滿天，夜寒啊星辰作帳，草高啊蓋著牛羊，家鄉啊想念不忘……那邊就是你可愛的故鄉，就是有水鳥翱翔的地方，那邊白雲映紅荔村前，孩子你為什麼不回家？為什麼不回家？城牆外的馬啊，城頭上的人，想起我的親娘啊，我肉兒牙兒抖。」

這首深情的《思鄉曲》原本是一支北方草原上的民歌。一九三七年，當日本侵略者的鐵蹄踏進中國北方大地，中華民族處在最危險的時候，音樂家馬思聰把這首民歌的歌詞和曲調稍加修改，移植進了自己的大型音樂作品《蒙古組曲》，作為其中的第二樂章（慢樂章）。從此以後，這首聽起來纏綿哀婉，令人感到一種撕心裂肺的疼痛的小提琴協奏曲，便成為了中國現代音樂中的經典之作，感動著一代又一代中國人，喚醒了一代代華夏兒女深摯的懷鄉之情和愛國熱

情。音樂家馬思聰的名字，從此也和
《思鄉曲》緊緊聯繫在了一起。

抗戰期間，家鄉淪陷，詩人和音
樂家都流落到了陌生的異鄉。在一個
深夜裏，馬思聰用一把小提琴為徐遲
拉過一次《思鄉曲》。他的琴聲柔和
而又哀傷，使流離他鄉的詩人禁不住
熱淚滾滾。徐遲在晚年回憶說：那天
晚上，這支曲子使我一陣陣感到了靈
魂的顫抖。我那水晶晶的家鄉江南小
鎮，那橫跨小鎮的三個穹窿形的大石
橋，小蓮莊上的亭臺樓閣，分水墩的
江浙省界，以及童年的夢幻和青年的
懷戀，父親的死別，母親的生離，再
加上戰亂的年月，苦難的祖國，淪陷
的大地，全在一剎那間，從琴聲中顯
現了。

馬思聰是一位蜚聲海內外的小
提琴演奏家、作曲家，還是一位著
名的音樂教育家，曾經擔任過新中國
的最高音樂學府──中央音樂學院的
首任院長。他的音樂名作除了《思鄉
曲》，人們耳熟能詳的還有《西藏音

現代音樂家、小提琴演奏家馬思聰
先生

矗立在故鄉廣州的馬思聰先生塑像。
花崗岩正面刻著馬思聰一九三七年創
作的《思鄉曲》樂譜。

一九四二年，馬思聰（第一小提琴，前左一）、王慕理（鋼琴獨奏，前中）夫婦在桂林演出弦樂團四重奏後合影。

詩》、《祖國大合唱》、《春天大合唱》、《山林之歌》、《中國少年先鋒隊隊歌》等。

　　馬思聰先生去世後，我曾經協助他的一位老朋友、詩人徐遲搜集、整理過一份《馬思聰音樂作品目錄》，比較完整的編號作品已經超過六十個。徐遲先生是這樣評價這位大音樂家的：「他的全部作品是真誠的，是他的感情的結晶，心血的凝聚，愛國的證件，歷史的記錄，珍貴的遺物，價值連城的國寶，瑰麗的精神財富，中華民族文明的一座高峰。這

些作品中必有一些將傳至千秋萬代。這些不朽的作品，也就是他永生的靈魂了。」

一九八六年，已經定居美國的馬思聰已經是七十四歲高齡的老人了。這時候他仍然在守護著心中對音樂的那份熱愛，而且仍然懷有創作的激情。這一年耶誕節前夕，他完成了他和女兒馬瑞雪一起創作的一部大型歌劇《熱碧亞》第三稿的修改。這一稿完成後，他覺得有了一種長跑之後，大功告成的快感，計畫著新年過後，就和夫人一起出外遠遊一次。

為了《熱碧亞》這部歌劇，他前後付出了二十多年的心血和牽掛。那還是在「文革」前夕，馬思聰一家住在北京的一座安靜的四合院裏。一個冬夜，有人給他的女兒、青年音樂家馬瑞雪寄來一本十九世紀中葉新疆維吾爾族詩人寫的抒情詩《熱碧亞》。女兒為詩中的情感所激動，便向父親提議：「我們合作一個歌劇好嗎？我寫歌詞，您來譜曲。」馬思聰深知，這個作品顯然不合當時的「潮流」，可能會被拋進「冷宮」。但他覺得，把最美好的音樂奉獻給自己的祖國和人民，是音樂家的「天職」，至於其他，都可以在所不計。記得當年在重慶時，他曾和毛澤東有過多次交往，有一次毛澤東對他說：「作家和藝術家的作品應當為人民大眾所理解。」馬思聰這樣認為：「作家、藝術家的作品確實應為人民大眾所理解，但並不意味著一定要在當時就為人民所理解。有許多作品，也許是在作家、藝術家死後幾十年、幾百年，才被後人所理解……」因此，馬思聰一直懷著這樣一個

信念：一部作品寫出之後，演不演出，評價如何，都是身外之事。他堅信，只要是真正的藝術，遲早會被廣大的觀眾承認和理解。

正是憑著這樣的信念，他和女兒毅然投入到了大型歌劇《熱碧亞》的創作之中。即使在「文革」期間那腥風血雨的日子裏，他們也沒有放棄對這部歌劇的構思和創作。

一九八四年，臺灣地區舉辦了一場馬思聰作品演奏會，馬思聰前往指導。在演奏會上，馬瑞雪創作的《熱碧亞之歌》受到聽眾的歡迎。回到美國後，馬思聰要求女兒重新改編這部作品。經過了十多年的理解和感受，馬瑞雪也已經更加深刻地領悟到了維吾爾族人民對生命、對愛情的那份執著和忠誠。她很快就把劇本改成了，最後定名為《熱碧亞》。這時，馬思聰也比較滿意地開始了譜曲工作。

一九八五年六月，他們完成了初稿。馬瑞雪迫不及待地把這一消息告訴了外界。馬思聰卻責備她說：「這只是一個初稿啊，離整個完成還差很遠一段路程呢！還不知要改多少次，也不知要改到何年何月才能夠滿意呢。」

修改第二稿時，只要感覺到劇本有不盡如意的地方，他便不停地打電話與女兒商量，要麼修改，要麼重寫。馬思聰在藝術創作上向來以嚴謹和認真聞名。以前他寫《龍宮奇緣》時，寫了八年，八易其稿；五十年代初期他寫交響樂《屈原》，日以繼夜，勞累過度，竟然患了耳鳴病，有時一隻手捂住耳朵，另一隻手還不肯罷筆。他的這種嚴謹和認

馬思聰和妻子、女兒在美國寓所

真，也體現在《熱碧亞》這部作品裏。在修改《熱碧亞》第三稿時，他十分欣賞女主角的性格，有一次情不自禁地握住夫人的手說：「如果有一天我死了，她也會死的。」

彷彿是一語成讖，在修改《熱碧亞》第三稿時，馬思聰的心臟一度極其虛弱，左腿也疼痛異常，度日如年，寢食難安。但為了歌劇能早日完稿，他不顧病痛，白天黑夜都埋首在五線譜之中。

他曾對一位朋友說：「我家裏掛有一幅齊白石的畫，上面蓋有一個閒章：『鬼神事業非人工』。我很欣賞白石老人

這句話，藝術品的創作，是作者艱苦耕耘的成果，但如果少了『鬼神』為報答你所付出的辛勞而幫你的忙，那作品不是寫不出來，就是顯得蒼白無光。」他的意思是說，沒有終日的辛勞，何來「鬼神事業非人工」的藝術境界。

一九八七年二月，馬思聰把修改完的《熱碧亞》總譜轉交給了樂團，開始期待著這部歷經滄桑、反復修改的歌劇的公演。可是不久，因為心臟虛弱，他住進了醫院。這一年五月二十日，七十五歲的音樂家在費城病逝。

在住院期間，他這樣對女兒談到自己的一生：「狄更斯講過一句話，他生在一個動亂的年代，所以，每一份耕耘都比太平的時候要艱苦。我們生活在和狄更斯一樣的時代，越是這樣，我們越要努力工作，儘管我們付出的辛勞總是受到很大的阻力……」彌留之際，他還表達過這樣的願望：「病好之後，我要去爬喜馬拉雅山！」他講這些話時，已經十分吃力了。他沒有留下什麼遺囑。他的一切，都留在他獻給世人的六十多個音樂作品裏了。

他的老朋友、詩人徐遲聞知噩耗，不勝悲痛，噙著淚水寫下了萬言長文《馬思聰》，回顧了這位音樂家坎坷的一生和非凡的藝術成就。詩人在文章的最後這樣寫道：「我總有一種感覺，他並沒有離開我們，我們擁有他的唱片、錄音匣子和一些樂譜，就像他還在，永遠在，在遠方。」一年之後，在音樂家逝世一周年忌日，詩人再一次念及兩個人半個

多世紀以來高山流水般的友誼，又揮筆寫下了一篇《祭馬思聰文》，文末有一段祭辭：

「逝者如斯，從茲離分。恨別經年，夢睹英靈。你是珍珠，晶瑩蒙塵。你是國寶，橫遭蹂躪。黃鍾墜地，瓦釜雷鳴，美人離宮，騷客出境。夢思沸騰，莫此為甚。魂逐飛蓬，愛國有心。嬬閨淚盡，永安幽冥。歡怨非貞，中和可經。幽幽琴聲，一往情深。民族之音，冬夏常青。百世芳芬，千秋永恆。」

黃河的濤聲

　　一九三五年，音樂家冼星海結束了他艱辛的留法生活，回到了祖國母親的懷抱。他是一九二九年去巴黎的，從師於著名的提琴家帕尼・奧別多菲爾和著名作曲家保羅・杜卡學習音樂。

　　回首巴黎，那是多麼艱辛的日子啊！為了自己的藝術事業，他以驚人的毅力，忍受著在異國他鄉的難以想像的屈辱、輕蔑和生活的拮据。他做過餐廳跑堂、理髮店雜役、看守電話的傭人和其他許多被人視為下賤的工作。他也曾在巴黎街頭徘徊整整三個星期，而找不到任何工作，幾次暈倒在梧桐樹下。

　　一個冬夜，寒風肆意地吹襲著他的小屋，一股股逼人的冷氣襲向他的全身。他在遠離了祖國和親人的地方，痛苦地想像著、懷念著，思緒越過了茫茫重洋。他在寒風中獨吟起詩人杜甫的詩句：「八月秋高風怒號，卷我屋上三重茅……」這時候，一種創作衝動使他忘記了孤獨、饑餓與寒

冷。那呼嘯的狂風，彷彿是祖國人民正在和苦難的命運進行殊死搏鬥的吶喊之聲。他的胸中燃燒著一種壯烈和熾熱的激情。他幾乎是發狂般地俯身在冰冷的小屋裏，創作出了那首著名的早期音樂作品《風》。不久他又創作了同樣主題的《遊子吟》等。

在巴黎時期的青年音樂家冼星海

在巴黎那艱辛的日子裏，神聖的音樂在他心中閃光。每天黃昏時分，當他拖著疲憊的身體，回到自己那個位於七層樓頂上的鴿子籠式的小閣樓裏，他的第一個動作就是去撫摸他那把心愛的小提琴。因為閣樓太矮小，他只能打開天窗，將身子伸出屋頂，對著滿天的星辰拉出他深情的琴音。他的琴一天比一天拉得更好。他因此而受到巴黎的音樂大師們的好評，並且得到了投考巴黎音樂學院高級作曲班的機會。

現代音樂家冼星海先生

可是在考試那天，門警卻攔住了他：「修下水道的麼？證件！」

「不，投考的。」音樂家回答說。

「什麼？投考的？」

抗戰時期冼星海（後右一）在武漢和朋友們的合影

抗戰期間，冼星海和戀人錢韻玲參加抗戰電影《最後一滴血》的拍攝。

冼星海和夫人錢韻玲

門警上下打量著冼星海，以為這個中國苦力模樣的年輕人在開玩笑。正在糾纏不清時，一位 認識冼星海的老師走過來，冼星海才得以進去。考試結果，主考教授們對他的成績十分滿意。他們決定給冼星海榮譽獎，並告訴他：「按照本學院傳統的規定，你可以自己提出一個物質方面的要求。」

　　「物質方面的？」貧窮的青年音樂家這時才感到一種緊張後的疲乏，肚子裏咕咕直叫，耳朵也莫名其妙地嗡嗡響了起來。饑餓使他囁嚅著，輕輕地說出了兩個字：「飯票……」

　　如今巴黎已經看不見了。幾乎與藝術生活一同開始的那些饑餓日子，鍛煉了他作為一位偉大的人民音樂家的堅強的意志和堅韌的素質。冼星海拂了拂被海風吹亂的頭髮，把目光轉向了親愛的祖國的方向。

　　他一回國，便積極投身到了偉大的抗日救亡運動之中。一九三七年十月三日，冼星海從上海到達武漢，在這座當時正處在抗戰中心的城市生活了一年多時間。此間他和音樂家張曙等一起領導了武漢的抗日救亡音樂活動，並創作了《保衛大武漢》、《救亡對口唱》、《到敵人後方去》、《在太行山上》、《遊擊隊歌》等著名的抗戰歌曲。

　　漢口「老通城」是冼星海創作這些作品的主要地點，也是他由一位青年藝術家成為一名偉大的共產主義戰士和「人民音樂家」的最具紀念意義的城市。武漢也是冼星海的「愛

人民音樂家冼星海先生

冼星海音樂名作《黃河大合唱》樂譜集封面

情之城」。一九三五年當他從巴黎回到上海時，就得到了當時的湖北籍文化名流、著名社會學家錢亦石的賞識和幫助。一九三八年一月，錢老先生逝世，因上海情勢危急，追悼會改在漢口舉行。毛澤東、周恩來、朱德致送了「哲人其萎」的挽聯。冼星海為挽歌作曲並親自擔任合唱指揮。

也就是在武漢這段日子裏，冼星海認識了錢亦石的女兒錢韻玲。兩個人在抗日的洪流中相親相愛，於一九三八年夏天在田漢、陽翰笙等文化界人士的主持下正式訂婚。

冼星海在武漢的時候，錢韻玲正在武漢第六小學任音樂老師，當時才十九歲，是抗日歌詠活動的積極參與者，還被選為武漢七人音樂委員會委員。不久，冼星海、錢韻玲一起參加了由金山導演的抗戰電影《最後一滴血》的拍攝。冼星海在影片裏扮演一個農民，錢韻玲扮演農婦。影片裏的插曲《江南三月》由冼星海譜曲。在拍攝休息時，他們曾經在東湖邊一邊

唱著「江南三月好風光，油菜花開遍地黃⋯⋯」一邊蹬著水車，留下了一些美麗的攝影。

在武漢生活了一年之後，冼星海離開武漢北上到了延安，任延安魯迅藝術學院音樂系主任，教學之餘，創作了膾炙人口、氣勢磅礴的《黃河大合唱》和《生產大合唱》等具有劃時代意義的不朽名作。

因為他對發展我國民族音樂所做的巨大貢獻，他贏得了「人民音樂家」的偉大稱號。現在，幾乎所有的炎黃子孫，只要一想到「冼星海」的名字，耳邊就會激蕩起那古老的黃河之波，迴響著那雄渾的父母之河的不朽的濤聲。

在巴黎時的冼星海（左二）和朋友們合影

人民音樂家冼星海塑像

冼星海在延安教魯藝學員唱《黃河大合唱》

揀盡寒枝不肯棲

　　畫家韓美林曾經為女高音歌唱家張權畫過一幅畫，畫的是一隻美麗的藍色小鳥，在風雪襲來時冷得瑟瑟發抖，但鮮紅的小嘴卻那麼固執，彷彿正要訴說出自己的什麼夢想。它的身邊有花枝招展的葦林和花叢，但它毫不為之所動，而只是把自己嬌小的身體和素潔的羽毛緊緊地依偎在風雪之中的大地之上，宛若一個幼小的孤兒，在默默地承受著大地慈母最後的愛憐和保護。畫家的題詞是：「揀盡寒枝不肯棲，寂寞沙洲冷。」──這幅畫和這兩句摘自宋詞中的題詞，包含著畫家對一位曾經身處逆境、而又保持著赤子之心的歌唱家的深切的理解和無限的敬意。

　　張權一九一九年生於江蘇宜興，一九三六年考入杭州藝專主修鋼琴，後來師從外籍音樂家馬巽改學聲樂。一九四七年她赴美國伊斯美音樂學院深造，於一九五一年獲音樂文學碩士學位和音樂會獨唱家及歌劇演員稱號。同年冬季她回到祖國，擔任中央歌劇院獨唱演員和教師，曾與李光曦、李維勃等歌唱家在我國首次用中文演唱歌劇《茶花女》。在美國

著名女歌唱家張權唱片封面

青年時的張權和她的愛人、歌唱家莫桂新合影

留學時，國外的音樂同行和藝術公司就已經感到了這位女歌唱家的非凡的才華。他們為她準備了優厚的條件，希望她留下來。然而藝術家眷戀自己的祖國。她毅然離開富足的異邦而回到了自己母親的身邊。

然而她沒有想到，等待著她的卻是一場鋪天蓋地的厄運——在那災難和荒唐的年代裏，頃刻間她就被打入了「另冊」，她的相濡以沫的丈夫也很快離她和孩子而去。她開始承受起一個撫養年幼孩子的母親和一個必須面對一切嘲弄、孤獨、委屈的藝術家的雙重的艱辛！

在那些風雨飄搖的日子裏，偉大的音樂之魂支援著她，安慰著她，給她溫暖、希望和信心。「你，可愛的藝術，在多少黯淡的光陰裏……你安慰了我生命中的痛苦，使我心中充滿了溫暖和愛情，把我帶進美好的世界中……」她多次在心中默唱著舒伯特對音樂的禮讚，「每當受苦的人把琴弦撥動，發出了一陣甜蜜聖潔的和

聲，使我幸福得好像進入天堂。可愛的藝術，我衷心感謝你！」

張權《山歌向著青天唱》唱片封面

一種美麗而又堅強的信念，支持著她，使她度過了無數個孤獨、寒冷、無聲的黑夜，而終於活到了今天。當她以六十高齡而重返舞臺之時，她是迸著熱淚重新唱出了她的第一聲的。

逆境已經度過，而新的考驗又在等待著她。就在女歌唱家和她的孩子繼續蝸居在狹窄的斗室，甚至連鋼琴也只能存放在朋友家的時候，她在國外的老師和朋友，又為她創造了各種充裕的條件，希望她出去。但她不肯。她像大風雪中的一隻藍色的小鳥，依然獨守寂寞的沙洲。她離不開這片土地了。她知道，這是同她一樣承受過數不盡的災難的母親的胸懷！

張權在演唱會上

她把自己的心靈緊緊地依靠在這片土地之上，癡心不改，情懷依舊，繼續做著她那美麗的春天的夢、音樂的夢，用自己更深情的歌聲，傾訴著她永遠赤誠的戀情。

揀盡寒枝不肯棲

三十年的牽掛

一九四九年四月的一天，青年作家黃裳拜託他的一位編輯朋友靳以，寫了一封信給遠方的張充和女士，請她寫幾個字留念。那時候，文化界的朋友都知道，張充和是出身名門的大家閨秀，才藝出眾，擅長詞曲，也寫得一手秀雅的好字。可是，當時正值新中國即將誕生的前夕，人們大都沉浸在對未來的暢想與期待之中，遠在異域的張充和，因為種種原因，並沒有寫出黃裳所期盼的那幅字。

一晃三十多年過去了。求字的人和寫字的人，都經歷了許多的風風雨雨，在中間傳遞書信的靳以先生，也早已去世了，就連黃裳先生自己，似乎也忘記了這封信和這件小事。但是張充和女士卻一直記在心裏。她藏著靳以的書信和一個未了的應諾，在海外度過了三十多年。

到了一九八一年夏天，黃裳先生突然收到由詩人卞之琳轉寄來的一幅長卷，秀雅的字體寫的是陶淵明的《歸去來辭》，同時還附著寫字人的一封短信：「奉上拙書一幅，想

來你已忘記此事。靳以四九年的信尚在，非了此願不可……也請你書賜一幅，作為紀念。但不要也等三十多年就好……」

這是一個十分動人的藝苑故事，真應了張充和女士做的那副有名的對子：「十分冷淡存知己，一曲微茫度此生。」香港散文家小思女士在記述了這個故事之後，如此感慨道：「一幅字，並不那麼重要。可是，三十多年變幻不定之後，它仍能到達黃裳手中，那就具有非凡的意義了。……一幅字，蘊藏著人類的光輝：情誼與信義，並非來自遙遠的索求，而是來自人的內心。許下一個諾言，就守它一生一世，三十多年也無怨無悔，這是值得驕傲的事。」在小思先生看來，一幅長卷，就是一卷珍貴的人間情思。

無獨有偶。我從一位老革命家、老學者李一氓先生的書中，也讀到了一段類似的情誼綿綿的藝術故事。

那是在一九四五年，抗日戰爭已經獲得最後勝利，正在新四軍中任職

少女時代的張充和

「最後的大家閨秀」張充和女士

優雅一生的張充和女士

庾信文章老更成，凌雲健筆意縱橫。今人嗤點流傳賦，不覺前賢畏後生。

王楊盧駱當時體，輕薄為文哂未休。爾曹身与名俱滅，不廢江河萬古流。

縱使盧王操翰墨，劣於漢魏近風騷。龍文虎脊皆君馭，歷塊過都見爾曹。

才力應難夸數公，凡今誰是出群雄。或看翡翠蘭苕上，未掣鯨魚碧海中。

不薄今人愛古人，清詞麗句必為鄰。竊攀屈宋宜方駕，恐與齊梁作後塵。

未及前賢更勿疑，遞相祖述復先誰。別裁偽體親風雅，轉益多師是汝師。

杜甫論詩絕句 甲申克和

張充和楷書杜甫詩

現代學者、革命家李一氓先生

新四軍時期戎裝的李一氓先生

的李一氓，即將奉命北移。李在新四軍中的一位同事，與當時的名篆刻家錢君匋先生是同鄉親戚，乃請錢君匋為李一氓刻了三方印章，從上海帶到了蘇北。

李一氓回憶說：這是他第一次得到的錢君匋印刻，那幾方印鋪排工整，刀線細膩，極為稱心。當時李在軍隊中做文化工作，喜歡搜集書畫，有時回在得意的卷軸之末鈐印一二，「燦然可觀」。

心慕之餘，李仍托那位同事，請錢君匋再為自己刻印數方，並具體告訴了自己需要的陰陽款識。可是當時國內戰爭突發，李一氓隨軍北上，刻印一事，也就沒有了下文。事過境遷，李一氓漸漸把這件小事淡忘了。一九四九年全國解放之後，有許多更要緊的事情要做，李、錢二人都沒有機會見面，也沒有再提及刻印的事情。

一晃，也是三十多年過去了。到了一九七六年，李一氓忽然接到文學家郭沫若轉來的錢君匋治印數方。李

現代書裝藝術家、篆刻家錢君匋先生

錢君匋先生書裝之一：《桃園》

錢君匋先生書裝之一：《文藝與性愛》

李一氓先生在書房

李一氓序跋集《一氓題跋》封面

李一氓散文集《存在集 續編》封面

一眠一時感到有點茫然。仔細詢問才知道，原來，三十年前，錢君匋就為李刻好了他需要的那幾方印，只是因為戰事爆發，山河相隔，錢沒有辦法把印章交到李的手上。不過，錢想到了他們共同的朋友郭沫若。他覺得依照郭在當時的名望，一定會有辦法把印章交到李的手上。於是就把印章加封托郭轉交。可是不久，郭沫若也匆匆離開上海去了香港。去香港前，郭又將這包印章拜託另一位老朋友廖夢醒設法覓便投寄給李。風雨動盪的年月裏，人事飄忽不定，廖夢醒不久也離開了上海。離滬前，他將這一個小紙包轉存在上海的親戚家中……

當然，幾枚小小印章在這期間的數次易手，李一眠毫無所知。即使錢君匋、郭沫若、廖夢醒，也都未必會記得這件事情的下落了。一九七六年，廖夢醒的那個親戚偶爾清點箱篋，忽然發現了這個小紙包，上面寫著郭沫若的名字，遂托人帶到北京交給了廖夢醒。廖收到後，根據「郭沫

錢君匋先生篆刻作品一組

錢君匋先生書裝之一：《秋蟬》

錢君匋先生書裝之一：《半農淡影》

若」字樣，又轉呈郭老，郭老打開紙包，才明白這是當初錢君匋為李一氓刻的印章。於是，幾枚輾轉和塵封了三十年的印章，終於物歸原主，到了李一氓先生手上。

這一段藝苑故事，同樣也蘊藏著人類的光輝，凝聚著幾位當事人的情誼與信義。李一氓先生在回憶了這段往事後，也感慨道：世間事變幻化萬端，區區故事，也真稱得上是三十年政治歷史的一個側影了。

一棵紅楓樹

　　美麗的廬山，被人們稱為「大自然的百科全書」。有人曾經形容過，就是把漢語字典裏所有帶「木字旁」和「草字頭」的詞語都拿來，也不可能說盡廬山的奇花異樹的美麗多姿。這裏生長著幾千種樹木、綠草和花卉，它們使整個廬山的空氣總是那麼新鮮清新，讓每一位登上了廬山的遊人，都能真切地感受到大自然的美麗、豐富和神奇。

　　這裏還擁有一座聞名全世界的植物園：廬山植物園。它創建於一九三四年，是一座名副其實的「百花園」，裏面生長著三千四百多種植物，光是不同品種的杜鵑花，就有三百多種呢！

　　我國著名植物學家陳封懷先生（國學大師陳寅恪的侄子），被人們譽為「中國植物園之父」，是廬山植物園最早的創建人之一。植物園創辦初期，陳封懷還很年輕。他騎著一匹小毛驢，連續幾年，無論是颱風下雨、冰雪嚴寒，足跡

植物學家陳封懷先生

踏遍了廬山的每一條溝穀、每一片山坡，對廬山上的各種植物瞭若指掌。

　　不久，這位年輕的植物學家又考入了英國愛丁堡皇家植物學院，去那裏專攻園藝學和報春花分類學。兩年後，他謝絕了英國導師的盛情挽留，毅然返回了自己的祖國，返回了廬山。他對自己的導師說：「報春花的故鄉在中國，我的根，也在中國。」回來的時候，他捨棄了自己所有的行李，卻攜帶回了六百多種植物標本。

　　可是，就是這樣一位忠誠愛國的科學家，為了保護植物園內的一棵珍貴的紅楓樹，竟然差點吃了國民黨特務的槍子兒呢。

　　原來，蔣介石和他的夫人宋美齡都很喜歡廬山，有一些時候，一到夏天就到廬山上避暑。有一次，蔣夫人在植物園遊玩的時候，看中了一棵美麗的紅楓樹，就隨口對身邊的隨從說了一句：「這棵大楓樹要是栽在『美廬』就好了。」「美廬」是她住的那套別墅的名字。

既然是總統夫人喜歡這棵紅楓樹，隨員立刻就找到了當時擔任植物園主任的陳封懷商量，要把大樹挖走。可是，植物學家當即就嚴詞拒絕了。隨員說：「陳先生，您可別忘了，當初創建植物園的時候，夫人還捐了兩千大洋呢！現在想要一棵樹還這麼難嗎？」

　　陳封懷回答說：「兩千大洋，我們馬上奉還，可是，楓樹決不能挖走。這種珍貴的樹種，只應該生長在國家的植物園裏，任何人都不應該獨自佔有。」

　　後來，隨員們又找到與陳封懷有世交友誼的廬山行政長官出面，宴請陳封懷。可是，陳封懷一聽到「楓樹」二字，起身就走了。後來的幾天裏，被觸怒的隨員們就派特務跟蹤了陳封懷，說是只要「上峰」發話，馬上就一槍幹掉他。

　　後來，還是蔣介石自己怕把事情弄大了，影響了聲譽，就對手下說：「算啦，陳封懷只是個植物學家，廬山還有別的紅楓樹，給夫人去另找一棵吧。」算是平息了這件事情。

　　一位植物學家，為了一棵紅楓樹，敢於冒著生命危險，拒絕「第一夫人」的自私要求，這讓我們看到了一位正直、愛國的科學家的錚錚風骨。

　　陳封懷去世後，遺體就安葬在廬山植物園內的一個僻靜的山腳下。他把自己的生命，與他一生所熱愛的廬山植物、廬山植物園融化在了一起。他的心血和生命，也化作了廬山植物的養料，化作了廬山春天裏火紅的杜鵑花、夏天裏的七裏香、秋天裏的紅楓樹。

植物學家陳封懷先生塑像

　　有一年夏天，我帶孩子去廬山避暑。在廬山植物園裏遊玩時，我很想看一看當年「第一夫人」看中的那棵珍貴的紅楓樹。可惜我沒有找到它。也是因為這裏的楓樹品種實在是太多了，我覺得這裏的每一棵楓樹，無論是大的和小的、高的和矮的，都是那麼美麗、那麼珍貴。

永不熄滅的小橘燈

　　冰心老人是我國現代著名作家和詩人。她的年齡和二十世紀同齡。她的一生熱愛孩子，作品裏總是充滿著溫柔的母愛。一九二三年，在她從燕京大學畢業後赴美留學期間，就開始把自己在旅途和異邦的見聞寫成一篇篇美麗的書信寄回國內，發表給祖國的小朋友們看。她把它們總稱為《寄小讀者》。冰心和她的作品一起，做了一代又一代小讀者的心靈上的朋友。今天，文壇上的大多數老作家、老科學家等都是她當年的「小讀者」，當他們結伴去為九十歲的冰心奶奶祝壽時，他們簽的名字就是「當年的小讀者之一某某」。

　　今天的青少年一代更為熟悉的，要算冰心一九五七年春節前夕為《中國少年報》寫的散文《小橘燈》了。她滿懷深情地向我們講述了發生在一九四五年春節前夕的一個動人的小故事，一個在困難和黑暗的歲月裏勇敢、樂觀，對生活充滿信心和希望的小女孩的故事。那盞在黑夜的山城裏閃著朦朧的桔紅色光芒的小橘燈，使我們永遠感到「眼前有無限光明」。小

少女時代的冰心

現代詩人、文學家冰心先生

橘燈的明亮的燈光也一直閃爍在冰心的心中，使她在晚年也彷彿永遠都和美麗、善良、純真的孩子們在一起。

讓我講一講另一個小女孩的故事。一九八九年，雲南省一位九歲的佤族小女孩張可，到北京參加全國少年兒童繪畫大選賽決賽。她以當場畫的國畫《媽媽快來呀》得到評委們的一致讚賞而榮獲優秀獎。消息傳開，文藝界許多著名的藝術前輩都為佤族出了一位這麼好的小畫家而高興。老詩人艾青和作家馮牧等都親切地會見了小張可。特別難得的是，已經遵照醫生的吩咐而在門上掛了「謝絕會客」牌子的九十歲的冰心奶奶，也很想看看張可。

張可聽到冰心奶奶的要求，高興極了！她在小學課本上讀過冰心奶奶的《臘八粥》，還讀過《小橘燈》、《寄小讀者》等。當她激動地走進冰心老人的書房，看著那擺得密密麻麻而又整整齊齊的圖書時，她覺得好像走進了一個神奇的童話世界。

這時候，冰心奶奶微笑著把小張可拉到自己身邊，撫摸著她的小手問這問那，好像一對早就熟悉的老朋友一樣。冰心還告訴小張可，她早年在昆明生活過一段日子，她住的螺峰街與今天張可的家很近。她們應該是老鄰居了。

冰心散文名著《小桔燈》封面

小張可仰著小臉看著奶奶慈祥的面容，聽著奶奶那娓娓的回憶，她感到冰心奶奶的手是那麼溫柔。她把小臉湊過去，輕輕地、甜甜蜜蜜地親了親冰心奶奶的臉。冰心奶奶高興地笑著對小張可的爸爸媽媽說：「孩子還小，應該讓她自由發展，不要過分施加壓力，要給她玩耍的時間……」這時，張可拿出自己畫的一幅國畫《雛雞圖》送給冰心奶奶。她的心願是祝願奶奶永遠像童年的時候一樣快樂、不老。畫上的九隻毛絨絨的小雞雛彷彿正在向奶奶問好，祝奶奶長壽……冰心奶奶誇獎小張可說：「畫得真好，真美！」說著便把小張可拉到身邊，笑著照了張合影照。

照完相，冰心奶奶揮筆為小張可寫道：「張可小朋友，願你像一朵野花一樣，陽光下自由地生長！」寫完，她問小張可：「野花……懂得奶奶的意思嗎？」張可使勁地點了點頭。為感謝冰心奶奶，小張可又深情地背誦了自己不知已讀過多少遍的《臘八粥》。冰心奶奶微笑著看著小張可一張一合的小嘴巴，彷彿又回到了自己的童年時代。

除了小張可外，冰心奶奶還有一位親密的小朋友，那是寫過《夏天的素描》等許多小說和詩歌作品的少年作家韓曉征。冰心奶奶曾親自為她改過作文。曉征在北京二中念書的時候，一到星期天就跑到冰心奶奶家去，告訴她一個個好消息：「奶奶，我又寫完了一篇新的小說，我讀給您聽聽……」每當這時候，冰心奶奶總是一邊聽著曉征的朗讀，一邊微笑著點著頭說：「後生可畏，後生可畏……」

在冰心奶奶九十歲生日那天，韓曉征滿頭大汗從學校跑來為奶奶祝壽。她帶來一個布制的小禮物：一個身穿紅兜兜的小頑童騎在一個碩大的綠冬瓜上。曉征調皮地在一張小卡片上寫道：「冰心奶奶，您猜猜，是冬瓜大顯得孩子小呢，還是孩子太小顯得冬瓜大呢？」冰心奶奶看著這件奇特的小禮物，笑得合不攏嘴。她說，這是所有的孩子對她的祝賀。

冰心和現代文學家、教育家葉聖陶先生在一起

冰心先生和孩子們在一起

對人的鍾愛

　　老詩人、戲劇家駱文同志不喜歡我們年輕人稱他為「駱文先生」、「駱老」或「駱文主席」，而更願意我們稱呼他「駱文同志」。幾十年來，他對自己的夫人王淑耘先生也總是稱「淑耘同志」。這是延安的傳統。「同志」這個稱呼，對於這位從延安「魯藝」走來的老作家來說，是比任何稱呼都要樸素、親切和珍貴的。它意味著，不論你來自哪裡，不論你處在什麼地位，只要信仰一致，心靈正直、善良和友愛，我們都可以站到一起來的。就像他在延安的時候，不論是認識和不認識的，不論是言語不通還是舉目無親，都可以憑著延安的歌聲的熟悉的曲調，給自己找到同志和朋友。

　　《對人的鍾愛》，是駱文同志的一部散文選集。他說：「我寫了自然；我寫了讀書所感，看了戲劇家演出寫的夜記；對過早離開我們的同志情不自禁的哀思；如果說文章有血脈，它是凝結著愛的，對人的鍾愛。」

捧讀他寄贈的新書時，我的眼前總是映現著這位和藹、清癯的老人的身影和音容。言為心聲，文如其人。駱文同志對人的鍾愛貫穿於他一生的動作行止。他有一顆充滿大愛的心。這種愛是樸素、純淨和摯切的。無論是在風雨道中，還是在陽光明朗的坦途之上。

現代詩人、戲劇家駱文先生

他默默地寫下了他對一些過早地離開了這個冷暖人間的好同志和好戰友的摯愛與懷念。他用這種方式給自己的同志，「給一個個好人去上墳」。懷念李季的《長江在為你哭泣》；懷念安波的《感情的記憶》；懷念俞林的《奔喪》，「即令踏著蒺藜路我也要去奔喪」；懷念安危的《是非留待後人看》；還有懷念老舍的《陽坡上的大樹》；懷念王大化的《呼嘯的性格》……這是他的發自內心的「善良的人的頌歌」。

當得知老戰友、老作家俞林去世的消息，他在一個淒風苦雨的夜晚趕到潯陽江頭為老友送別。在他看到俞

駱文（右一）和老舍先生等訪問東歐洲時留影

林夫人，坐在她身旁的片刻，七十歲的駱文同志禁不住老淚
縱橫，他從內心裏痛惜我們又「失去了一個很好的人」。安
危去世後，追悼會開過了，善後工作也處理了，但他的心仍
然不能平靜下來，他幾次對身邊的同志談起：「這位同志是
不應該被遺忘的呀……」

　　三十多年來，因為工作和創作，他出訪過蘇聯、波蘭、
捷克斯洛伐克、南斯拉夫和日本等許多國家。他寫下了他對
異域的好同志好人民的崇敬與鍾愛。

　　在布拉格，他沿著伏爾塔瓦河沿來到貝德森公園。他
無限留戀地站立在「我們的好同志伏契克站立過的山頭」。

他寫道：「也是春天，也是這樣玫瑰色的黃昏，德國鷹犬帶著伏契克來到貝德森，他們讓她爬上一個山頭，『先生，盡情看看山下吧。你是你祖國的高人，就看你怎樣對待你的祖國了……』德國人含著點諛頌的意味說。而伏契克時而俯瞰大地，時而仰望長天，彷彿吸飽了初月之光，吐盡那晚水之氣，他說：『你們永遠不會懂得我是怎樣愛我的祖國，愛我的人民。你們根本不可能懂得我是怎樣熱愛啊——我的布拉格的金色城池，她嫣紫的黃昏，黃昏籠罩中的河、橋、花和樹……葡萄酒一般醉人……享受你眼睛所能獲得的享受。』伏契克淡淡地笑了：『絞刑架下誰願偷生！』……」我讀這段文字時，禁不住熱淚盈眶。這裏面有伏契克的心，更包含著一位中國文藝家，一位老布爾什維克的大愛的心！

　　一九八一年八月，駱文同志應邀到南斯拉夫參加「斯特魯卡詩歌節」。他深深地懷念英雄的鐵托。他默念著鐵托常常講到的話：「同人民在一起……即令有一天我死去，我也要同人民在一起……那麼，就讓我躺在普通的院落，躺在綠茵與鮮花叢中，讓我能和人民朝夕相見。」他同時也想到了通過自己漫長的人生經驗而對「人民」這個字眼作出的理解：

　　　　「人民，像上下四方空的氣層，我們一時一刻也不能
　　　離開。人民，像道大川，我們是水滴，是水汽凝成的
　　　珠點，我們是冰晶。只有在他們中間，才有可能創造
　　　出美的事物的篇章，美的情操的畫頁。」

二十世紀四十年代，在延安和三邊的山原上，他是這樣理解的；六十年代，在艱苦的治水工地上，他是這樣理解的；八十年代，當他以古稀之年或深入工廠鄉村求知尋美，或反思個人和時代的沉浮興衰，他仍然是這樣理解和堅信不移的。人民，在他的心中，像「同志」一樣，親切、聖潔、珍貴。

他經常想念「母親」延安。他說：「離開延安很久了，想她想得殷切。」他想念那純清而明澈的延水，那高高的寶塔下的大合唱；想念陝北的大生產的勞動，想念延安的演劇和鬧秧歌；想念王家坪的窯洞和楊家嶺禮堂裏的燈光；也想念「魯藝」裏的那些尊敬的善良的師長和戰友……

他記得，一九四二年的早春，在王家坪的一座小石窯門口的陽光下，和朱老總敘一些「家常話」的情景。那時候，老總總是笑眯眯地問他們：「聽說你們又要寫東西，寫劇本？……好，需要啥子材料，我們指揮部都可以供給……」他也記得，毛澤東那時才四十九歲。「我們二十多歲的人都羨慕他一頭豐潤的烏髮……」毛澤東同志穿一身補衲過的灰棉襖。在一座鄉村教堂的三撚油燈下，每張桌子上都擺著他們自種自收的葵花子和小個兒的落花生。他們和領袖、將軍同志們一起開晚會。「再給我們說點什麼吧！主席。」有人這樣提議。毛澤東同志談笑風生：「晚會參加了，音樂也聽了。打赤腳穿草鞋的也跳了舞……就是希望同志們好！在群眾那裏帶回好的創作……」一盞馬燈照著他跨上馬鞍。「主

席，該休息了。」「不，回到棗園又該工作了。」主席望著露出了薔薇色的晨曦的東天說。……

啊，他想念那些領袖、同志和朋友們同甘共苦，親密無間的日日夜夜。沒有欺騙，沒有奸詐，沒有一點點自私自利的雜念的日子……

「幾回回夢裏回延安，雙手摟定寶塔山。」他想念「母親」延安，想得殷切。年老的情懷常常千轉百結。

他有一顆「民歌的心」。我在不同的場合多次聽駱文同志給我們念樸素的民歌，念陝北的「信天遊」和「蘭花花」：「酒盅盅舀米不嫌你苦，蛋殼殼點燈不嫌你窮。」「百靈子過河沉不了底，三年二年我忘不了你。」「長腳鷺鷥沙梁上站，破開雲霧走大川……」他也給我們念過蒙古的民歌，「成吉思汗墓陵前的馬奶酒，願遠方的客人你喝一口，願你的馬兒像鳥兒一樣快。」

他整理過陝北民歌，搜集過蒙古的牧歌，也曾在贛南的山歌和號子聲

駱文先生長篇小説《樺樹皮上的情書》封面

駱文先生逝世後，當地報紙刊出的紀念專版。

裏采過國風。他從中發現了他心中的「真詩」。

我們說：「駱文同志有一顆民歌的心。」他笑而不語。我們從她的前幾年的詩選集《露水草》中讀到了他這樣的詩句：「從三邊回延安的土路／你一定看見過一趟一趟馱騾／它們好比古戰場的駿馬／頭上裝戴著紅色的繮絡」；「如果你大過我／就算你是哥／如果勞動上強／你就幫著我／……好日子，好好過／植樹就植常青樹／唱歌盡唱百年歌」。多麼樸素的心地，多麼質樸的韻致！

駱文同志在一篇小散文詩中寫到過，在那災難的年月裏，曾有許多暴風雨的深夜，他披衣起來，查看他看護的雞房，看看大雨有沒有澆濕他的小雞雛的柔嫩的羽毛。他疼愛那些處在同樣的逆境中的善良的小生靈。他有一顆慈愛的心。

我們一起去安徽參加一個筆會。長途車上的疲勞使我們個個昏昏欲睡，失去了歡笑。他便用他小時候唱

過的童謠來提起我們的興致。他稱同行的一位女孩為「美麗的小鳥」。女孩與駱文同志是初見，她卻悄悄地對我說：「多好的一位老父親啊，真想做駱文同志的么姑娘！」有人給他賣了幾個宿松的蘋果放在他的房間裏。他把它們分給了看望他的幾位老友，卻留下一個最大最圓的，悄悄地塞給了我。

當我們攙扶著他穿過了曲曲折折、明明滅滅的兩千多米長的彭澤龍宮洞走出洞時，他感歎說：「真像是從一個長夢中走出來了一樣！」

他的故鄉是江蘇句容。我沒有到過那裏，但我知道那是江南美麗的水鄉小鎮。駱文同志說那小城的風韻，用陸遊的「小樓一夜聽春雨，深巷明朝賣杏花」二句詩來表達，再恰切不過了。他想念他的遙遠的故鄉。然而為了革命的文藝事業，幾乎一生，他都遠離了故鄉。故鄉的清韻，只能常在老人的心頭縈繞了。「一切詩人都是還鄉的」，他也常常那樣溫柔地感到故鄉的疼愛和惦念，好像老母親的溫存的手，撫摩著她的年老的孩子。

他在老年的日子裏這樣憶念起自己的少年時代：「螢火蟲，我放進蛋殼／你卻裝它在寶石綠的南瓜瓜藤。／……我們依偎在老樟樹下／移動的月芽見證，還有流逝的天星。／吃你銜給我的／同睡蓮並生的甜菱。」（《昨夜瓜燈》）夢裏有依稀的青梅竹馬的夥伴的音容。夢裏有依稀的慈母的眼淚和搖籃的歌聲，他忘不了她們的恩情。

有年夏天，我因參加一個文學會議，可以回到十幾年未見的膠東老家看看了。那裏有我的早逝的母親的荒墳，有我的辛苦了一生的祖父的荒墳。我向駱文同志講過我的守在大青山上的爺爺的故事。我寫信告訴駱文同志：「我到時給您帶點我家鄉的小米回來吧。」我知道他對小米有一種特殊的感情。他來信說：「我很贊成你回故鄉看看。不能忘了故鄉的……但小米就不要帶了，朋友已從太原帶了許多來，吃不了要生蟲的，那太可惜了……」他是認真的老人。他是怕我旅途遙遠，行李沉重。

　　我還是從膠東帶回了一小袋碾好了的金色的小米。我用食品袋紮好，放進一個餅乾盒裏，希望不久能給駱文同志送去。妻子幾次問：「留著捨不得吃呀？」我說：「不，這是留給駱文同志的。」

他為小苗灑上泉水

一

一九八九年七月九日夜晚十點十分，在北京醫院裏，一位美麗的白衣天使，把一張潔白的床單輕輕地覆蓋在一位童話作家的身上。這位童話作家就是金近先生。在這個靜靜的夏夜，他的樸素和善良的靈魂，隨著天邊劃過的一顆流星，飛升到另一個世界去了。「風太大，把窗關上吧。」這是他留在世上的最後一句話。

第二年的金秋時節，他的骨灰安葬在他的故鄉——浙江上虞的大地上。清清的曹娥江邊的那片古老的青山，是生他養他的土地。他的苦難的童年，是在這裏度過的。人們在他小小的墓穴裏，放進了幾本他自己寫的童話書。這是他畢生的事業和夢想，是他生命和心血的結晶。它們將會溫暖和安撫著他善良的靈魂。

他的墳墓莊重而又樸素，墓碑底座是兩層白色的花崗石台，好像兩本書，托著他的一片愛心。深灰色的大理石墓碑

上，覆蓋著一條紅領巾，象徵著孩子們對他的愛戴和懷念，而他也將永遠和孩子們在一起。他的墓碑的正面，鐫刻著冰心老人的一行題詞：「你為小苗灑上泉水」。這句話是對金近的一生最形象、最美麗的概括。墓碑背面，是幾行簡單的碑文：

> 「他是貧苦農民的兒子，通過刻苦自學成為著名作家，他是我國當代兒童文學奠基人之一。他出生於上虞偏僻漁村，童年充滿淚水。他的童話、詩歌和美術電影，卻給億萬兒童帶來歡樂。」

是啊，二十世紀四十年代以後出生的一代代中國孩子，有誰沒有讀過金近先生的童話呢？有誰不知道《狐狸打獵人》、《小貓釣魚》、《紅鬼臉殼》以及《好心的菊花》、《奇異的綠果》的故事呢？有誰沒有唱過動畫電影《小貓釣魚》的主題歌《勞動最光榮》呢？

他為孩子們寫了一輩子童話。從他的第一篇童話《老鷹鵓的升沉》（發表在一九三七年四月的《小朋友》雜誌上，其時他才二十一歲），到他的最後一篇童話《刁狐狸和傻狐狸》（寫畢於一九八七年四月，這時他已經七十二歲），時間跨度正好是半個世紀。半個世紀裏，他向孩子們奉獻了四十多本書。他的最後一本書，是在他逝世以後出版的，書名就叫《最後一本童話》。

這些童話，是他「獻給全世界兒童們的金字塔，將永生光輝」（日本兒童文學家高士與市語）。同時，它們也是當代兒童文學的民族化的典範，其創作風格反映出的是中華民族最普遍的人格特徵和中國大眾文化的基本風格。一位作家，終其一生，忠於自己所擅長的文體，這本身就是一種極其可貴的品質。正如阿左林對他的同道說過的：「勞動者對於他的職業的愛，便是在一件不論是『自由』或是『機械』的業務中最關緊要的東西。不論我們所做的是什麼，主要的是帶著一種強烈的感情去做。」

　　金近的一生，是為童話的一生。金近的同鄉和同事、在年齡上比金近略小一點的兒童文學作家和編輯谷斯湧先生，滿懷對這位前輩作家的景仰和愛戴之情，於一九九四年四月出版了他撰寫的《金近傳》（海燕出版社）。在這部傳記的「引言」裏，穀斯湧深情地讚歎道：「和童話相交五十多年，與之結下了不解之緣的金近，把自己的畢生精力獻給了這美麗的、有趣的、最受孩子喜愛的文學體裁；其實，他自己的一生，就是一部金光閃閃的童話。」只不過，「他留給我們的這部閃著金光的大童話，不是用筆用文字寫下來，而是用他一生的言行編織成的，是用他一生的心血熔鑄成的」。這也正是穀斯湧把這部《金近傳》冠以《一部金色的童話》的書名的緣由。這部傳記，以深情的筆墨，真實而生動地記下了金近跋涉艱難人生的一串串腳印，告訴我們，一個優秀的中國童話作家曲折善良的一生。

二

　　誰都知道，安徒生是由一位窮苦鞋匠的兒子成為一個偉大童話作家的。金近十二歲時就告別了家鄉，到上海新聞路上的一家字型大小叫「景興盛」的小百貨當學徒。像契訶夫筆下的萬卡一樣，他受盡了老闆的欺凌與侮辱，流完了童年苦難的淚水。後來在親戚的資助下，勤奮好學的少年金近才得以讀了兩年的書。但不久又失學失業了。當他十八歲的時候，他在上海一家私人小報館裏找到了一份練習生的差使，同時也得到了一張《申報》館「流動圖書館」的借書證。白天他拼命地幹活，晚上，他靠著一盞昏黃的小燈，在一個小小的閣樓上，讀著他借來的一本本新書，從魯迅、茅盾……到高爾基、馬克‧吐溫……他由自己的經歷，理解和同情著那些下層小人物的悲慘的命運。

　　一九三六年元旦過後，金近在由何公超任總編輯的《兒童日報》裏，謀到了一項管收報費的職業。這一年他快滿二十歲了。由於他的勤勉好學，而深得何公超先生的喜愛。第二年，何先生就聘他當了一名正式的助理編輯，並熱情地鼓勵他學習創作。而在這之前，金近已在《新聞報》的副刊上發表過一則小笑話。金近果然不負何先生的期望，一九三七年四月，他的一篇兩千多字的童話《老鷹鷂的升沉》，發表在黎錦暉先生創辦的《小朋友》雜誌上，占了整整六頁。金近高興得把這篇童話都背熟了。

但是不幸的是，童話的鷹鷂剛剛升起，旋即沉了下來。這一年七月，抗戰爆發，一個月後，戰火就燒到了上海的吳淞、閘北和南市。《兒童日報》不得不停刊，金近又一次失業。

　　一九三八年秋天，金近流浪到重慶，經人介紹，在收容流浪兒童的重慶第一兒童教養院，找到了一份工作。在這裏，他結識了年輕的美術教員王大化，並且根據從難童中收集到的素材，寫出了他平生第一本書———一本日記體的小說《抗戰兒童日記》，署名金知溫。這是他本來的名字。可惜的是，這本小說是由一家小得非常可憐的皮包書店出版的，經過戰亂的年月，未能保存下來。唯一保存下來的，是金近對於苦難的中國兒童的同情和不平。

　　進入四十年代，金近在全國抗戰的大潮中迅速成長起來。失業是自不待言的，但他不再為個人的失業感到惆悵了。當祖國蒙難，人民苦不堪言，他個人也不願祈求有更好的命運。山城歲月，陰晦顯明。愛與仇，敵與友，懷疑與信任，光明與黑暗，這一切都在考驗和鍛煉著青年金近。所幸的是，在時代的大風浪中，他穩穩地站住了腳跟。這時的金近，已在大後方的新聞界認識了不少人，先在《時事新報》供職，後又到重慶的英國新聞處當上了一名翻譯員——他通過自學，已經初步掌握了英語。他結識了《新華日報》裏的夏衍、喬冠華、馬思聰等文化界人士，和他們成了朋友。他虛心地向他們學習，以自己的善良、誠懇和謙遜而獲得了朋

友們的幫助。在成為一個童話家之前，他先在思想上成熟了起來。

谷斯湧在寫到金近的這段歲月時，這樣寫道：「善良的願望，使得金近對苦難的兒童特別關心。在這幾年中，他細心觀察生活，以真摯的同情心，在自己的作品裏描寫了一個個在社會底層苦苦掙扎的兒童……把他們的境遇一一展示出來，讓全社會都來看看這些最不公道的現象！」那時他雖然還不是一個兒童工作者，但對國家未來前途的關心，驅使他依然時時注視著民族幼苗的成長壯大，並且確立了自己以筆桿為武器來療治社會痼疾的志向。

那時候，作家徐遲也在英國新聞處工作。徐遲在他的長篇自傳《江南小鎮》裏，回憶過金近給他的印象：「在那裏我朝夕和金知溫相對而坐，自然無話不談。我發現他是一個很謙遜的人，而又是一個保持著童心不變的人。我很喜歡聽他講故事。他的故事是很親切的，新鮮的，有趣的……」徐遲還寫道，「他這人是我所見到的人中間最純樸、最天真的一個……我很喜歡他，他也很喜歡我。我們之間有著一種默契。只要我們一見面，彼此立刻都變成了兩個兒童，兩個『小毛頭』……」當時金近給徐遲講過的故事之一，就是徐遲和穀斯湧在書中都寫到的那個如何懲罰希特勒這個戰爭魔鬼的故事。可見，那個時候，金近已經顯露出了他作為一位童話家的才華和特點。

徐遲還記得，那時候他就發現，金近肚子裏好像裝滿了說不完的童話故事。徐遲給他轉了一篇到《新華日報》副刊的文章，發表時署名「金近」。從此以後，金知溫就變成了兒童文學家金近，他的原名，反而漸漸被人忘記了。

三

從四十年代的最後幾年到五十年代最初幾年，是童話家金近創作的第一個高峰期。抗戰勝利後他返回上海，作為一名作家而正式進入了兒童文學界，和陳伯吹。何公超、賀宜、仇重、沈百英、黃衣青等老一輩兒童文學作家、編輯有了密切的往來。一九四七年秋天，他的兒童詩集《小毛的生活》和童話集《紅鬼臉殼》同時出版，受到了窮苦孩子們的熱烈歡迎，在當時和《三毛流浪記》同樣有名。他用這兩本小書，迎來了祖國的天亮。

新中國開國前夕，金近作為上海代表團的代表之一，北上參加了全國第一次文學藝術工作者代表大會。這個從舊中國最底層流浪過來的人，終於找到了自己真正的隊伍和歸宿。文化會閉幕後，他被分配到東北電影製片廠，和著名漫畫家特偉等人一起，參與動畫片的創作工作。建國後我國的第一批動畫片，是浸透著金近的心血的。《小貓釣魚》、《小鯉魚跳龍門》，《狐狸打獵人》等，就是金近開國後的一批童話力作。《小貓釣魚》裏的主題歌《勞動最光榮》，直到今天還在孩子們中間傳唱著。

一九五二年夏天，金近調到北京工作。從此以後，他就一直作為一名兒童文學作家、少先隊工作的組織者、兒童文學工作的領導者以及著名的兒童文學編輯家，活躍在中國當代兒童文學的舞臺上。他為新中國的小苗灑上清泉。他為新中國的兒童文學事業鋪路架橋。憑著他對祖國母親的滿腔愛戀，他不僅僅是用筆用紙，而是用自己的心血和生命，寫著他的人生理想這部金色的童話。

　　十年浩劫中，金近也在劫難逃，被舉家發配到河南農村，度過了漫長的一段風雨草棚的歲月。但泥濘之中，他童心未泯；放牛間際，他的目光仍然關注著每一朵小野花的命運。他在寂寥的歲月裏仍然想著怎樣給他所愛著的人們送上一點歡樂。他的老朋友徐遲就念念難忘，有一次，金近想方設法給徐遲家送來一隻冬筍，使徐遲覺得，這只冬筍足足有他的童話中寫到的冬筍那麼大，比童話中的冬筍還更新鮮……這是苦難的歲月裏，童話家的童話在現實中的唯一能夠發出的「光亮」。

　　新時期以後，是金近創作的第二個高峰。《春風吹來的童話》、《愛聽童話的仙鶴》和《最後一本童話》，是他新時期十年多的豐碩收穫。冰心老人在談到金近的這些作品時，曾由衷稱讚道：「我敢說，他比一切兒童文學家寫得都好。就是這一點，就是最天真、最純潔、最深入兒童生活，像我們就沒有他那樣的生活。他的這些生活就是跟兒童融化在一起，平起平坐地用孩子的語言來跟孩子說話。他寫出來

的東西，我看沒有一句有典故的，沒有一句有成語的，都寫得很通俗。可以說我們寫兒童文學的最成功的就是金近。」（冰心在一九九〇年杭州「金近作品研討會」上的講話錄音）嚴文井先生也認為：金近的「樸素、誠懇、埋頭苦幹的奉獻精神轉化為他作品中的光輝，在孩子們的心中閃亮」。

童話家遠去了，但童話永不消亡。安徒生臨終前，曾語重心長地對他的年輕的同道說：「要善於為別人的幸福和歡樂去想像，而不是為了悲哀。」金近的一生，正是給億萬孩子送來歡樂的笑聲的一生。

「為小苗灑了一輩子泉水的金近，小草、鮮花會永遠記住你，森林、大地也會永遠記住你……」谷斯湧先生在《金近傳》的最後一頁寫下的這兩句話，傳達出了每一個熱愛金近童話的讀者的心聲。

郭風的文學氣質

　　郭風先生是中國現代和當代兒童文學史上最具個人風格的散文作家之一。半個多世紀以來，他在兒童散文和散文詩的田園裏孜孜耕耘，心無旁騖，藝術成就斐然。他的文學成就不僅是對中國兒童文學的巨大貢獻，同時也豐富了世界兒童文學寶庫。

　　郭風（一九一八一二○○九），回族，原名郭嘉桂，福建莆田人，一九四四年福建師範專科學校中文系畢業。曾任中學教員、《現代兒童》主編。一九四九年後，歷任福建省文聯秘書長、副主席，福建省作家協會主席，中國作協第三、四屆理事。一九三八年開始發表作品。主要著作有童話詩集《木偶戲》、《月亮的船》，散文詩集和散文集《蒲公英和虹》、《葉笛集》、《避雨的豹》、《在植物園裏》、《你是普通的花》、《鮮花的早晨》、《燈火集》、《早晨的鐘聲》、《小小的履印》、《孫悟空在我們村裏》、《獻給愛花的人》、《晴窗小箚》、《龍眼園裏》以及《郭風散文選》、《郭風兒童文學文集》等。《郭風作品選》被譯

成俄文出版。《孫悟空在我們村裏》曾獲中國作協第二屆
（一九八六——一九九一）全國優秀兒童文學獎。

　　郭風一進入文壇，其作品就打上了卓異的藝術風格的烙
印。他早期作品《木偶戲》裏，包括《小郭在林中寫生》、
《小野菊的童話》、《豌豆的三姐妹》等篇，曾被名編輯黎
烈文稱讚為「給中國新詩開拓了一個新境界」的作品（黎烈
文：《木偶戲》，《改進》第十一卷第三期，一九四五年出
版）。一九四九年後，他致力於散文詩的創作，迎來了創作
生涯中的第一個高潮。散文詩集《蒲公英和虹》、《葉笛
集》等，是他此間的代表性作品集。對鄉土風習、地域文化
精神的發掘與提煉，對故鄉泥土和大自然之美的眷戀與讚
美，是他五六十年代創作的主題。他的作品裏充滿了諸如葉
笛、果園、麥笛、水磨坊、山溪、燈火、小橋、乾草堆、鳥
巢、水文站、驟雨、蒲公英、白霜、村莊等等平凡而樸素的
鄉土意象，他善於從中捕捉到某種情緒和意趣，從而抒發自
己最細膩最真實的感覺與感受。在文本形式上，他創造性地
把自由體新詩、散文和散文詩以及童話、箚記等揉合起來，
形成了一種十分獨特，既自由活潑，又自具章法的文體。這
種文體既有自由體新詩的內在節奏和旋律，又有散文詩的簡
約形態和散淡韻致，間或也塗拌著童話的幻想色彩。清新、
簡約、雋永、恬淡、開朗，是郭風五六十年代兒童散文最明
顯的風格印記。

進入新時期以後，郭風在藝術道路上繼續探索和實驗，使自己的散文創作再次形成高潮。《鮮花的早晨》、《早晨的鐘聲》和《孫悟空在我們村裏》等集子，可視為他此間的標誌性作品，其中包括《紅菰們的旅行》、《雛菊和蒲公英》、《草叢間的童話》、《松坊村紀事》等幾個著名的「系列作品」。和五六十年代的創作相比，郭風此間的作品更具兒童本位意識和文體自覺性。他在《孫悟空在我們村裏》的序言中說過這樣一段話：「我開始從事文學創作（包括為孩子們寫作）以來，這數十年間，實際上都是認識自己、發現自己乃至揚棄自己的漫長的過程。或者，簡約地說，在整個文學生活歷程中，我逐漸明白了自己的文學氣質。這所謂氣質，一般看來是很複雜的、難以說清楚的。儘管如此，我逐漸明白自己較於能夠從客觀世界捕捉某種情緒、意趣，而不善於抓住情節；我逐漸明白自己較易於捕捉世界的善良部分、真純部分，較能理解兒童；甚至喜歡把世界的某些事物注入兒童趣味和幻想；等等。這使我在文學世界中容易接近散文，以及容易讓散文童話化，或把童話這一文體予以散文化。」（《孫悟空在我們村裏·序》，福建少年兒童出版社一九九一年四月第一版）這段話有利於我們從作家個人氣質角度去解讀和欣賞他此間的作品。

如果說，郭風五六十年代尚有不少作品僅止於對客觀世界的表面描述，給人以一種單純的美感的話，那麼，郭風在第二個創作高潮期所寫的作品，則進一步向內心走去，

更注重用自己的心靈去感受花朵和土地的世界，感受他們的心靈。

　　這一時期，他的題材更趨向心靈化和意緒化，他的文體更趨向個性化和自由化，他的描述也更趨向意象化和寫意化，而語言文字也特別注重情緒化和主觀抒情色彩。出現在他筆下的「紅菰們的旅行」、「鮮花的早晨」、「松坊村的冬天」、「雛菊和蒲公英」以及其他花、樹、鳥、獸等等，都不再僅僅是一頁頁明朗和寫實的風景畫，而是一幅幅帶著鮮明的地域色彩和強烈的個性特徵、偏重於兒童趣味和幻想色彩的「印象畫」、寫意畫了。他自覺而又自然地以兒童趣味和幻想注入大自然的物象和社會生活的細節之中，或者說是善於從自然物象中提煉和掘取能與自己的思想、情緒、感覺相吻合的東西，努力做到自然物象與「心象」的和諧統一，從而創造出一種特殊、生動而有韻致的藝術美感。

　　試讀「松坊村」系列中的一些篇章如《松坊溪》、《松坊溪的冬天》（包括之二、之三）、《鄉情》、《秋暮》、《松坊村初雪》、《雪白的辛夷花》等等，我們感到，在一個特殊的年代裏，作家所旅居的這個「民情醇厚，其地山水甚美，雪甚美，花草樹木甚美，雀鳥蝴蝶甚美」的小山村裏，一切皆因作家心境暫時的平靜而變得那麼和諧和寧靜。不僅僅是小山村本身，而是主要由於作家細膩的觀察和真切的感知，才賦予了這個小山村以無限的寧靜、和諧和美麗，賦予了這個小山村一種彷彿巴比松式的情調。然而，當我們

再聯想到作家旅居時的特殊的年代和時代氛圍，想到當時整個中國的大環境，我們似乎又可以透過松坊村的寧靜，去感知作家對一些被損害與被踐踏的寧靜與美麗的強烈的眷戀與呼喚，雖然這種眷戀和呼喚是默默無聲的。《孫悟空在我們村裏》則發揮了他四十年代寫童話詩的藝術特長，嘗試著把童話的情節引進散文和散文詩的結構之中，創造了一種舒展自如的、更富兒童閱讀趣味和明顯的美學特徵的敘述文體，成為當代兒童散文園地裏的一束奇葩。

郭風的文學資源和個人文學氣質與風格的形成，來自多方面的影響。首先，他的故鄉莆田的人文環境、鄉土風習以及氤氳其間的寧靜、和諧和醇厚的文化氣息，一直貫穿著他創作的各個時期。秀麗、明媚的南國風光和散發著龍眼樹與荔枝林芬芳氣息的莆田景物，以及莆田週邊的壺公山、芳堅館、書倉巷等等人文景觀，常常出現在他不同時期的作品裏，成了他的作品特有的印記，以至於曾使另一位散文作家產生過這樣的感覺：「有一次我乘汽車從郭風的故鄉穿過，目睹那裏的山水田舍，不知怎麼，我頭腦中驀地騰起一個無聲的發現：『這就是郭風』。」（石英：《散文之鄉，群星薈萃》，《文學報》一九八六年八月七日）其次，郭風在童年時代讀過私塾，受過較嚴格的古典文學訓練，有著深厚的傳統文化根底，青年時代又接受了五四新文學的影響，尤其深受魯迅、葉聖陶、冰心等作家散文的濡染。接著，他又讀到並且深深喜歡上了如阿左林、果爾蒙、凡爾哈侖、波特賴

爾等西方詩人和散文作家的作品，尤其是戴望舒翻譯的法國詩人果爾蒙的《西茉納集》，卞之琳翻譯的西班牙散文家阿左林的《阿左林小集》，對他後來在散文文體上的忠實和執著的探索，起到了很大的啟示性作用。關於阿左林，郭風曾說：「我閱讀他的作品，有時在早晨，有時在中午時分。我閱讀他的作品，有時心中不覺出現一種想法，以為他有一種力求使作品寫得簡潔的習慣，有種對於散文這種文體持著極端負責的固執態度。」（《你是普通的花·關於阿左林（之一）》，人民文學出版社一九八一年一月第一版）

阿左林對於散文的這種「極端負責的固執態度」，直接影響了郭風一生對散文的態度。關於果爾蒙，郭風也曾有言：「詩人的奇異的、大膽的想像和聯想；詩歌中新鮮的形象和幻想；詩人通過他自己特有的藝術手段所強烈地而又似乎是朦朧地表達出來的情緒、某種欲念和召喚以及某種哲學思想，所有這些，……一開始便有一種吸引我的特殊力量。」（《你是普通的花·關於果爾蒙》）我們從郭風作品意象的單純與明朗、個人情緒的微妙與真摯等等特色上，不難看出他與果爾蒙的「師承」關係。

兒童文學評論家孫建江對於郭風的散文作過這樣的評價：「郭風的作品很少去刻意追求什麼重大的『主題』或『思想意義』，明顯有別於那些受『文以載道』思想影響的作品。這也是郭風作品最為明顯的一個特徵。郭風的散文自然、清新，極富兒童品格，無論是內在的思維規範，還是外在的表

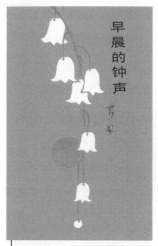

郭風散文集《早晨的鐘聲》封面

郭風散文集《燈火集》封面

現形式，都極易為少年所接受。郭風的少年散文又具有明顯的創意性。他的少年散文既有童話的故事情節、詩的韻味，又有散文的筆調方式，融童話、詩、散文為一體。」（孫建江：《二十世紀中國兒童文學導論》，江蘇少年兒童出版社一九九五年二月第一版）這番評價是十分中肯和實事求是的。

郭風的兒童散文在中國二十世紀兒童文學史上是一個巨大的存在，同時也直接啟發和影響了後來的一些散文作家如吳然等人的創作。兒童散文這一獨特的文體，也正是由於郭風和郭風的追隨者們「獨創性的勞動和淋漓盡致的發揮，而綻放了淨潔可愛的花朵，清純芬芳，獨具魅力。」（吳然：《郭風和〈郭風兒童文學文集〉》，《書摘》雜誌一九九七年第七期）

葉至善的編輯藝術

　　世界上自從有了「編輯」這一行當，也就有了「編輯
學」和「編輯藝術」之說。有人懷疑過它的存在，認為編
輯無非是「為人作嫁」而已，一本書的問世與傳世，主要
靠作者和作品的好壞，至於編輯，不過盡了一點分內的、
技術性的職責罷了，有何「學」與「術」可言呢？然而，
從二十二歲起就跟著父親葉聖陶學習當編輯，一直當了半個
多世紀的編輯還「老覺著沒做夠」的葉至善先生，卻並不同
意當編輯是「為人作嫁」這一簡單的、帶有輕視性的說法。
他曾總結自己五十多年編輯生涯的甘苦與經驗，坦言自己之
所以喜歡編輯工作，彷彿永遠懷有巨大的「編輯癮」的原
因，大致有兩點：「一是可以滿足我的創造欲，跟當工程師
當藝術家沒有什麼兩樣；二是可以滿足我的求知欲，隨時能
學到雜七雜八的諸多知識。」他說，「因而我樂此不疲，從
未見異思遷，儘管失敗的懊惱多於成功的喜悅。」葉至善先
生把當編輯看作跟當工程師當藝術家沒有什麼兩樣，言下之

意當然是，編輯也是一種創造性的勞動，編輯工作自然應講究藝術，而且大有學問。每一本書，從提出選題到印製成書，其中任何一個環節都可以發揮編輯的創造力，達成一種只有編輯才能完成的藝術效果。為此他多次聲明，自己對編輯是「為人作嫁」這個說法「一向持否定態度」的。他說，不但過去沒悔過，現在仍然不悔，將來也決不後悔，根本不承認有「為人作嫁」那回事兒。而編輯中的「苦惱」卻是常有的，例如，看出了毛病，看出了缺陷，對一篇文章的好與壞，心裏早已有了數的，卻難在對著稿子不敢下筆彌補和改正，只因為「文章千古事，得失寸心知」，作為編輯的責任其實是那麼重，一落筆就成了「千古事」。在這裏，葉至善先生從反面證實了編輯確非一個簡單的「為人作嫁」的職業。

　　葉至善先生是現當代名編輯、名出版家，也是一位知名的作家，尤其在少年科普創作方面，堪稱巨匠。然而他常常只承認自己是編輯，不承認自己是作家。他二十二歲起就跟著父親葉聖陶在開明書店學習編輯和寫作，一九四五年起正式任開明書店編輯，解放前就編輯過《開明少年》月刊和其他青少年讀物。他在談到這一點時，總是強調，自己是「生長在一個編輯的家庭裏」。他的父親葉聖陶是一位文學家、教育家、語文學家，而葉至善特別強調的是，父親更是一位編輯家。他曾給父親做過實事求是的計算，算出父親在世時一共做了七十三年編輯工作。而他的母親胡墨林也是當編輯的，點校過中華書局的《六十種曲》，幫葉聖陶編輯過

《十三經索引》，三十年代在開明書店做過葉聖陶的助手，解放後在出版總署和人民文學出版社當過校對科科長。葉至善強調這一點，意在說明自己尤其珍惜「編輯」這個頭銜，而且引以自豪。實際上也正是這樣。葉至善在解放後繼續在開明書店當編輯，編過著名的《中學生》月刊。一九五三年開明書店合併到中國青年出版社，一九五六年又成立了中國少年兒童出版社，葉至善出任該社社長和總編輯，主持編輯了《旅行家》和《我們愛科學》雜誌。在漫長的編輯生涯中，葉至善繼承了父親葉聖陶以及整個開明書店認真、嚴謹、兼收並蓄而又獨立創新、「有所為、有所不為」的編輯作風，在新中國青少年讀物編輯史上留下了許多名篇傑作，如著名童話《寶船》、《小布頭奇遇記》，大型叢書《少年百科叢書》等等。同時還編輯了二十五卷本的《葉聖陶集》以及《葉聖陶散文甲集》、《葉聖陶散文乙集》、《葉聖陶序跋集》等。因為他在編輯領域裏的傑出成就，他先後獲得過中國福利會頒發的婦幼事業「樟樹獎」、中國版協評選的首屆「伯樂獎」等。

一九九八年四月，葉至善先生八十壽辰到來之際，中國少年兒童出版社建議他編一本文集由該社出版，以示祝壽之意。葉先生花了一個半月，編選了近二十年來的有關編編寫寫方面的文章一百篇，並且取名《我是編輯》。這個書名再一次證明了葉至善對「編輯」這一職業的看重與推崇。而印在封面和扉頁上的那首《蝶戀花》詞，也形象地抒發了一個

執著的編輯家對於自己的職業極端負責的態度和強烈的熱愛之情：「樂在其中無處躲。訂史刪詩，元是聖人做。神見添毫添足叵，點睛龍起點腮破。信手丹黃寧複可？難得心安，怎解眉間鎖。句酌字斟還未妥，案頭積稿又成垛。」「我是編輯」，這四個字所蘊涵的不惟是自豪和自信，又何嘗不有一種自尊、自強乃至自律、自勵的意味呢？

　　葉至善先生做編輯工作，主要是受父親葉聖陶的影響，跟著父親學。他說，因為這種影響，他給自己的職業立了兩條最起碼的規矩：一是得對得起讀者，二是得對得起作者。所謂「對得起讀者」，就是要設身處地為讀者著想，要瞭解自己的讀者：瞭解讀者的知識水平、理解能力；瞭解讀者的工作、學習、生活情況；瞭解讀者的年齡、興趣、愛好；瞭解讀者需要知道哪些東西，解決哪些問題，等等。他認為當一個少兒讀物編輯，就應該根據少年兒童的年齡特點，盡可能編出他們喜歡看的，看了對他們的成長有點兒好處的圖書，例如幫助他們增加讀書的興趣，幫助他們提高辨別是非善惡的能力等等。這其實也正是當年老開明書店的優良作風：認真，樸實，謙虛，誠懇，對讀者儘量做到「唯願文教敷，遑顧心頭瘁」。

　　所謂「對得起作者」，學問就更大了。他在開明書店創建六十周年紀念會上發過一次言，談到辦好一個出版社的三個基本條件：第一要有好編輯，第二要有好作者，第三要有好書。談到「好作者」，他禁不住又以老開明為例，讚賞開明書店就是非常尊重和重視作者的一家書店。事實也正是

這樣，解放前一般讀書人都知道，茅盾、巴金的小說，朱自清、豐子愷的散文，夏衍、吳祖光的劇本，還有顧均正、劉薰宇、索非、賈祖璋、法布林、伊林、別萊利曼等中外科普大師們的科普讀物，應該上哪兒去買，當然是開明書店。開明書店緊緊地團結了一大批優秀的著作家。這些作者相對固定在一家出版社裏出書，編輯與作者之間十分理解，關係融洽，對提高出版物的質量大有好處，作者也受到了應有的禮遇與尊重。譬如當編輯的向作者約稿，葉至善認為，編輯就一定要事先對約稿物件（作者）的興趣、寫作領域、撰稿能力、文字風格等等有所瞭解，應該讓作者們「有感而發」，而不是「強加於人，強人所難」。他舉了這樣一個小事例：一九七九年有一陣子，葉聖陶對一些追悼會上的悼辭頗有意見，大概認為其中充滿了套話空話吧。有一天，當他參加宋雲彬的追悼會回來，又若有所失。這時葉至善看在眼裏，並不由地想起小時候讀過的《祭十二郎文》和《祭石曼卿文》，於是便「攛掇」葉老寫一篇關於悼辭的「搭題」文章。葉聖陶對此正好有話要說，不日便寫出《祭文‧悼辭》在《讀書》上發表了。事後葉至善不無得意地說：「這篇文章不是《讀書》約的稿，約稿人是我。……我覺得這次約稿很成功，因為沒有強加於人，強人所難。當編輯的跟作者約稿，最容易犯這種主觀主義的毛病。」這件小事，對那些常常不問約稿物件的興趣而簡單地、一廂情願地行事的編輯來說，不無啟示意義。

許多著書立說者都曾有過這樣不愉快的乃至絕望的經歷：一部稿子送到了出版社，從此也就進入了一個自己無法把握的「黑箱」之中，它將在「編輯老爺」的檔案櫃裏度過漫漫的暗無天日的時光，至於何時問世，全憑命運的安排了。吳宓先生對自己的書稿不就有過「蓋棺有日，出版無期」的慨歎嗎？葉至善先生是對自己的每一位作者都極端負責、設身處地為之著想的好編輯、好出版家，然而輪到他當作者時，他卻要遭受和許多作者同樣的命運的折騰了。且看他在八十年代初寫過的一篇《等——給出版社的信》：

負責同志：

　　今天是二月二十八。貴社約我編的那部稿子，我是去年年底寄出的，到現在整整兩個月了，肯定還是否定，還沒有一個准信。

　　兩個月是一年的六分之一。我有一位親戚，是父親一輩的人，去年十月，他九十初度。老人家耳朵背，去年春間，他向一家電子儀器公司定了一具新型的助聽器，說定半年取貨，老人家好耳聰目明地（目明當然得另靠眼鏡）度過他的第九十個生日。那一天我特地去向他老人家祝壽，很想看看他的助聽器怎麼個新型法，效果到底好不好。沒想到那家公司說話不算數，助聽器還沒做得。老人家一點兒不性急，笑著說：「大概快了吧，他們說至多不出三個月。」三個

月過去就到了春節，假日裏我又去探望他老人家，他老人家耳背如故；仔細一看，他耳朵上並沒有什麼新型的助聽器。「再等它三個月吧，」老人家說，「反正我也慣了。」

要慣，真不容易。我祝他老人家長壽，不知道他聽清楚了我的話沒有。我佩服他老人家真有耐心。九十歲的人都不著急，我才六十出頭，幹嘛要老扳著指頭過日子呢？

順頌

編安。

葉至善

一九八二年二月二十八日

這是一篇絕妙的諷刺小品。葉至善顯然是借機對那種長久地壓著作者的稿子不作處理也不予答復的「老爺」式的編輯作風，辛辣地幽了一默。其言外之意，足夠每一位有類似作派和行為的編輯和出版者三思而自省。

「編輯是讀者和作者之間的橋樑。」葉至善先生認為，編輯去物色作者，實際上是代讀者去找作者的，因此，每一個當編輯的都應該跟若干位作者做知心朋友，掌握他們的工作情況和生活情況，熟悉他們的著作，知道他們經常寫的是哪一路文章，包括行文的風格。還得瞭解他們目前正在想些什麼，做些什麼，關心的是哪些問題。而這些都是選擇作者、尊重作者的前提。在這一點上，葉至善先生又不能不提

到老開明書店的那些優秀的編輯，如章錫琛、夏丏尊、趙景深、錢君匋、顧均正、葉聖陶、金仲華、徐調孚、王伯祥、周予同、宋雲彬、傅彬然、周振甫等等。這些編輯不僅有豐富的編輯經驗，而且有可貴的敬業精神，同時還都能自己動手寫作，在社會上有一定的影響。他們在開明書店時，每個人都能聯繫一大批固定的好作者、名作家，這些作家也願意做他們的好朋友，願意把自己最好的稿子交給他們，因為只有交給他們，才感到放心。由此，葉至善先生還引申出另外一層意思：出版社領導不應害怕編輯出名，而是要鼓勵自己的編輯發表東西，鼓勵他們參加有關的社會活動。他認為，一個出版社能夠培養出幾位在社會上有影響的編輯，是一件值得自豪的事。有了好編輯，才會招來好作者、好稿子，否則就很可能是「門前冷落鞍馬稀」。

在葉至善漫長的編輯生涯中，有許多出版品都凝結和體現著他作為編輯的藝術匠心和人道情懷，也貫穿著他那一絲不苟的敬業精神。六十年代他編輯《小布頭奇遇記》就是一例。

一九六一年，當時還是無名作家的孫幼軍把自己的一部童話稿《小布頭奇遇記》投寄到了中少社。在這之前，這部書稿已被另一家出版社退過，作者幾乎不再抱出版的希望，而只要求中少社的編輯看一看，提點意見。稿子到了葉至善手上，他放下別的事，從頭到尾看了一遍，一眼看出了這個作品的異光奇彩。於是馬上給作者回信，告訴他決定接受這部稿子，而且用不著作什麼改動，只等插圖配好就可以付

排，請作者放心。但本著對讀者負責的精神，葉至善在看第二遍稿子時，便開始逐字逐句仔細咬嚼，盡可能做一些屬於編輯職責範圍內的小修小補。

不僅如此，因為這部童話是寫給小學高年級小讀者看的，所以葉至善又把稿子拿回家，讓自己正讀小學五年級的女兒葉小沫也看一遍。小沫拿起稿子就放不下了，幾乎是一口氣看完的。這說明稿子確實不錯，可以放心了。但為了句子的「順溜」和更能適合小學生閱讀，葉至善又請普通話說得流利的小沫把稿子念給他聽。他之所以這樣做，是覺得「就像面前坐著一群抬起了小腦袋聽我講故事的孩子一個樣。每一句話，我得在心裏默念兩遍三遍，直到沒有一點兒疙瘩了才肯放過。默念完一大段，我又翻到前邊，再默念一遍兩遍，看整段的語氣是否連貫而且自然。」

稿子在語言上沒什麼問題了，下一步就找人畫插圖。葉至善為這本童話選定的插圖畫家是著名連環畫《小虎子》的作者沈培，當時他是《中國少年報》的美編。為了這本書的插圖，葉至善也是煞費苦心。他動員沈培說，這是一部挺有趣兒的童話，雖然這麼厚一大本，不用花多少工夫就能看完，相信你看完後一定願意給它配上插圖。沈培被說動了，很快畫出了小布頭的幾幅不同的肖像造型。接下去的事，葉至善說，「我端詳了一會兒，挑出了一幅來，他說他也認為這一幅好。我說且慢，讓我帶回家再讓女兒挑一下，她已經看過稿子，看她腦袋裏的小布頭的形象跟哪幅最接近。」結

果小沫挑中的正是葉至善挑中的和沈培認為最滿意的那一幅。再接下去葉至善就給沈培的插圖出各種各樣的主意，然後選定開本、字型大小，安置插圖位置，等等。這些事情葉至善考慮得非常細緻和具體，細到哪一幅插圖應該「出版口」，哪一幅插圖可以「出血」。有時他還給沈培找一些參考資料，例如畫到老鷹，沈培畫了好幾幅，他都不滿意。那時他正在集郵，於是把所有畫著老鷹的郵票從郵冊上取下來給畫家送去。上百幅插圖畫好了，他又開始考慮封面、封底、環襯、扉頁。他要求一本書應該是「一件完整的藝術品」。為小讀者著想，他對裝幀設計者又提出了細緻的要求：封面封底的底色要深，最好是黑色，因為書是給孩子們看的，估計孩子們會喜歡這本書，倘若底色是白的，書在孩子們手裏傳來傳去，要不了多久就會顯得很髒。所以封面封底不僅要美觀，要能夠吸引孩子們，還能起到保護作用等等。

　　然後是寫「內容提要」。葉至善認為，少兒讀物的「內容提要」看似簡單，其實不然。他的要求是「除了讓他們（小讀者）知道這本書的內容，還要盡可能有點兒吸引力，能夠引起他們閱讀這本書的願望和興趣」。葉至善為《小布頭奇遇記》寫的內容提要《這本書講些什麼？》是別具匠心的：

　　　　有一個小朋友，名字叫蘋蘋。
　　　　蘋蘋得到了一個小布娃娃，名字叫小布頭。
　　　　小布娃娃幹嘛要叫「小布頭」呢？

這⋯⋯你看了就知道啦！

　　小布頭想做一個勇敢的孩子。有一回，他從醬
油瓶上跳下來，⋯⋯

　　幹嘛要從醬油瓶上跳下來呢？

　　這⋯⋯你看了也會知道的。

　　⋯⋯

　　半年之後，《小布頭奇遇記》出版了，作者、讀者、插
圖畫家和編輯自己，皆大歡喜。這本書成了當時最受歡迎的
兒童文學讀物之一。

　　凡是在六十年代成長起來的人，幾乎沒有不知道「小布
頭」的。當時中央人民廣播電臺還在「小喇叭」節目裏連播
了這部童話故事。這時葉至善覺得自己的工作仍然沒完，於
是又請父親葉聖陶為《小布頭奇遇記》寫了一篇評介文章，
指出這部童話好在哪兒，為什麼會受孩子們歡迎，同時還有
哪些地方可以斟酌等等。

　　幾十年過去了，《小布頭奇遇記》已經成了中國當代兒
童文學史上的一本名著，這其中浸潤著作為編輯的葉至善的
敬業的心血，也凝結著他非凡的編輯藝術匠心。除此之外，
他說：「為《小布頭奇遇記》，我們一家三代都盡了力，這
在出版史上不知有沒有類似的先例。」

大海與玫瑰

　　在苦難的命運日夜糾纏著那些正直和善良的作家，使他們的身心備受煎熬和異常痛苦的日子裏，詩人帕斯捷爾納克寫信鼓勵已經身陷囹圄的摯友、女詩人茨維塔耶娃的女兒說：「不管生活如何變化，不管它如何苦痛，有時甚至使人恐懼，但人有權無憂無慮地按照自己從兒時即開始的、理解的、心愛的方向去工作，只聆聽自己並相信自己。」而後者也堅信，父母一輩所蒙受的苦難、所付出的煎熬是有價值的，他們是把最赤誠的愛，「聚集在自己善良、智慧的手心裏，用各自的呼吸和勞動，使他們有了永久的生命」。

　　讀到這一段文字，我同時也想到帕斯捷爾納克的另一位摯友里爾克在一封信裏所說的話：「我們這一代人的使命，就是把羸弱、短暫的大地深深地、痛苦地、充滿激情地銘記在心，使它的本質在我們心中再一次『不可見地』蘇生。」這位最可敬的奧地利詩人把偉大和高貴的「俄羅斯精神」凝煉而又準確地概括為「遼闊的苦難和博大的愛」。

二十世紀的中國，讓葛翠琳這一代作家也經受了與帕斯捷爾納克、茨維塔耶娃大致相似的經歷：童年時代的戰亂與艱辛，青年時代的狂熱激情和理想主義，中年時代靈魂的救贖與自救的煎熬……就葛翠琳個人而言，她自二十世紀五十年代起所經受的苦難，歷盡苦難之後所呈現的博大的愛心，以及在生命的後半生終於能夠「按照自己從兒時即開始的、理解的、心愛的方向去工作」——即為孩子們寫作——的曲折歷程，倒正可以為這一代知識份子對祖國、對生活、對人類未來的無怨無悔的熱愛和堅定不移的信念，做一個明證。

玫瑰花前的冰心

這也使我想起一八二七年那個玫瑰色的黃昏，十四歲的赫爾岑和十三歲的奧加遼夫曾經雙雙站在莫斯科郊外的麻雀山上，望著西沉的太陽起誓，要為各自選定的理想獻出終身。二十六年之後，赫爾岑回想起那個黃昏，不禁泫然而有淚意，他說：「還有什麼可說的呢？我們整個一生，都可以為它作證！」

通常，我們只知道葛翠琳是燕京大學社會學系的畢業生，二十世紀五十年代曾擔任過作家老舍的秘書，並從那時起開始兒童文學創作，最終成為一代童話名家。殊不知，她還是一位風格卓著的散文家和小說家。只是因為她在童話領域裏所贏得的名聲，遮蔽了她在其他文學門類裏取得的成就。尤其是她對兒童文學、為孩子們創作上的專注與執著，使她幾乎心無旁騖，無意也無暇盡展個人另外的才華。儘管如此，我們從她已經發表和出版過的為數不多的散文和小說作品來看，用「童話家」或「兒童文學家」尚不足以概括她全部的文學世界。

　　《大海與玫瑰──葛翠琳散文集》一書選入了她歷年來創作的一部分散文作品。這部選集將使我們看到她在童話創作之外的文學風采。按照內容的異同，她的散文大致可分為以下幾類：

　　一是她對生活在同時代的前輩作家、長者和同輩朋友的回憶與懷念。她所寫到的這些人物有老作家茅盾、冰心、老舍、端木蕻良、黃慶雲，藝術家吳作人、程娜，「九三學社」創始人之一勞君展，科學家鄧稼先、李四光等等。這一部分寫人和紀事的散文，力求真實和親歷性，借助真實可靠的細節與故事，刪繁就簡，文風樸素而溫暖。它們既是對一代漸漸遠去的文苑英華和那些希奇古怪的時代真相的描畫與再現，也是對那一代中國知識份子的心靈歷程和精神特徵的深度揭示。

二是她個人從童年、少年、到青年時期的成長經歷的回顧，以及成年之後所經受的不公正的人生遭遇和坎坷曲折的心路歷程的書寫，一直寫到新時期到來之後，她的生命迎來一個新的季節，尤其是進入晚年之後，她的生命與創作所呈現出的一片爽朗秋空。這一部分散文（即《十八個美夢》），可以說是一部完整和真實的心靈史和「畫夢錄」，一部如同薩特的《文字生涯》式的個人夢想的回憶錄。讀著這些回憶散文，我們首先聽

剛從燕京大學畢業參加工作的葛翠琳

見了二十世紀三四十年代的舊北平和華北鄉村的呼呼的風聲，聽見了那如冰糖葫蘆一樣甜脆的、帶著兒化音的童謠。這些文字裏流動著一種繾綣、低回和溫柔的旋律。當作者回首前塵、追尋兒時夢影的時候，她的心變得更加柔和、敏感和細膩，他的文字裏充滿了富有溫情和詩意的意象和細節。它們在不同的場景裏凸現出來，超越了狹隘的日常瑣事的色彩和即時性的意義，而鋪設出了一種

帶有永恆意味的話語空間。在個人的成長史、心靈史和寫作史的背後，是對不同年代、不同環境下的人性中未曾泯滅的真、善、美的重新發現與修復，也是對被時間的塵埃所遮蔽的、被生活的風雨所侵蝕的人性本原的尋找、呼喚和禮讚。

在這裏，我們看到的不是一種模糊的和缺乏想像力的集體記憶，而是最具個體特徵，最具個人內在感受、經驗與品質的追憶與書寫。個人童年生活中的種種憂愁與歡娛，依靠無處不在的細節傳達出來，過往的生活成為文學的憶念，而不是簡單和無趣的記憶。所有的帶有溫度和光芒的詞，都超越了一種孤立的和無足輕重的書寫符號功能，而成為對過去的年代裏存活下來的記憶、經驗與感受的檢索、重組和修復。從這個意義上說，童話家的那「十八個美夢」，無論是已完成的還是未完成的，都是無比珍貴的。經歷、生活、夢……這些屬於「過去式」的分散的材料，按照作家的意願而不一定按照它們最初呈現的秩序被重新檢視和安排。記憶成為夢想的倉庫，時間成為慰藉者。

在這部相對來說比較完整和獨立、文字風格純樸而真摯的敘事散文中，再細微的閃光的碎片也被重新揀拾起來，並拂去了灰塵；所有飄蕩的蒲公英的種子都終於落地；那些迷途的星宿也重新歸位。而在所有詞語和細節的深處，一個成年的「我」參加了童年的「我」的誕生。整篇作品裏充盈著一種洗盡鉛華和歸真返璞的真摯感情。

且舉幾個例子，來領略一下葛翠琳散文所表現出的人性之美和文學之美。在我看來，真實和真誠，是葛翠琳散文——其實也是一切好散文和能夠打動人心的作品的最根本的品質。

　　在這些散文裏，以寫冰心和老舍這兩位老作家的篇什最多，也最為感人。這是因為她與這兩位老作家交往最深，對他們的生活細節、內心世界和人格風範的觀察、瞭解與感知，最真切和最深摯。

　　在《大海與玫瑰》裏，她寫到一個細節：有一次，她像往常一樣，趕到醫院去看望冰心老人。走進病房，她先去衛生間用藥皂洗手，以免帶來感染源。走近病床後，老人握住了她的手。於是有了下面一段對話：

　　　　「你的手怎麼這麼涼？」

　　　　「我剛用冷水洗過，搓一搓就好了。」

　　　　「不用，你握著我的手，就會暖和起來。」

　　　　「你會感到涼的。」

　　　　「不怕，我還有足夠的熱給你。」

　　　　「您給了我很多很多，半個世紀裏，我感受到您的愛。」

　　　　「你再給予孩子們。」

　　　　「我會記住您的話。」

　　　　老人給我一個慈祥的微笑。

在這裏，沒有任何多餘的描述與議論。就是這短短的、簡潔的幾句對話，卻把兩代女作家的怡怡親情、女性的細膩與周到，母親般的博大愛心，都呈現在了讀者面前。

正是因為對冰心有著更多最細微和最真實的理解，也才有了像《玫瑰與大海》、《玫瑰的風骨》這樣的動人的篇章。我覺得，這兩篇散文是出自當代作家筆下的眾多寫冰心的文章中最具真實感、因此也最為感人的篇章之一。「因為它有堅硬的刺，濃豔淡香都掩不住她獨特的風骨！」「哦！玫瑰花映出了冰心的影子。冰心的作品裏，閃爍著玫瑰花的美麗、芳香，和風骨……」用「玫瑰的風骨」來象徵和讚譽冰心晚年的道德精神與人格力量，又何其準確、貼切和獨到。

因為有較長一段時間擔任過作家老舍的秘書工作，所以，由葛翠琳來寫她所知道的老舍，實在是最可靠和最具真實性的。實際上也正是如此。葛翠琳散文中除了那部帶有個人回憶錄性質的《十八個美夢》，再就是《魂系何處——老舍的悲劇》這篇最長了。葛翠琳寫老舍，也是依靠一件件她所見到的日常瑣事，依靠那些最真實的細節來展現老舍的為人與性格的。而性格即是命運。老舍的悲劇性命運正是通過這樣一些真實的細節，得到了呈現和揭示。

例如她寫到，當時一位主管北京市文藝工作、革命資歷很長的女作家，寫了一部小說文稿，請老舍先生看，希望他能公開發表意見。過了些時，老舍看後，把文稿放在茶几上，直率地說：「作品寫得太乾巴，缺乏文學性。」這位身

居要職的領導卻面孔嚴肅地說：「我的作品就是不要月亮啊，星星啊，樹呀草呀花呀的。我們無產階級，不欣賞那些東西，都是資產階級情調……」這時，老舍也滿臉嚴肅地回答道：「那就不要拿給我看。我就是資產階級。我喜歡太陽，也喜歡月亮星星，還親自種花養花。」於是兩人沉默相對，再無語言。葛翠琳當時親眼目睹了這場「對峙」。她寫道：「幾分鐘過去了，我在旁邊不知如何是好，忙拿起暖瓶往兩人的茶杯裏添開水，慌慌張張竟碰倒了茶杯。我驚訝地發現，茶水順著茶几的玻璃面向下流淌，竟滴落在副主席女作家那雪白的高跟皮鞋上……」像這樣的細節，不是親歷者是怎麼也想不到，一向幽默敦厚的老舍，還有如此的「金剛怒目」式的一面。

正如冰心擁有「玫瑰的風骨」一樣，葛翠琳筆下的老舍也有一個貼切的性格象徵，那就是老舍所讚美過的花椒樹。「它有尖硬的刺，還有青紅色麻辣味兒的果實。恰好象徵了他們的風格。」

在這篇長篇散文裏，葛翠琳還寫到了一個讓人難忘的情節。抗美援朝期間，人事保衛科一位女幹事交給她一張宣傳畫，畫面上一隻大手伸向前，迎面指著你，上面的文字是：「你為前線做了什麼？」畫中人物的眼光嚴峻逼人。

這位女幹事吩咐把這張宣傳畫貼在老舍辦公室醒目的地方，並說，「主席辦公室也該有點兒革命氣氛了」。作者寫道：「老舍那天來辦公，在辦公桌前坐下來，一抬頭就

葛翠琳早期作品集《野葡萄》初版封面

葛翠琳早期作品集《采藥姑娘》初版封面

看見那張宣傳畫。老舍愣了一下，靜靜地看了幾分鐘，沒有言語。我把信件等拿給他，他一邊處理信件，不時地抬頭看那張宣傳畫，目光很專注。我也不知說什麼好。一會兒，汪曾祺來了，進屋看見那張宣傳畫，不以為然地大聲說：『怎麼把主席辦公室弄得像中學生宿舍？』」這話嚇了我一跳。人事保衛科就在文聯主席辦公室旁邊。汪曾祺這人從不講違心的話。可他對政治鬥爭的嚴酷性，像兒童一樣全然不懂，只會做學問。汪曾祺離開辦公室以後，老作家端木蕻良來了，談幾位作家的文稿。老舍先生離開的時候，還對那幅宣傳畫認真地看了幾眼。老舍走後，端木老師悄悄對我說：『把那張宣傳畫取下來。』」結果，那張宣傳畫只貼了半天。像這樣一些鮮為人知的細節，用最為樸素的文筆，原原本本地呈現出來，不唯是動人的散文細節，更是難得的文學史料。

作者也用白描的手法一再寫到老舍先生那幽默和風趣的一面。再看這

個細節：「我也很希望去朝鮮前線，那時青年都自覺地去最艱苦的環境鍛鍊，何況我是從燕大出來的學生幹部，沒經過戰爭的洗禮，總有改造不徹底的自卑感。我請老舍幫我向上級講幾句話，批准我去前線。老舍聽了我的要求，幽默地說：『我提任何建議和意見，都是通過您向上級反映。這件事，我也只能由您向上反映嘍……』」一個小小的細節，把老舍的風趣和幽默寫得活靈活現了。

另一篇散文《沉默》，是寫老作家端木蕻良的，也是依靠大量細微的和真實的小事情來展現這位老作家正直的性格的。在那些天天彌漫著政治鬥爭氣氛的年月裏，有一次，一位領導多次追問：「林斤瀾的思想情況，表現出什麼問題？」端木卻機智地回答說：「他下去深入生活。」作者寫道：「人們知道端木是很注重文字的準確性的，但這時用詞卻極模糊，『下去了？』還是『將要下去？』由人去理解。」果然，有一天，那個領導聲色俱厲地斥責端木：「有人反映了，林斤瀾根本就沒下去，而且在家中大吃大喝，大砂鍋燉肉，做好多菜，天天像過年過節一樣。」這時，端木語氣平淡地說：「可能他偶爾回來看病。」那位領導卻惡狠狠地說道：「你欺騙組織，罪加一等！」老作家就是用這種捨身救人的辦法保護著當時還是青年作家的林斤瀾。

類似的細節，在這些回憶和紀事散文裏隨處可見。葛翠琳力求忠實於歷史的本來面目，忠實於自己最真實的見證與感受，並且從善良、寬容、正直和道義的立場出發，來看待

過去的歷史和人物。因此，出現在她筆下的，不僅是一篇篇充滿歷史的真實性和個人真誠情感的文學散文，也是一些鮮為人知和真實可信的文壇掌故與文學史料。通過這些紀實文字，我們不難看到那些特殊時代的精神特徵，甚至尋找和發現它深層的精神源頭。正如思想家愛默生所說的，「破譯每個時代的謎語，總會發現它自己的謎底」。散文家也以樸素的語言、白描的手法、真誠的情感，描述和刻畫了一個個人物的生動的音容笑貌，寫出了她對這些文壇前輩和同輩的最深摯的理解、感激與懷念。

她的回憶散文中偶爾也有控制不住自己的感情，而變得十分感傷，表現出很強抒情性的時候。例如她在《熱淚滾滾送君行──懷念程娜》一文裏，寫對自己的好朋友、鋼琴家程娜的傷逝與懷念：「我像一匹精疲力盡的老馬，拉著沉重的車在艱難的征途中跋涉，隨時都會躺倒在路上不再起來。我多麼想能有一天，讓你坐在車上，我們輕鬆愉快地遊玩休息，如今，這已是永遠不會實現的夢幻了。」整篇文字感情充沛而真切，充滿了令人唏噓和感喟的傷感與抒情意味。這是葛翠琳散文中的另一種風格。

第三類散文，是她關於個人大半生文學創作歷程中的人生經驗、文學得失的感悟與思考，尤其是表達她個人對童話創作、對兒童文學的發自心底的愛與知的零散篇什。這些愛與知的吉光片羽，也散落在她為一些兒童文學讀物和青年作家的作品集所寫的序跋文字之中。

葛翠琳曾引用過喬治・桑的童話《玫瑰雲》，作為自己最終踏上為孩子們寫作童話這一條文學之路的注解：一片小小的玫瑰雲，飄蕩著，變幻著，變成了濃重的烏雲，遮天蓋地，翻滾著、奔跑著，裹著狂雷巨閃，撕裂了天空，潑下如注的暴雨，天地混沌一片，山吼叫，水嗚咽……而老祖母那雙瘦骨嶙峋的手，粗糙黝黑，青筋突出。她把翻滾的雲團抓在手中，放在紡車上紡啊紡，紡成了比絲還細的雲線。雖然有狂風暴雨，山崩地裂，她仍然鎮定自如，不驚慌、不抱怨、不歎氣，耐心地紡啊紡，最終把所有厄運、災難和痛苦紡成了柔軟的絲團。「她是在撚紡著人生。」童話家這樣理解著這個童話所蘊涵的哲理。

　　而在另一篇談創作的散文裏，她把自己所選擇的道路比喻為「一條開滿金色花朵的小路」。就像一個小讀者為她的童話名作《金花路》所做的一幅兒童畫一樣：小路彎彎曲曲通向遠方，最後到達孩子的心裏。她說：「我之所以幾十年堅持為孩子們寫作並獲得一些成績，只有一個原因，那就是：孩子們需要我，我需要孩子們！孩子們給予我的愛，注入我心靈的力量，是世上任何珍貴的東西所不能代替的。孩子一無所有，但有一顆純真的心。」

　　她在《心靈的金花路》寫到了這樣幾件小事：前幾年，她曾收到寄自礦區的一封信，信中問：「阿姨，你還記得我嗎？解放初期，在辦公室裏你摟著我講故事，給我梳小辮兒……雖然人到中年了，還常常想起童年時代你領我玩兒的

情景。」而今天，那個聰明好奇的小姑娘，已經是一位教學有方的校長了。又有一次，一位青年從遙遠的省份寫信給她：「阿姨，你還記得那個淘氣的男孩嗎？喜歡在辦公桌上爬來爬去，每次都是你把我抱下來，至今，我還記得你的聲音……」這位青年在信中想瞭解他父親當年工作的情況。葛翠琳寫道：「……我不願使那可愛的青年傷心。實際情況是，後來他父親把許多好同志錯劃成右派，對我政治上的打擊幾乎毀了我的一生。那種種慘景我不想讓他的兒子知道，我願那青年懷著尊敬的心情回憶他的父親，這對他是一種安慰。那青年的信中充滿了真摯的信任，我為此感到欣慰。」僅此一點，我們便不難感知她那寬容、博大的愛心和赤誠、澹然的文心。她的作品哺育了新中國幾代孩子長大成人了。她的童話創作之路，即是她在風風雨雨幾十年裏為孩子們鋪就的一條灑滿春光的金花路。

　　她出生的時候，並沒有玫瑰花。她卻從小就做著一個個的玫瑰色的夢。她從童年時代起，直到少年、青年甚至中年時代，都一直沉浸在自己美好的夢想之中。然而現在，當她白髮蒼蒼的時候，她睡醒了。她輕輕地駐足而回顧，一條彎彎曲曲的風雨小路，就是她整個生命的所在。她感到無怨無悔。她說：「我在童話中也表現醜惡和卑劣，那是為了使人們更熱愛美好的一切，而不是展覽醜惡。童話使我愛這個世界。儘管人生之路坎坷艱難，我對世界充滿了愛。」這就是她對世界的最真實的回答。西班牙散文家阿左林曾經對自己

的同道說：「勞動者對於他所選定的職業的熱愛，是在任何情況下都最關要緊的東西。不論我們所做的是什麼，最要緊的是帶著一種強烈的感情去做。」葛翠琳的文學之路，無疑可為阿左林的這段話做出最好的注釋。

「我對世界充滿了愛」

她為孩子們寫了六十年童話

一九四九年十月一日，剛從燕京大學畢業不久，分配在北京市委機關工作的女大學生葛翠琳，在天安門城樓下禦河橋畔參加了新中國成立慶典後，又帶領著中共北京市委大院的秧歌隊，從天安門廣場出發，經西城、北城、東城，環城遊行後，回到台基廠市委院子裏。這時，北京市委宣傳部第一任部長李樂光（李大釗先生的侄子）對她說：「我看了你在報紙上發表的短詩和散文，你為孩子們寫書吧，等到四十年之後，回頭看看，會有多少成績？」

當時，葛翠琳尚未滿二十歲。她既感到興奮又有點驚訝地說道：「四十年？太遙遠了。新中國今天才建立，還有三個月我才滿二十周歲呢！」

可是，彷彿是眨眼之間，六十年就過去了。當年風華正茂的青年作家，如今已經是八十歲的老奶奶了。她孜孜不倦

地為新中國的孩子們寫書，寫了六十多年了！她為新中國的一代代小讀者獻上了一本又一本充滿了愛與美的童話、小說、詩歌和散文；她給一株株小苗灑上清澈的露水和金色的陽光；她為一顆顆天真、純淨和幼小的心，送上了溫暖、安慰、愛護和最真誠的鼓勵。

擔任老舍先生秘書時期的葛翠琳

六十多年來，她在不同的年代裏為孩子們創作出了那麼多的名篇傑作。如五十年代的《野葡萄》、《采藥姑娘》，六十年代的《金花路》，七十年代的《雲中回聲》，八十年代的《問海》、《一片白羽毛》、《翻跟頭的小木偶》、《進過天堂的孩子》，九十年代的《會唱歌的畫像》、《會飛的小鹿》，進入新世紀之後的「山林童話三部曲」，即《核桃山》、《栗子穀》、《紅棗林》，以及《十八個美夢》等散文集。

青年時代的葛翠琳

這些作品，有的被翻譯成了多種譯本在國外出版，有的在國際上獲獎。她的許多童話名篇，在新中國幾

代小讀者的心頭留下了美好的記憶，它們也成為了中國當代「抒情派童話」創作領域裏的經典篇目和一座座高峰，成為了中國當代兒童文學寶庫中的珍品。即使把它們和世界童話史上最優秀的經典名篇擺在一起，也毫不遜色。

一條灑滿春光的「金花路」

大凡優秀和偉大的作品，都是從自己祖國和民族的土壤裏直接生長出來，不然，它的生命力就不會那麼強盛和長久。葛翠琳的童話，正是從中國古老的大地上，從中華民族偉大的精神、文化土壤上開出的絢麗的花朵。這些作品的「中國風格」，源於她對祖國、對民族、對故鄉、對生活、對一代代孩子的最深沉的愛。

是的，她深愛著我們的祖國和民族，包括它的悲苦。無論是從她哪一個時期的作品裏，我們都能感受到，她對中華民族傳統的倫理道德、人間正義的認同與發揚之心，感受到她對祖國的文化語言、對鄉土的美德懿風的深厚感情。她的童話裏的民族性和人民性，也不僅表現在她的故事、人物和主題裏，同時也體現在她的構思、語言和意蘊中。這種風格也決非一個簡單的和表面的標籤，而是融合在每一個作品文本深處和作家骨子裏的精神、品質與情調。

《野葡萄》是她的一篇短篇童話代表作，同時也奠定了她前期童話乃至畢生的童話創作的基調，那就是：表現真善美的永恆主題；講述帶有泥土芬芳和現實生活氣息的、能夠

反映出偉大的民族性格和善良的人道情懷的美好故事；追求鮮明的民族風格；注重語言文字的優美，在語言的韻致、音色和節奏上，都有特別的講究。

「一個作品在孩子心靈中留下什麼？是很重要的。為孩子寫書，寫什麼？怎樣寫？這是需要我用一生努力完成的功課。」八十初度，她這樣由衷地寫道。

她回憶到當年冰心老人對她的影響：「一九四九年第一次全國文代會後，中國作家協會成立，設立了兒童文學組，冰心、張天翼任組長，帶領我們十幾名青年作者學習文學創作，活動多安排在晚上，有時大家談得高興，散會時已是深夜。我送冰心回家，我們踏著月光邊走邊談，我說：『我不是中文系的學生，學習文學創作是從頭兒開始。』冰心很認真地說：『我從海外回來，文學創作要寫新的人物，新的生活，也是從頭兒開始。』停了一下兒，她又說：『作家要不斷地尋找新的起點。』」想起這

《葛翠琳作品選》封面

葛翠琳長篇小說《藍翅鳥》封面

些美好的往事，葛翠琳老師無限感慨地說，「冰心老人這句話，銘刻在我內心深處，一生不曾忘。」

八十年的生命，六十年的創作生涯，還有二十年來，她為傳承和發揚冰心那一代作家的兒童文學精神而致力於「冰心獎」的事業，默默付出的心血與勞作……所有這一切，都不是沒有重量的。她漫長的創作之路，是她在風風雨雨幾十年裏為孩子們鋪就的，一條灑滿春光的「金花路」。

她曾引用過喬治‧桑的童話《玫瑰雲》，作為自己最終踏上為孩子們寫作童話這一條文學之路的詮釋：」一片小小的玫瑰雲，飄蕩著，變幻著，變成了濃重的烏雲，遮天蓋地，翻滾著、奔跑著，裹著狂雷巨閃，撕裂了天空，山吼叫，水嗚咽……而那位老祖母卻把翻滾的雲團抓在手中，放在紡車上紡啊紡，紡成了比絲還細的雲線。雖然有狂風暴雨，山崩地裂，她仍然鎮定自如，不驚慌、不抱

怨、不歡氣，耐心地紡啊紡，最終把所有厄運、災難和痛苦紡成了柔軟的絲團。」

「她是在撚紡著人生。」她是這樣理解著這個童話所蘊涵的哲理。

她在《心靈的金花路》這篇談論創作體會的文章裏，把自己所選擇的道路比喻為一條開滿金色花朵的小路。「我之所以幾十年堅持為孩子們寫作並獲得一些成績，只有一個原因，那就是：孩子們需要我，我需要孩子們！孩子們給予我的愛，注入我心靈的力量，是世上任何珍貴的東西所不能代替的。孩子一無所有，但有一顆純真的心。」

她還說過，為孩子們寫作的路，「是我一步一個腳印兒走出來的，也是孩子指引我的。……孩子們給予我的愛，勝過世上一切珍寶。」

她眼裏有淚水，但從不為自己哭

她寫到過這樣幾件小事。前幾年，她曾收到寄自礦區的一封信，信中問：「阿姨，你還記得我嗎？解放初期，在辦公室裏你摟著我講故事，給我梳小辮兒……雖然人到中年了，還常常想起童年時代你領我玩兒的情景。」而今天，那個聰明好奇的小姑娘，已經是一位教學有方的校長了。

又有一次，一位青年從遙遠的省份寫信給她：「阿姨，你還記得那個淘氣的男孩嗎？喜歡在辦公桌上爬來爬去，每次都是你把我抱下來，至今，我還記得你的聲音……」這位

葛翠琳童話名作《野葡萄》英文本
封面

青年在信中想瞭解他父親當年工作的
情況。她寫道：「……我不願使那可
愛的青年傷心。實際情況是，後來他
父親把許多好同志錯劃成右派，對我
政治上的打擊幾乎毀了我的一生。
那種種慘景我不想讓他的兒子知
道，我願那青年懷著尊敬的心情回
憶他的父親，這對他是一種安慰。
那青年的信中充滿了真摯的信任，我
為此感到欣慰。」

這些小故事，足以讓我們感知她
那寬容、博大的愛心和赤誠、澹然的
文心。她的作品，哺育著新中國幾代
孩子長大成人了。

我們從葛翠琳的人生經歷中可以
看到，她在五十年代後期、六十年代
直至七十年代裏，曾經受到過那麼多
不公正的待遇，經歷過那麼多的苦難
和艱辛，遭受過那麼多沉重的委屈和
痛苦。

然而，「亦餘心之所善兮，雖九
死其猶未悔」。世界對她的不公平，
並沒有動搖她對世界、對祖國、對自

己所熱愛的兒童文學事業的信念。她的作品裏始終充滿了對世界的寬容，對人的鍾愛，對真善美的追求。她內心裏有深深的創傷，但她的作品裏卻充滿了善良與寬容，仁慈與悲憫；她眼裏也有淚水，但從不為自己哭。

我平時在閱讀她的作品時，注意到了她寫過這樣一些創作自白的文字。她說：「我在童話中也表現醜惡和卑劣，那是為了使人們更熱愛美好的一切，而不是展覽醜惡。童話使我愛這個世界。儘管人生之路坎坷艱難，我對世界充滿了愛。」

我還注意到，她在一篇寫對自己青年時代的一位好朋友、一位鋼琴家程娜的懷念的散文裡，寫過這麼一段話：「我像一匹精疲力盡的老馬，拉著沉重的車在艱難的征途中跋涉，隨時都會躺倒在路上不再起來。」這同樣是她最真實的心聲。

是的，因為她愛著更多的人，所以她才贏得了更多的人們對她的愛戴與尊敬；因為她愛孩子，愛兒童文學，所以她的心才永遠不老，才總是這麼純淨、善良和寬容。普裏什文曾經有言：「在我的奮鬥中使我顯得突出的，是我的『人民性』。我像青草一樣，從大地上出生，像草一樣開花，人們把我割下來，馬吃掉我，而春天一到，我又一片青蔥，夏天來了，我又開花了。」

葛翠琳的人生與創作，也像苦戀著大地的鬱鬱青草，風雨之後，仍然是一片光明的春暉。

通向孩子心靈的路，真誠是信使

　　她從來也沒有停止過對於童話精神和童話藝術的探索與追求。她寫過《野葡萄》、《會飛的小鹿》、《雲中回聲》、《一片白羽毛》等一大批詩意濃郁、美輪美奐的「抒情童話」，成為了中國「抒情派童話」的代表性作家。

　　她也創作過諸如《翻跟頭的小木偶》、《半邊城》、《進過天堂的孩子》、《最醜的美男兒》等等既閃耀著童話幻想的光芒，又充滿對現實生活的諷刺意味與深刻的現實批判力量的「現實題材童話」，記錄下了那些荒誕不經的時代悲劇和歷史傷痛，也為呼喚美好的人性、謳歌人間的真善美，發出了自己響亮的聲音。

　　《最醜的美男兒》是一曲真善美的頌歌。童話的主人公小傻子天生不會說話，長得又矮又醜，就像安徒生童話裏的那隻醜小鴨，處處遭到人們的奚落和嘲笑。他的命運裏充滿了孤獨、艱辛和悲苦，他所生存的世界沒有誰願意接納他，他被這個無情的世界所拒絕，最終只能從小木偶的世界裏找到屬於自己的溫暖、友愛和生命的尊嚴。「美由心造」。外貌醜陋的小傻子，其實有一顆善良和美麗的心。他把自己全部的愛心都不帶任何條件地獻給了小木偶們，心甘情願地當起了小木偶們的守護天使。當他把發自內心的責任與愛獻給那些弱者的時候，他也同時獲得了一種難以言表的幸福感，或者說，他也同時發現了另一個自己，發現了生命的尊嚴、

心靈的美好所給予他的慰藉。就像書中寫到的那樣：「他第一次感到了勝利者的自豪，似乎自己矮小殘疾的身軀起了變化，心靈裏燃起了火焰，湧起了一種奇異的力量。他站著，挺直了胸脯，揚起了頭，彷彿突然長高了許多。他的眼睛裏閃著快樂的光，醜陋的面孔閃現出一種感人的自信神情。」

這部作品裏也充滿了童話家對生命價值和生命美學的思考，抒發了童話家心中的同情弱者，期望世界變得公正、友善和美好的那種道義感和終極願望。

她也用童話向那些善良的、美好的、無私的生命，獻上了無限的敬意與禮贊。在那篇《會飛的小鹿》裏，被獵人追趕的母鹿，當她知道自己的生命就要結束了，生死關頭，她只希望自己腹中的小鹿能夠生存下來。於是，她瞅准機會，猛力越過一塊尖利的巨石，剖開了自己的腹部，小鹿隨著如注的鮮血落生在了岩石上，而母鹿只能匆匆地看了孩子一眼，奮力躍下了山崖，引開了追趕的獵人的目光……這樣的情節，寫得真是驚心動魄而感人肺腑。

她的童話裏，也充滿了對於弱小的生命的的同情、關注、愛護和道義上的支持與安慰。那是一種母親般的寬厚、溫暖和偉大的慰藉。她在《問海》裏，透過一粒小小沙礫的目光來看待這個世界，看待廣闊無垠的大海，同時也審視著自己：「你就是你自己！」大海告訴小沙礫說：「我的胸懷容納一切，才這樣豐富；我接受每一滴水，才這樣深廣；我從不停止活動，才這樣具有生命力；我不拒絕颶風的推動，

才異常勇猛。」在《雲中回聲》裏，她假借那位善良和慈祥的老伯伯之口，告訴了孩子們，在這個世界上，要看到那最美的光焰，也不容易，需要很大的耐心和吃苦的精神，「因為濃重的雲層，常常把那燦爛的光焰遮住……」

即使到了晚年，她仍然孜孜不倦地向著童話的勝境攀登。她的三本「山林童話」，寫得純淨而大氣，臻於爐火純青之境。在《核桃山》裏，她講述了一隻從小就失去了母親，失去了美麗的大森林，失去了棲身的洞穴，也失去了熟悉而又溫馨的家園的孤兒小熊，歷盡千辛萬苦，而終於找到屬於自己的幸福的故事。她用這個故事告訴了孩子們：「一顆不想索取、只想給予的心，總是很快樂的。」所以，命運再怎麼不公平，生活再怎麼艱辛，也沒有摧毀這只小熊「要讓群山長滿綠樹」的信念，也沒有壓垮小熊快樂、上進和樂於給予的心。在這個故事裏，小熊對「山精小姑娘」所承諾的信守秘密的細節，也將使小讀者們看到誠信作為一種美德的力量和價值。

在《栗子穀》裏，一個小小的、純潔的雪孩兒，把自己的生命力融進了金栗子樹的生命裏，她用自己小小的生命創造了一個奇跡，也證明了一個真理：愛能創造一切；美好和善良的願望才是培育智慧和力量的源泉。體現在雪孩兒身上的奉獻和犧牲精神，是和《核桃山》裏小熊的不想索取、只想給予之心一脈相承的。

童話，早已成為了她生命中最重要的組成部分，甚至成為她對人生、對世界的信念和熱愛的理由。

「在那嚴酷的年代,身陷災難中時,童話裏那助善懲惡的美麗仙子,悄悄地閃現腦海裏,給予我安慰和勇氣。傷心絕望時,那許許多多弱者戰勝暴君的童話情節,時時湧現在心中,給予我希望和力量。」她善良的心是如此堅定地相信,「在童話裏,弱者總是戰勝邪惡的強者,真善美最終總會得到勝利,它給予人一種精神力量,頑強地堅持下去,期待著未來,即使肉體消失了,那執著的期待還留在人間。當現實非常殘酷時,受傷的心可以默默地幻想著,沉浸在別人無法窺探的童話世界裏,尋覓美的畫面。」她還相信,「彷彿在夢中,一個外界力量不能進入的秘密王國,隱藏在心中,只有自己知道它,現實中的人卻無從發現它,也無力摧毀它。」

這是她心目中的高貴和偉大的童話精神。捷克童話家卡雷爾·恰佩克說過,為孩子們寫作,不僅僅是個職業問題,而且是個心靈問題。對此,她也有著切身體會。她說:「通向孩子心靈的路,真誠是信使,愛是風雨無阻的車和船。」

她的童話裏充滿了溫暖的勵志精神

國際安徒生文學獎得主、奧地利兒童文學作家克莉絲蒂娜·諾斯特林格曾經說到,她為兒童們寫作的一個「精神支柱」就是:既然孩子們生長於斯的環境不鼓勵他們建立自己的「烏托邦」,那我們就應挽起他們的手,向他們展示這個世界可以變得如何美好、快樂、正義和人道,這樣可以使孩子們

嚮往一個更美好的世界；而這種嚮往，也會促使他們去思考，應該擺脫什麼、應該創造些什麼，以實現他們的渴望和夢想。

兒童文學家們的心都是相通的。他們的文學理想和創作觀念，互相之間往往並不太受地域、民族和文化背景的限制，而且，越是優秀的作家越是如此。這是因為，他們的寫作所面向的物件是一致的，那就是整個人類——無論是在草地上玩耍中的兒童，還是坐在壁爐前取暖的老人。童話家葛翠琳一生中的大部分精力，都是用在為孩子們的寫作上。她的全部兒童文學創作，也都是朝著諾斯特林格所說的那個崇高的目標邁進的。

二十世紀的中國，讓葛翠琳這一代作家有著大致相似的經歷：童年時代的戰亂與艱辛，青年時代的狂熱激情和理想主義的驅使，中年時代靈魂的救贖與自救的煎熬，進入晚年之後呈現出的爽朗秋空。現在回過頭來重新檢視這一代人所留下的作品，我們會吃驚地發現，在極少數作家那裏，其實仍然保存著許多超越了簡單的政治圖解和即時性需求，而做到了忠實於心靈與記憶，具有恆久價值和意義的作品。葛翠琳的童話，便是屬於這「極少數」作品之列。「世界讓那些人經歷了如此多的衝突，而他們私下的親密關係是多麼美好啊。」似乎可以用佛吉尼亞・伍爾夫《海浪》裏的一句話來描述這種文學奇跡。

葛翠琳在不同時期為孩子們創作過多部長篇童話，這些作品曾經在幾代孩子的童年成長期發生過影響。其中有的

作品近幾年來沒有再版，市面上已很難找到了，因此也為新一代家長、老師和孩子所鮮知，如《最醜的美男兒》、《進過天堂的孩子》、《鳥孩兒》等。此外還有《會唱歌的畫像》、《翻跟頭的小木偶》等，都已成為當代兒童文學寶庫裏的經典篇目。

葛翠琳青年時期的好友、燕京大學同學、也是著名編輯家的蘇予先生，曾經說過，葛翠琳最難能可貴的是，自己經歷了那麼多坎坷，看到過那麼多醜惡、痛苦和不平事，卻依然保持一顆童心、一顆美的心靈。葛翠琳心中的那個理想，就是通過自己的童話，去傳達、去完成自己對孩子和對這個世界的熱愛。童話家想要幫助孩子們建立起這樣一個恒久的信念：即使這個世界有太多的不公正、有太多的痛苦，即使你並不喜歡這個世界，那你也應該努力去改變它，使它變得如你所願望的那樣美好。就像她在長篇小說《藍翅鳥》裏寫到的，那個跟著善良的老奶奶學習繡花的小姑娘所盼望的那樣，「她要繡出一個美麗奇妙的世界來」。

她的童話裏充滿了溫暖的和催人向上的勵志精神。我們看到，在童話家後期創作的一部具有標誌性和里程碑意義的《會唱歌的畫像》裏，就出現了許多比她以前的作品更為深入的主題，例如對「真理」的探討，對操縱和羈絆著人類心靈的自由與真誠的那些外部壓力的思考，對人性的無私與自私、美麗與醜陋、善與惡、懷疑與信念等主題的深入探尋……

她把一生獻給了童話和孩子

　　這部作品，既源於作家漫長的生活經歷與人生磨難的體驗與反思，也顯示了一位 老作家在開掘兒童文學的深度與拓展兒童文學的廣度上所做出的探索與努力。

　　她的童話來自於充滿悲苦的現實世界，來自於童話家自己痛苦和坎坷的生命閱歷和精神經歷，但它們像暗夜裏的星星，發出美麗的光輝；像苦根上開出的花朵，散發著生命的幽香。

　　她的許多短篇童話故事，都是以各種小動物為主角的。我們看到，她對一切小小的生靈，一直懷著溫潤的悲憫和仁慈之心；她用自己的愛心、道義和良知，編織起守護著純真的童心、美麗的大自然和動物樂園的柵欄；她用最真誠的文字，替鳥獸和昆蟲立言，重述著山林、荒野、溪谷和小熊、松鼠、猴子、斑馬、野天鵝、金雕們的生命故事。這些溫馨的童話故事，也充滿了舔犢般的「美育」和「德育」意義。它們所涉及的主題包

含著諸如謙讓、分享、誠信、專注、承擔、奉獻、勇敢、自信、友愛、互助、智慧、感恩等等。這些美德都是小孩子在成長過程中所不應回避和繞過的，而且，正在成長中的小孩子們，也是特別需要這樣一些溫馨的「德育故事」的滋育的——當然，童話家首先是把它們作為文學故事來講述的。她講述得是那麼單純、親切和有趣，每一篇故事都不太長，卻充分地顯示出了優秀的兒童文學所特有的一種「淺語藝術」，一種使孩子們樂於接受和容易感受到的親和力與感染力。

這些作品，可以視為一位 老祖母與幼小者們的心靈對話，是一棵濃蔭鬱鬱的大樹對身邊的小花小草們的關注與祝福。從那些小動物生動的生活細節和童話家的溫情脈脈的故事編織裏，小讀者不僅可以獲得成長的啟示，也可以得到文學的享受、美的薰陶。同時，這些作品也使我們看到了一位老作家對待兒童文學的嚴肅、投入、耐心和細緻的態度。

「我對世界充滿了愛」

葛翠琳老師在晚年，也把主要精力和心血，默默投入到了「冰心獎」的工作上。不知不覺之中，冰心獎創辦已經二十周年了。

「為什麼創辦冰心獎？希望鼓勵更多的人為孩子寫好書、編好書、出版好書。冰心老人囑咐：『冰心獎要做鋪路架橋的工作，讓更多的人從這裏走向成功。』我們牢記冰心

老人的話，並希望每一位獲冰心獎的作者和編輯，能把榮獲冰心獎做為新的起點。」

在談到冰心獎時，她說：「殷切期望更多的兒童文學作者湧現出來，因為兒童文學事業，是需要集體培育的事業。」二十年來，為了冰心獎能沿著嚴肅、健康和純正的文學軌跡來運行，她真是操碎了心。當然，冰心獎二十年來所取得的豐碩成果，以及有那麼多的青年作家能以獲得這項獎勵為榮，就是對她秉承著冰心老人的兒童文學精神，二十年來所付出的努力的最好回報。

她出生的時候，並沒有玫瑰花。她卻從小就做著一個個玫瑰色的夢。她從童年時代起，直到少年、青年甚至中年時代，都一直沉浸在自己美好的夢想之中。當她白髮蒼蒼的時候，她輕輕地駐足而回顧，一條彎彎曲曲的風雨小路，就是她整個生命的所在。

她深愛著這個世界，包括它的全部艱辛和悲苦。「童話使我愛這個世界。儘管人生之路坎坷艱難，我對世界充滿了愛。」「祖國的未來是美好的，孩子們的未來是美好的，為了這，我甘願奉獻全部心血。」

這就是她對世界最真實的回答。她的每一篇童話，都是她用溫暖和博大的愛心紡成的美麗的玫瑰雲。這也使我想到了她對冰心老人的理解：「哦！玫瑰花映出了冰心的影子。冰心的作品裏，閃爍著玫瑰花的美麗、芳香和風骨……」她的生命與作品裏，也閃爍著玫瑰的美麗、芬芳和風骨。

我們這代人的紅色記憶

一

想起來，已經整整三十年了。一九七九年七月，黃慶雲先生的傳記文學名著《刑場上的婚禮》創作完成。一九八〇年一月，大型兒童文學叢刊《朝花》在北京創刊，排在創刊號頭條的、也是這期刊物篇幅最長的一部作品，就是《刑場上的婚禮》。

我最早就是從《朝花》上讀到這部作品的。我至今還珍藏著這本厚厚的有五百多頁的《朝花》創刊號。三十年過去了，雖然書頁已經發黃，但是這本創刊號被我保存得那麼完好，看上去仍然是簇新的。我知道，這裏面有我二十歲時的欣悅與激動，有我們這代人最難忘的紅色記憶。

我深深地記得，周文雍、陳鐵軍這一對紅色戀人，為了遠大的革命理想，為了美好的共產主義信念而不惜拋頭顱、灑熱血的崇高追求和英雄主義、浪漫主義的一生，曾經使我徹夜難眠、熱淚盈眶。當時我還是一所師範學院中文系的二

刊登《刑場上的婚禮》的《朝花》叢刊
第一期封面

新版《刑場上的婚禮》封面

年級學生，是一個真正的文學青年。那時候生活上雖然貧困窘迫，但我覺得，我的身體和精神都在迅速地發育和成熟。我的身高，我的體重，我的肺活量，都在一天天地發生著變化。我的頭腦中也開始產生一些奇怪的想法，心靈深處充滿了幻想和抱負。我相信，每一個人，在他的一生中，都會有一段最美好的時刻——浪漫、純真和幸福的時刻，朝氣浩蕩，壯志凌雲，情不自禁地為遠大的抱負和獻身的高尚而感動，甚至也幻想著踏上為理想而受難的旅程，並且期待著某一天，會有一雙溫柔而明亮的眼睛注視著自己，隨時會為一聲關切的問候或輕輕的歎息而淚水盈盈……

　　我就是在這樣的時刻遇見這部傳記作品的。我記得，當時還為這部作品寫過一篇讀後感的，其中引用過我們這代少年人當時都非常熟悉的一段話——卡爾·馬克思中學畢業作文中的一段誓語：「如果我們選擇了最能為人類的幸福而勞動的職業，那麼，

重擔就不能把我們壓倒，因為這是為大家而獻身；那時我們所感到的就不是可憐的、有限的、自私的樂趣，我們的幸福將屬於千百萬人，我們的事業將默默地、但是永恆發揮作用地存在下去，而面對我們的骨灰，高尚的人們將灑下熱淚。」

這就是那時候的我們。雖然單純、幼稚，年少氣盛，卻有的是理想和熱忱，崇尚革命的浪漫主義和英雄主義，內心裏有一種揮之不去的「紅色崇拜」和英雄情結。

這種「紅色崇拜」一直持續到今天也還沒有褪色。三十年後，當我有機會來為今日的青少年主編一套「紅色讀物」的時候，我首先想到的就是年輕時曾經讀過的那部傳記故事《刑場上的婚禮》。所幸的是，我很快就聯繫上了《刑場上的婚禮》的作者、寓居香港的老作家黃慶雲先生。蒙她慨允，同意把這部作品列入「少年勵志版紅色經典系列」。出版前夕，八十高齡的老作家又親自對這部作品

兒童文學作家、編輯家黃慶雲先生

《刑場上的婚禮》插圖

我們這代人的紅色記憶

做了一些修訂。三十年來，《刑場上的婚禮》出過好幾個版本，那麼，這部最新版的《刑場上的婚禮》，或可視為這部作品發表三十周年的一個「紀念版」了。

二

一九二八年三月，南中國正是春草初綠、鮮花盛開的早春時節，周文雍、陳鐵軍這兩個年輕的共產黨員和革命者，卻被他們的敵人押送到了廣州郊外的東較場上。面對劊子手們的槍口，這一對英雄的兒女、傾心相愛的紅色戀人，卻大義凜然、視死如歸。就在臨刑前的槍刺之下，陳鐵軍對周圍的群眾做了最後一次演講：

> 「親愛的同胞們，兄弟姐妹們，我和周文雍同志的血就要灑在這裏了。為了革命，為了救國救民，為了共產主義的偉大事業而犧牲，我們一點也沒有遺憾！
>
> 「同胞們，過去為了革命的需要，黨派我和周文雍同志同住一個機關。我們工作配合得很好，兩人的感情也很深。但是，為了服從革命的利益，我們顧不到個人的愛情，只是保持著純潔的同志關係。今天，我要向大家宣佈：當我們把自己的青春和生命都獻給黨和人民的時候，我們就要舉行婚禮了。讓反動派的槍聲做我們婚禮的禮炮吧！同志們，同胞們，永別了！……」

兩個年輕的戀人在敵人的刺刀下手挽著手走上了一處高崗。周文雍解下脖子上的紅圍巾，披在陳鐵軍的肩頭，然後，深情地吻了一下自己的戰友和女友。他們的從容與安詳，是對行兇的敵人的最大的蔑視。刑場成了他們最後的戰場，也是他們舉行神聖和莊嚴的婚禮的禮堂……

　　《刑場上的婚禮》是老作家黃慶雲當年遵照周恩來總理的指示，以青年革命家周文雍和陳鐵軍烈士的生平事蹟為底本，專門為青少年讀者創作的一部優秀的人物傳記。「革命理想高於天」。這本傳記裏閃耀著一種崇高的英雄主義和理想主義之光，即使在今天，仍然是光焰灼灼、光華奪目。

　　作者從陳鐵軍（她在走上革命的道路之前，名字叫陳燮君）出生的那個年代寫起，細緻而真實地刻畫了小燮君從一個家境殷實的深巷宅門裏的小家碧玉，漸漸成長為一個敢愛敢恨、有著無畏無懼的擔當精神的愛國青年和堅強的共產主義戰士的精神歷程。

　　遙想二十世紀初葉的中華大地，外有帝國列強入侵，內有大小軍閥混戰；政府腐敗無能，百姓生靈塗炭。而當山河破碎、天低吳楚之時，有多少熱血澎湃的青年，忍受著民族救贖與自救的煎熬，在漫漫長夜裏「目眇眇兮愁予」；又有多少從黑暗中覺醒的仁人志士，肩負起救國救民於水火的宏圖大業，「起看星斗正闌幹」。千秋英魂，浩歌誰續？《刑場上的婚禮》為我們再現了二十世紀初期中國南方

青年時代的黃慶雲

一代孩子記憶中的美麗的「雲姊姊」

風起雲湧、天地激蕩的真實的歷史景象。

作者在這本書的「後記」裏有言：因為這是給青少年寫的歷史人物傳記，就有幫助青少年瞭解革命歷史的任務，對歷史上的關鍵性事件及時代背景，都必須向青少年作交代，同時又要「避免累贅之感」。應該說，作者的這些預定的寫作目的，都得到了很好的完成。我們從這本書裏看到了對「五四」愛國運動、大革命年代裏的「五卅運動」、廣東「沙基慘案」、廣州「四・一五血案」以及偉大的廣州暴動、廣州公社成立……等等重大事件的清晰的梳理和描述。

書中主人公的每一段成長經歷，都離不開這些大事件的影響。或者說，主人公的個人的生命成長史和心靈史，都是和這些關乎國家、民族存亡的大事件緊緊聯繫在一起的。作者沒有故意去拔高和誇大主人公的理想境界，而是用最真實的筆觸去探究和追尋著主人公的成長軌跡。

童年的小燮君就是一個敏感多思的孩子。她第一次跟著家人去逛廟會，一個熱鬧的廟會結束了，可是，在小燮君的心上，一切都還沒有結束，許多疑問不斷地像「秋色」一樣，在她幼小的心頭湧現。漸漸地，她長大了，懂得一些事情了，也親眼目睹和親身感受到了那麼多人間的不平、世態的冷暖和人生的艱辛。而「五四」運動的爆發，使少女燮君的心靈受到了極大的震動。「她的心，卻像一個不平靜的大海一樣，泛起了一陣陣的波浪。這世界不是她在小巷裏那麼小，那麼閉塞，生活不是那麼一成不變的。」世界在等待她長大。

等到她離開家鄉佛山來到革命的中心廣州之後，她看到了更多的階級壓迫和人間的不平。她內心深處的反抗精神和擔當精神，也在日益增長。她的心靈在血與火的現實面前得到了開啟和洗禮。她勇敢地走進了愛國學生的遊行和鬥爭的行列。「熱血之花在開放了，冷血的人也該覺醒了！」她成為了學校裏最激進的愛國學生之一。

而認識了青年革命領袖周文雍之後，她進步更快了。她告訴周說：「我不叫陳燮君了。沙基慘案發生之後，我改了名字，叫陳鐵軍，鋼鐵的鐵，革命軍的軍。」

作者在書中用較多的筆墨和細節，描寫了周文雍對陳鐵軍的精神影響。周文雍用自己的一言一行，給她揭示了一個真正的革命者對人民、對黨、對祖國和同胞們的熱愛與忠誠的秘密，揭示了共產黨人懷抱著的那個美好和強大的信念。

黃慶雲和孩子們在一起

正是有了周文雍的鼓勵和引導，她一步步朝著成為一名堅強的共產主義戰士的道路上走去……

　　這本書在真實地還原和再現了一段段歷史景象的同時，也充分地顯示了作者在從容地駕馭歷史題材，刻畫和處理真實的與虛構的人物群像之間的關係，以及在追求崇高、開闊的敘事境界上的能力。

　　書中寫的是一些忘我無私、舍小家而為大家，以國家民族的興亡為己任的熱血青年和青春志士的形象。除了陳鐵軍和周文雍這一對主人公，其他人物如陳鐵軍的妹妹陳鐵兒，革命者堅姐、老沈等，雖然著墨不多，但也刻畫得栩栩如

生，個性鮮明。正是有了這樣一些敢於前仆後繼的革命者，這樣一些為了美好的信仰和理想而慷慨悲歌之士，因此，整本書裏蕩漾著一種光華灼灼的勵志精神和引人向上的崇高力量。尤其是作品最後寫廣州起義那幾章，字裏行間彌漫著一種有如李華的《吊古戰場文》式的沉雄、悲愴和崇高的氣息，所謂「河水縈帶，群山糾紛」；「蓬斷草枯，凜若霜晨」。

而高高的、火紅的木棉樹，鮮豔的鐮刀錘子的黨旗，鮮紅的起義軍的紅圍巾……這些帶有象徵意味的標誌，在書中不時地閃現，有如跳動的火焰，為全書平添著崇高和耀眼的英雄色調和浪漫色彩。這也是本書留給我們這代人的「紅色記憶」裏的一些難忘的細節。

三

前蘇聯曾經有過一個著名的「青年近衛軍出版社」，陸續出版過一大套以少年兒童為閱讀物件的「名人傳記叢書」，傳主包括世界著名的思想家、文學家、藝術家、科學家、教育家、英雄人物、工程師、宇航員、探險家等等。這套傳記叢書影響過前蘇聯幾代青少年的成長，有許多家庭、學校和少年兒童圖書館都珍藏著這套叢書。這套傳記故事也浸透了大作家高爾基的心血。他在十月革命前，就邀請過羅曼·羅蘭、威爾斯等著名作家為這套書撰稿。高爾基在寫

周文雍、陳鐵軍烈士就義前的合影

給羅蘭的信中說：「您很清楚，在今天，沒有誰像兒童們這樣需要我們的關懷。我們這些成年人不久就要離開這個世界，我們將留給兒童們一份微不足道的遺產。」而在另一個場合，高爾基又說道，「地球是屬於孩子們的，我們會衰老、死去；而他們正像新的光輝火焰一樣燃燒著。正是他們使生活創造的火焰不滅。因此我說，兒童是永生的……」

我堅信，與今天的崇尚物欲、追逐享樂，以及許多人日漸頹靡、遠離崇高的精神狀態相比，那些青春的激情，那些偉大的誓語，那些美好的理想和追求……仍然是高貴和輝煌的，仍然是令人「高山仰止，景行行止，雖不能至，心嚮往之」的。《刑場上的婚禮》也將促使我們再次回過頭去，面向歷史，面向過去年代裏那些曾經有過的崇高的生命、信仰和追求，虔誠地低下我們的頭顱，然後再去尋求和獲得某些生命的真諦、創作的激情。重讀這部作品，使我強烈地

感覺到，真正的文學，無論是非虛構的人物傳記，還是虛構類的小說，如果不是從一個國家或民族的血乳交融的土壤裏直接生長出來，它的生命力就不會長久。而且，人們的生活狀態越是焦躁和平庸，那些崇高和偉大的理想的光華，必將越來越顯得寶貴和明亮。也許只有它們，能夠教會我們如何去完成自己短暫的人生，如何讓個人渺小的生命在一種「大愛」和「大德」中得以昇華。

　　書與人俱老，是一個自然的規律。但是，每一本書都有自己的命運。伊林在《書的命運》裏曾說：「每一本傳到我們手裏的舊書，都像是從波濤洶湧的歷史海洋裏渡過來的一隻船。這樣的船在航行中是多麼危險啊！它是用脆弱的材料做成的。不是火，就是蛀蟲，都可能毀滅它。」即便是這樣，我們這個世界上還是有難計其數的好書得以保存和流傳下來。保護那些古老而偉大的書籍不受傷害和毀滅的，不會是別的東西，只能是所有寫書人、讀書人和愛書人對於書的無限熱愛和發白內心的崇敬。越是好書，越有力量穿越汗漫的時空，穿越一節節歷史的隧道而閃爍著她恒久和熾熱的光芒。在我看來，《刑場上的婚禮》就是一本閃爍著恒久和熾熱的光芒的好書。

多少冷暖花事

　　曾經聽過一個關於迎春花的傳說。說是很久很久以前，花神召集百花商議，誰在什麼季節開放。當冰雪還未融化，北風還在呼呼地吹著，一切都瑟縮在寒冷的夢中時，誰會踏著刺骨的冰雪到人間去，向人們預告春天呢？玫瑰、牡丹、芍藥、蓮花……都默不作聲。沉默中，一個小姑娘毅然站出來輕聲說道：「讓我去，好麼？」她誠懇的目光裏含著深切的期待。花神吃驚地打量著這個嬌弱而勇敢的小姑娘：她是那麼天真和自信，她穿著鵝黃色的裙子，像一個從沒見過生人的小孩子一樣，不勝嬌羞。花神微笑著點了點頭，說：「去吧！只有你，才屬於春天！」她送給小姑娘一個美麗的名字——迎春。

　　迎春花只是稍稍打扮了一下，在髮辮上插上一朵金黃色的、散發著淡淡清香的小花，便告別眾姐妹，隻身來到人間。她來到人間時，大地還被厚厚的冰雪覆蓋著，春天還在遠處的路上，孩子們還在做著堆雪人的夢。可是，迎春花是

春天和大地的女兒，她來了，一切都漸漸變得溫暖起來、朗潤起來，小河悄悄解凍了，雪花在天空化為細雨，泥土變得鬆軟了，小草在悄悄返青，所有冬眠的生命都開始蘇醒了⋯⋯

第一次聽到這個故事時，我曾疑心這是一篇「風廬童話」。因為在我的閱讀印象中，宗璞先生所寫的「風廬童話」，有許多篇都是有關花語和花事的。她的許多「花事」童話，有時會讓我想到寫過《葡萄捲鬚》和《花事》的法國女作家科萊特。也許僅僅是一種巧合，宗璞先生也曾把自己的散文全編命名為「野葫蘆須」。她不僅用童話來講述花的故事，她的許多散文名篇，如《紫藤蘿瀑布》、《丁香結》、《好一朵木槿花》、《水仙辭》等等，也都是獻給花的讚美詩和寓言詩。她曾在紀念自己母親的一篇散文《花朝節的紀念》裏寫到，農曆二月十二日，傳說是百花的生日，名為「花朝節」。她說，就像春天給予百花誕辰一樣，母親用心血

茅盾文學獎獲得者，作家、學者宗璞先生

宗璞散文集《那青草覆蓋的地方》封面

宗璞和他的父親、哲學大師馮友蘭先生

哺育著，接引著一個個小生命的誕生。她親愛的母親的誕辰，也正是在花朝節後十日。也許，我們由此可以明白一點，這位睿智的女作家和童話家，為什麼這麼喜歡花，又為什麼這麼喜歡描寫和講述花的故事了。

《宗璞童話》是這位童話大師一生所創作的中短篇童話的精選本。細心的讀者不難發現，這些美麗的童話裏有許多篇都是有關花事的。無論是玫瑰、芍藥、吊竹蘭、薔薇、紫薇、桃花、杏花，還是白丁香、玉蘭、二月蘭、小令箭荷花……都作為富有性格的童話形象，出現在她的故事裏。她是妙解花語、講述花事的「聖手」。她在《花的話》裏讚美

那些淺紫色的二月蘭，雖然是那樣矮小，那樣默默無聞，可是，「她們從沒有想到自己有什麼特殊招人喜愛的地方，只是默默地盡自己微薄的力量，給世界加上點滴的歡樂」。她在《關於琴譜的懸賞》裏有一個細節，寫到了鋼琴旁有一盆小令箭荷花正在盛開，紅玉般的花瓣光豔照人，接著她寫道：「一朵花心裏的嫩黃的花蕊輕輕搖動了一下，發出悅耳的丁冬聲，另一朵也回應，抑揚頓挫，十分和諧。……」這樣的細節，不是真正的愛花人和惜花人是寫不出來的，而且，它們也是真正的童話故事的細節。

宗璞的童話不僅表達了她對自然、對植物、對小動物的熱愛與尊重，也充滿了對於一切生命與個性、對於美好的人性、對於「人」的尊重與鍾愛。生活在今天的小讀者，沒有經歷過那些心靈的獨立與尊嚴得不到保護、生命的個性和思想也得不到尊重、甚至被損害和被踐踏的年代，因此，也許是難以深切地體會生命、個性、獨立、自由、尊嚴這些字眼所蘊涵的價值，也無法真切地去體會它們是多麼的珍貴。而宗璞先生她們這一代人，卻都是從那樣的年代裏走過來的。所以，我們從《吊竹蘭和蠟筆盒》這篇童話裏會看到，童話家借吊竹蘭的口一再表達著這樣的訴求：

「我不能光活著，我還得是我自己。……」
「我不要別人給我塗什麼顏色，我要的是我自己，要的是從我自己生命裏發出來的顏色。懂麼？」

「我從來不拒絕改變。但那必須從我自己的生
命裏發出來——儘管那很痛苦，很艱難……」

　　誰說童話這種文體形式難以承載大主題？不，在我看
來，這篇小童話，就是替從中國二十世紀六七十年代走過來
的幾代人發出來的心靈的呼聲。想一想，它是發表在七十年
代末的那個雨雪霏霏的、正值中國撥亂反正、思想解放的早
春時節裏，就不難明白童話家當時的思想與勇氣了。

　　在同樣的時代背景下，我們也不難理解，童話《書魂》
無疑是對那些愚昧的年代裏被禁錮、被遺棄的知識與文明的
呼喚。「幾十年了，我的門關著。」那個歌人說，「我多麼
渴望你們能看到這裏的一切。」因為那個智慧的歌人——不
如說是童話家自己——這樣期待著：「這裏的美和智慧，是
屬於你們的。」童話家甚至還堅信，哪怕他的門永不打開，
但只要歌人還活著，他就會一直唱下去，「人們不會忘記他
的歌聲，總要來尋找，而且總會找到他的」。這是因為，科
學、知識、真理、文明，還有美……是任何力量都扼殺不
死、禁錮不了的！就像童話裏的那個名叫「采采」的孩子，
總會找到那些書的。

　　宗璞先生還有一篇著名的童話《魯魯》（文學大師孫
犁先生認為這是一篇優美的和無懈可擊的「動物小說」）。
二十多年前我還在大學裏念書的時候，第一次讀到它，曾為
故事裏的那只與自己同名的小狗流下過同情的眼淚。

幾人相憶在江樓
186

童話家寫的是自己童年時代所經歷的一段刻骨銘心的故事，這段故事的主角是一隻對主人有情有義的小狗，不幸的小狗經歷了好幾次失去主人、失去家的變故。童話裏有一個細節：有一天，魯魯得以走出了新主人的家門，獨自找尋著回到了原來的主人，那個已經去世的猶太老人的住處。可是，那裏的門緊鎖著，魯魯孤獨地坐在那裏，懷念著從前在主人身邊的日子，難過得嚎叫起來，聲音是那麼悲涼、那樣哀痛！他在這個門口蹲了兩天兩夜，不吃也不喝。他甚至跑到城外去尋找。他不知道主人到底去了哪裡。「他得到的謎底是再也見不到老人了。他不知道那老人的去處，是每個人，連他魯魯，終究都要去的。」現在重讀這篇作品，我感到自己仍然不禁泫然而有淚意。在我看來，這篇作品堪與契訶夫、屠格涅夫的以小狗為主角的傑作名篇相媲美，就是和世界上最優秀的短篇小說擺在一起，也毫不遜色。

當代著名散文家、茅盾文學獎獲得者宗璞先生

《宗璞散文》封面

宗璞散文集《告別閱讀》封面

多少冷暖花事

追求生活的「詩與真」

　　在我的心目中和印象裏，束沛德先生既是一位沉靜而明智的、文藝修養極其深厚的評論家，又是一位謙謙而恂恂的儒雅長者。他待人謙和真誠，無論你的地位是高是低；他說話猶帶溫軟的吳音，評判作品卻中肯而精准，但又從不鋒芒畢露，總是呈現出一種信、達、雅的氣度；他長期擔任中國作家協會的領導職務，但你很難從他身上看到半點官員的架勢；他在中學時代就發表過作品，並且從那時起就立志當一個記者或作家，然而在以後幾十年的文學生涯中，他卻默默地甘為人梯、甯做綠葉，把自己的大半生都奉獻給了作家協會的檔起草和行政事務——就像英國的那位同樣謙謙而恂恂的散文家查理斯・蘭姆，把大半生光陰奉獻給了南印度洋公司的記賬簿一樣。也因此，束先生總是半帶自謙、半帶自嘲地稱自己大半生所扮演的是「打雜」、「跑龍套」、「拾遺補缺」與「檔作家」的角色。的確，中國作協由他參與起草的諸如開幕詞、祝詞、演講稿、文件批語、會務紀要、工作

報告、評獎總結等等「應用文」，實在是難計其數，遠比蘭姆留在南印度洋公司記賬簿上的文字要多得多。

英國還有一位有著類似氣質與風格的散文家吉辛，他在自己的散文集《四季隨筆》裏說過一段話：「能拯救人類免受破壞的大多數好事，都產生於沉思的恬靜生活。這個世界一天天變得愈加嘈雜喧囂，拿我來說，我是不會加入到這日益嚴重的喧囂中去的。只要保持沉靜，我就為大家的福利做出了貢獻。」在我看來，束沛德先生正是一位吉辛式的作家，或者說是吉辛筆下所讚美的這類人物。束先生自稱這是「本性難移」，他自我分析說：「從小鑄就的內向而多思、文靜而執著的性格，至今在我身上依然烙有深刻的印記。也許正是這種性格特徵，才使我既長期安於平凡的工作，又勤於在事業上、文字上有所追求、探索的吧。」

這段話見於散文集《歲月風鈴》的第一篇《又安靜又好動——童年瑣

評論家束沛德先生

憶》。《歲月風鈴》是束先生繼《束沛德文學評論集》、《兒童文苑漫步》、《龍套情緣》、《守望與期待》之後出版的第五本書。書中收入散文近七十篇，分為四輯：「學子腳印」、「秘書瑣憶」、「師友剪影」和「異域采風」。這些文章大致都是按照寫作年月順序——亦即作家自己的人生履歷過程來編排，不僅清晰地呈現了作者畢生矢志不渝地追求理想、無怨無悔地愛戀著文學的人生足跡和心路歷程，同時也是新中國的「這一代」知識份子與自己的國家和人民同患難、共命運的赤子情懷的縮影。它們是關於個人的生命、童年、成長、青春和成年之後的坎坷經歷的回望、追憶與反思，是一種充分地展示個人生活走向、內心感受和人生經驗的回憶與書寫。個人童年、少年和青年生活中的種種憂愁與歡娛，借助真實可靠的細節和故事，並以一種刪繁就簡、樸素和溫暖的「憶語體」傳達出來。在個人的成長史、心靈史、寫作史乃至文學活動史的背後，是對一代人的精神歷程的深度揭示；是對不同年代、不同環境下的真、善、美的重新發現與修復；是對被時間的塵埃所遮蔽的、被生活的風雨所侵蝕的人性本原的尋找、呼喚和擦拭；也是對一個個漸漸遠去的時代背景和時代真相的描畫與再現。

　　二十世紀的中國，使束沛德這一代知識份子有著極其曲折和坎坷的命運遭際：童年和少年時代的戰亂與艱難，青年時代的熱血、激情和理想主義，中年時代靈魂的救贖與自救的煎熬，直到進入晚年之後，才呈現出一片爽朗秋空。現

在，回過頭來重新檢視這一代人走過的足跡和留下的作品，我們會發現，在一些作家和評論家那裏，也還保存著許多超越了簡單的政治化圖解和即時性需求，而做到了忠實於心靈感受、忠實於文學本質，具有恆久價值和意義的文字。在我看來，束先生在五六十年代所寫的關於柯岩兒童詩歌的評論，關於在長春的幾位老作家的訪問記，等等，都是做到了忠實於心靈感受和文學本質的文字。前不久我還看到，有人在研究廢名的文章中，仍然在引述束先生一九五七年寫下的關於廢名（馮文炳）訪談文字。

束先生從二十世紀五十年代初就進入中國作協（當時稱「全國文協」）做秘書和組聯工作，後來又一直擔任領導職務，一干就是半個多世紀。他直接參與和親眼見證了新中國成立後、直到新時期以來的中國作家協會的風雨歷程和風雲變幻。作者在「秘書瑣憶」一輯裏，講述了自己所親歷和見證的許多文學事件的細節與真相，例如五次作代會有關文件起草的不為人知的內幕；反胡風運動中，作者在無意中向胡風集團「洩密」，因此只當了五十多天周揚秘書就中途夭折的真相；「反右」中作者如何當過「炮手」，又如何僥倖過關；「文革」中作者又如何淪為「文藝黑線」上的「小爬蟲」；還有，本來與兒童文學無緣的作者，如何又陰差陽錯地進入兒童文學領域，致使自己的後半生竟與兒童文學難解難分……這些回憶與講述，忠實於歷史的本來面目，忠實於作者最真實的見證、感受與理解，不僅是一篇篇充滿歷史的

真實性和個人真誠情感的文學散文，也是一些鮮為人知和真實可信的文壇掌故與文學史料。如果把束先生的這部分回憶，和諸如韋君宜、黃秋耘、張光年、黎辛、張僖等人的關於同一些事件的回憶錄對照閱讀，正可以幫助我們明辨其中的某些是非曲直，證實一些人物與事件的細枝末節。當然也可誇大一點說，沿著束先生個人的心靈地圖所指示的方向，我們也不難找到一個時代的源頭，挖掘出它深層的精神寶藏，就像思想家愛默生所說的，「破譯每個時代的謎語，總會發現它自己的謎底」。

而在經歷著這些大大小小事件的同時，作者也與中國當代文壇上的許多重要作家有過密切的交往。「師友剪影」一輯，就是對這些文壇人物如嚴文井、沙汀、李季、菡子、張光年、馮牧、葛洛、唐達成、冰心、陳伯吹、金近、柯岩等等的追憶與懷念。作者以樸素的語言、白描的手法，描述了一個個作家生動可感的音容笑貌，寫出了自己對這些文壇前輩和同輩的最深摯的愛與知。作者以自己與他們相識的先後順序為線索，以親眼目睹和親身經歷為根據，有一說一，絕不輾轉引述，因此這些人物剪影也充滿了曲折的親歷性，具有堅實的可靠性。或者說，這些散文仍然是一篇篇以人物為線索的當代文壇史料。

盡管束先生一再謙稱，自己長期以來一直做著「文件作家」的工作，飽嘗了起草報告、祝詞和開幕詞、閉幕詞的甘苦，因此寫起散文來必定是「紀實性強，文學性弱」，但在

束沛德先生和孩子們

我看來，「文學性弱」對於這些具有真實的史料意義的回憶文章而言，未嘗不是一件幸事。見過了許多文過飾非、華而不實和慣於標新立異的文章之後，再看這些素面朝天、結結實實和不枝不蔓的文章，我感到，我們從作者真實的親歷性的講述裏所獲得的東西，要比從他的所謂「文學性」裏獲得的東西更多、更有價值。

其實，歸真返璞、洗盡鉛華，又何嘗不是「文學性」的另一種境界，而且是更高和更難達到的境界，正所謂「刪繁就簡三秋樹」。如果一定要說「文學性」，一定要用我們習慣上的「散文」的概念去看待這本《歲月風鈴》，那麼，

我建議讀者不妨去讀讀集子中的另一些篇什，如《父子一夕談》、《難得大團聚》、《綠色的德宏》、《花不完的六十萬》以及「異域采風」一輯裏的紀遊散文。從這些講述怡怡親情、青春記憶和描繪自然風光的散文裏，我們將看到一個文學評論家、一個習慣在文章中偏重理性闡述的學者型作家，所具有的斐然文采。從這些文章裏我們將看到，原來，束沛德先生的書中並非真的缺乏「文學性」，只是他懂得怎樣節制和刪繁就簡而已。

讓火燃著

　　一九九一年是詩人曾卓先生的七十初度之年。如果從一九三九年他在靳以主編的《文群》上發表的第一首詩《別》算起，他的創作活動已整整持續了半個世紀。有不少友人早就張羅著，要在他的七十大壽之際慶賀一番，對此，曾老在給我的一封信上這樣說道：「我只敬謝他們的好意。從年齡上說，我真的老了，但在心態上卻怎麼也不能適應，而且很有愧於自己的貧乏。想到自己的生命已進入暮色，對我是一種悲哀，一個警號，而毫無慶賀之意。我將如平常一樣，平靜地度過那一天……」

　　幾天之後，他揮筆寫下了一篇題為《更向前》的散文，更懇切地吐露了自己的這種心情：「我們當然有時不免回顧，看看我們是怎樣走過來的。我們更常常傾聽未來的呼喚，那永遠是一種鼓舞，一種激勵。……我們雖然臨近了世紀末，但我們永遠沒有世紀末的悲哀，卻只感到了日益逼近的新世紀的光輝。」

老詩人曾多次在自己的詩文和與我們的交談中，提到羅曼‧羅蘭的長篇巨著《約翰‧克利斯朵夫》的尾聲：年老的克利斯朵夫肩負著一個孩子涉水過河去，他越走越感到了那個孩子的沉重。他禁不住問孩子道：「你是誰？」孩子說：「我是那累人的明天！」詩人無限鍾情於那個「累人的明天」，他這樣寫道：「輝煌的理想是美麗的，而要達到那理想的彼岸卻需要付出無窮的努力，無數的犧牲，無盡的代價。……人生的歡樂也正在於追求。重要的是，心中要燃燒著永不熄滅的火焰……」

詩人曾將他的一部散文集題名為《讓火燃著》。讓火燃著──這也正是曾卓畢生的理想、信念和藝術追求的形象的寫照。歷盡滄桑苦難而情懷不改、癡心不變，「心在樹上，摘下就是！」

餘生也晚，能夠與老詩人相識並常常親聆教誨、蒙受扶掖，也只是近十年的光景。而關於他過去歲月裏的風雨坎坷人生遭遇和崎嶇不平的詩路歷程，則只能從他的浮沉與共、相濡以沫的同輩詩友的文史憶談中，從與他不多的幾次訪談中瞭解和感知了。

我把老詩人新時期十年來創作和出版的全部作品集，擺在了自己的面前：詩集《懸崖邊的樹》、《老水手的歌》、《曾卓抒情詩選》、《給少年們的詩》，散文集《美的尋求者》、《聽笛人手記》、《讓火燃著》、《在大江上》，還有詩論集《詩人的兩翼》。面對這些作品，我們一方面敬

仰於老詩人晚年辛勤的耕耘，特別是對人類理想和藝術勝境的孜孜不倦的探索與追求——他曾多次與他的老朋友綠原、鄒荻帆等談到過，他們這些人，經歷了人生的種種痛苦與磨難，九死一生地活到了今天，剩下的時間委實是不多了。但卻應該有著比當年更強的力量，應該迸發出最後的熱能，將詩融入生命，或者說，將生命融入詩；另一方面，我們也不能不強烈地感到，老詩人幾度「冰河夜渡」之後，對於人生、人性的認識達到了何等寬容、明澈的高度，對於詩歌乃至一切藝術的理解，進入了何等純淨、質樸與自由的境界，對於真善美的認識有著何其敏銳、嚴正的審視力。

現代詩人、散文家曾卓先生

透過這些作品，我們逼真地看到，一位深情而執著的、向著時代和生活，向著藝術理想「永遠張開著雙臂」的年老的赤子，默然站立在我們面前。正如詩人牛漢所概括和刻畫的那樣，「那是在寂寞中呼喚愛情的姿態，是在暴風雨與烈焰中飛翔的姿

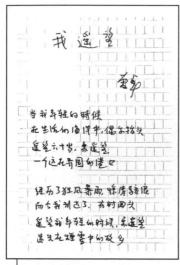

曾卓先生詩歌手跡

《曾卓抒情詩選》封面

態。當他張開雙臂的同時，他的眼裏嗆著淚水（我相信，他是我的朋友中淚流得最多的一個），他的嘴裏唱著歌（我相信，他是我的朋友中歌唱得最多的一個，不論是悲歌、戀歌或者凱歌）。他的生命從裏到外總是因期待與追求而振顫不已……」（《一個鍾情的人》）

曾卓的那首著名的詩《懸崖邊的樹》，被公認為是他的（或者說，是他們那一群人的）「形象標識」：「它的彎曲的身體／留下了風的形狀……它似乎即將跌進深谷裏／卻又像是要展翅飛翔……」那棵樹，是他的身體與靈魂的形態，那棵樹，也是一團永遠燃燒著的火焰的形象，而供給這不熄的火焰的原料，則是詩人整個的生命。「亦餘心之所善兮，雖九死其猶未悔。」

詩人王家新的《人與世界的相遇》裏有一篇談論《聽笛人手記》的文章，其中提到了曾卓有一次同他的老朋友綠原談過的一番話，大意是

說：我們這種人活到今天，可以說什麼技巧都沒有了，剩下的只是人本身。是的，可以這麼說，曾卓的全部文學寫作乃至他整個的行止，是在實踐著並且實現了他的這個美學原則。他多次坦率地承認自己年輕時的驕傲與浮華，在文章中也提到過當時一位友人曾稱他為「馬克」——岡察洛夫的小說《懸崖》中的一個虛無主義者。到老年卻洗盡鉛華，去掉一切矯飾，而漸次進入了歸真返朴、平易樸素的境界。他反復強調的是，任何一首詩，只要是真正的詩，總是反映著詩人的人格和素養，是詩人的生命的結晶，而不僅僅是華麗的或智慧的語言的點綴。詩和人不可分。詩的成長亦即人的成長。真正的詩是不需要裝飾的，那樣反而破壞了詩。詩只能是將一切有機地融合在自己裏面。詩永遠是心的歌。詩人必須心中有光，才能在生活中看到詩，才能在詩中照亮他所歌唱的生活。他常常用謝德林的一句話提醒自己：「我發誓：當我的心不再顫慄的時候，我就放下我的筆來……」

近幾年，我們見面時他常常談到自己「愈來愈不敢輕易地走近詩」。我相信這不是出於矯情，而是老詩人在用更高的要求來表示他對心中的詩神的尊重與敬愛。事實上，他的胸中時時劇烈地跳動著那一顆「火焰般的心」。就像他在一首詩中寫到的那樣：

我有兩支歌：
一支歌在我口中，

一支歌在我心中。

我的口中有時停止歌唱，

我心中的歌聲永遠嘹亮⋯⋯

　　一個黃昏，我們在鄂南的一個小城上散步。他老了，上身微微朝前傾，但腳步仍然很沉穩。我輕輕地攙扶著他，像攙扶著自己年老的父親。他緩緩地談到了自己對已有的作品的不滿足與不滿意。他期望著能在生命的晚景中寫出一些更好的詩歌，作為他對這個世界的「黃昏之獻」。他甚至渴望有一天能夠唱出自己真正的美麗的歌——即便那是「天鵝之歌」。

　　老之將至，身體當然會衰弱，腳步也不免踉蹌。重要的是，心靈的火焰還在燃著，那個「累人的明天」還在急切地召喚著他。「要做時代洪流中的弄潮兒，而不羨慕『坐看雲起時』的隱者。」這是他七十初度的心聲。

　　那麼，讓火燃著。讓這顆充滿了大愛的心，深情而執著地去迎迓那日益逼近的新世紀的慈輝。

一九九一年一月十六日，夜

歌濃如酒，人淡如菊

　　本文的題目引自綠原先生的詩句。一九九六年，曾卓的老朋友、詩人和翻譯家綠原，完成了一首近三百行的長詩，題為《人淡如菊》。這首長詩是獻給詩人曾卓的。這首詩並非一般意義上的友人間的贈酬之作，而是他們那一代知識份子的曲折和苦難的命運之歌；這首詩也並非僅僅為了紀念兩個人的在漫長的歲月裏結下的忠誠不渝的友情而吟唱。不，這是對於半個多世紀以來他們所走過的人生道路，所追隨的偉大理想的冷靜拷問和凝重的思索。

　　　　原來不過是
　　　　兩條清淺的小溪
　　　　從荒涼的山脊流出
　　　　在細窄的流程裏
　　　　快樂地流著，流著又
　　　　唱著，唱著

遠大的海和它

壯美的波——

不料前面是陡坡

陡坡變成絕壁絕壁下麵是深谷

於是歌聲跌得粉碎

飛濺到半空

化為被透析的淚霧

又徐徐墜落而彙成

一片緘默的深邃的湖

　　這曾經是他們共同的命運。遙想五十多年前，還在他們摘星拿雲、風華正茂的時代，曾卓和綠原這兩位浪漫的少年詩人，就像當年雙雙站在莫斯科郊外的麻雀山上，面對著西沉的太陽起誓的那兩位俄國少年——赫爾岑和奧加廖夫一樣，他們也曾一起站在異鄉八塘的道路上，高唱過一支笑傲江湖的「靈魂之鳥的歌」：「即使我一貧如洗／我仍會笑傲王侯」。

　　那時候他們並不知道——不，也許他們已經料想到了，為了他們所選定的理想，為了一個高尚的人生，他們都必須，而且也決不憚於去經歷未來的最苦難的歷程。果然，在二十世紀中葉，在進入一個全新的時代之後，他們無一例外地都要經受一場如同阿·托爾斯泰所言的烈火的焚燒、沸水的蒸煮和血水的清洗。這是他們命運的煉獄，而且他們身處煉獄的歲月又是那麼漫長。

……你終於從黑暗中

浮現出來，如幾億光年以遠

越遠越暗越恆久的

一顆重新被發現的慧星

恍如隔世又

風采依然

還是那樣凝重

那樣瀟灑，那樣富於令人燃燒

的大笑

從你身上找不到

一粒昨日的塵埃

然而，情更真

詩更純，文則

脫盡鉛華，素淨如

白雲，透明如

秋水，嚴謹如

落日下的孤城……

曾卓的摯友、詩人、翻譯家綠原先生

　　就是這樣一位從煉獄中歸來的詩人，他為他們那一群人設計了一個共同的「城徽」：懸崖邊的一棵樹。

　　是一株曾經俯覽深淵萬丈，又仰望過霜天萬里的樹；是一株傷痕累

少年時代的曾卓（左一）和家人在一起

曾卓（前排右一）和受盡劫難後的「七月派」詩友們合影

累、斑跡重重而又依然蒼勁有力、虬枝如銅的樹；或如綠原先生所喻：這是一株「經雷殛而未倒」，臨劍風而不懼，一似「百年痛苦的征服者」而今更加充滿活力的「神木」！

你說：沒有詩
你會匱乏
沒有夢
你會孤獨⋯⋯

是的，曾卓一直認為，他「不是一個能夠忍受寂寞的人」，而他所追求的「詩」，與其說是一種藝術理想，不如說是一種人生勝境。他和他的朋友們是用整個壯麗的一生，在完成著一首「人之詩」。即便是到了老年，他對於心目中的那首大詩的追求，仍然一往情深，而且愈加誠篤。

七十五歲的人了，但他的心靈的活躍，他對生活的熱愛的激情，彷彿仍如當年和綠原並肩站在八塘路上的時候。他不停地買書、讀書，從未停止對知識的追求；他樂於和老朋友們，和年輕一代朋友們談天、談詩、談藝術⋯⋯如綠原所說，當他大笑起來，他的熱情總會使朋友們心中的火把重新點燃和燃燒起來；他也慣於在夜深人靜、萬籟俱寂之時獨自陷於沉思。那久遠而豐富的「活的過去」，常常使他的兩眼噙滿淚水：「不是悲哀──是溫柔／溫柔使我的眼睛潮潤⋯⋯」

曾卓詩集《懸崖邊的樹》封面

　　他漫遊巴黎，訪問美國，在龐德歌詠過的地鐵列車上思考著人類的命運……他熱愛足球運動，關注著一些重要的畫展和音樂會；他參加大學生們舉辦的詩歌朗誦會，他朗誦的聲音比許多年輕人還要高亢有力；他「俯首甘為孺子牛」，多年來一直是身邊的小孫孫的「最老和最好的朋友」；他偶爾也跳跳舞、喝一點酒，在他感到最為歡樂的時候；他和自己的老伴相攜著去外地旅遊，他爬山，他去看風景，但他最願意去的地方是藍色的大海邊……

　　他是一位穿越過無數次暴風激浪的老水手，他是一位忍受過孤獨、寂寞、艱險和苦難的老水手。在一次又一次的人生風浪中，在不同年代的顛簸起伏、風風雨雨的精神航程中，他的命運正如老水手的命運。大海就是他真正的「心靈的故鄉」。他有時不免感到：平靜的日子反而使他煩擾，彷彿只有在風暴和巨浪中，他才能夠

獲得生命的堅強、壯麗與安詳。曾卓的抒情詩代表作之一就
是那首《老水手的歌》。

　　　　老水手坐在岩石上
　　　　敞開衣襟，像敞開他的心
　　　　面向大海
　　　　…………
　　　　「看晚星引來鄉夢上心頭」
　　　　像老戰馬悲壯地長嘯著
　　　　懷念舊戰場
　　　　老水手在歌聲中
　　　　懷念他真正的故鄉
　　　　…………

　　沒有錯，老水手的歌就是老詩人自己的歌。老水手的一
生是無怨無悔的一生。他一生的歡笑和眼淚都被大海收藏。
他的靈魂已變得像海洋一樣深沉寬廣。大海還在遠處呼喚，
閃動著迷人的光芒。老詩人心中的那團火，還在熊熊燃燒。
讓我們祝福詩人，祝福這一株「經雷殛而未倒的神木」在新
世紀裏，再向這個世界捧出一片新綠。

　　　　　　　　　　　　　　一九九七年二月十八日，武昌

書比人長壽
——往事書影裏的曾卓先生

曾卓與書

曾卓先生是一位學者型的作家和詩人。這與他畢生手不釋卷、酷愛讀書是分不開的。他那本獲得過全國優秀散文獎的散文名著《聽笛人手記》，其實就是一部文采斐然的「讀書記」，但比一般的「書話」文章更具個人感情色彩和散文風格。他所獨創的這種散文文體，對後來許多作家、包括我個人的書話散文寫作產生了直接的影響。

從《聽笛人手記》每一篇讀書記裏所注明的原著或文本出處，我們看到，他所讀的書有不少都是上個世紀二三十年代的舊版本，這說明，他從三十年代剛剛踏上文學之路時，就喜歡買書和讀書了。他在寫給著名藏書家姜德明先生的一封書信裏曾經說到，他自己原本也是有不少藏書的，但是經過了歷次的「運動」之後，這些舊藏幾乎散失殆盡，不過也

還幸運地留下了一點舊書，他在信上對姜德明先生說，如果來武漢，歡迎來捨下「檢取」幾冊自己所喜歡的，云云。這也說明，他確實是藏過一些舊書的。

青年時代的曾卓

曾卓先生生前，我曾有機會多次到他在漢口鄂城墩臺北一村的寓所裏聽他談詩、回憶往事。他領著我到一個封閉的陽臺上看過他的藏書，給我印象是，他的藏書雖然不是很多，但有不少老版本，而且以現代作家在解放前出版的集子和外國文學的舊譯本居多。他也曾送給我一些現代作家的簽名本，如鄒荻帆、黃裳、溫源寧的集子。

曾卓先生晚年，還曾參與甚至親自動手編輯過一些書。例如他的老朋友、詩人胡天風去世前，把全部遺稿託付給了他。曾卓自己動手編選並作序，出版了《天風詩草》（長江文藝出版社）。

他還給武漢出版社主編了一套《跋涉者文叢》，先後出版了兩輯共

十四冊，作者有嚴文井、牧惠、邵燕祥、魯光、何滿子、綠原、牛漢、謝蔚明、倪墨炎等。承蒙曾卓老師鼓勵和愛護，讓我也忝列其中，出了一本《書房斜陽》。我這本讀書散文集的選目，就是曾卓先生親自遴選的。記得他還給我仔細解釋了他為什麼要選這些篇目而捨棄另外一些篇目的理由，讓我感到了他作為一個「選家」和編書者的目光的精准，真是心服口服了。

「顧我垂髫初識字，看君揮翰足驚人」（王安石句）。這本《書房斜陽》也使我在心中永遠銘記和感激敬愛的曾卓先生對我的器重和愛護。

《曾卓文集》

阿‧托爾斯泰說，一個純淨生命的獲得，要在烈火裏燒三次，三沸水裏煮三次，在血水裏洗三次，大概就是指像曾卓這樣的人而言的。曾卓是一位苦難造就的詩人。二十世紀五十年代那場「奇異的風暴」，把曾卓和他的朋友們最珍貴的二十年壯年時光擄去了，再也無法尋找回來。《曾卓文集》第一卷中的「凝望」和「有贈」兩輯詩作，第二卷中的《聽笛人手記》中的數篇散文，便是詩人這二十年的情感與思想的唯一的文字記錄。其餘的一切，都只難記錄在歷史的檔案裏了。

因為當時被剝奪了紙筆，這些文字是靠著作者「像困獸一樣在（單監）小房內徘徊，或是坐在矮凳上望向高窗外的

曾卓和畢生的摯友、詩人鄒荻帆、綠原在江輪上

藍天，或是深夜躺在木床上面對著天花板上昏黃的燈光，喃喃自語……有的是反復地默念……」才是以在記憶中保留了下來。曾卓說過，曾有不少友人問過他喜歡自己的哪些詩，他認為，最使他難忘，最能激發他的感情怕，就是他在經受厄難的那二十多年中所寫（準確地說是「默記」）下的那些小詩。曾卓是將它們看作是「閃耀在生命煉獄中的光點，開在生命煉獄邊的小花」的。也正是它們，在那漫長、單調、寂寞的白日和孤獨、慘澹的黃昏以及無眠的長夜裏，給了曾卓以最大的安慰和溫暖，激勵著他，支撐著他，一天一天，一步一步，度過了二十多年的災難和屈辱的歲月。

《曾卓文集》封面

　　煉獄生涯，受難歲月，使詩人昔日那修長健美的身軀「留下了風的形狀」，同時也在他的靈魂處留下了深深的痛苦的烙印。如果從有益的一面看，那就是，一位優秀的文化戰士的人生和藝術的成熟期，也在生命的煉獄邊完成了。苦難拂去了他在四十年代尚未完全擺脫的思想上的驕傲、浮華的微塵，同時也洗盡了他在創作藝術上的鉛華。當他複出之後，再一次站到世人，站到他的讀者面前時，他雖然不是光芒射人，卻也足以照見別人所看不到的地方──因為他的心中已充滿了光亮；他所重新唱出的歌聲，也可以說是歸真返朴，至成至熟，任何屑小的「技巧」都沒有了，而剩下的只是「人」本身了。他的全部的歌唱，都是自然而然地從靈魂裏噴湧而出的。

　　新時期以來是曾卓人生歷程的真正的春天，也是他創作上的最豐碩的秋天。對於人生，他滄桑歷盡，已見白髮三千。闖過了層層驚風險浪，讀

遍了茫茫人世的海洋，他是生命的歷程有聲有色的白髮老水手；對於創作，他集詩人、散文家和文藝鑒賞家於一身，感情和智慧互為羽翼，創作和理論相與滲透。無論是傳統還是現代，也無論是東方文化還是西方文化，他進得去，出得來，吐納自如。靈心慧眼，卓然成家，且洗盡鉛華。對任何形式既得心應手，遊刃有餘，又絕不凌厲外露，賣弄才識，而是如沉默的冰山，動人的激情恰當地隱藏在平靜的海面之下。

《曾卓文集》第一卷中的「老水手的歌」一輯詩，第二卷中的「聽笛人手記」和「新的歌」兩輯散文，第三卷中的「詩人的兩翼」和「文學長短錄」兩輯理論和評論文章，是曾卓新時期以來的主要收穫，也是中國當代文學創作里程上的不可多得的珍品和精品。對於這些詩作和散文作品，已有不少專家、評論家和文學史家，寫出了專門的研究文章，這裏不必再贅述。忍不住還要提一提的是「聽笛人手記」這一系列散文。曾卓原是作為對自己心儀的一些作家和作品的欣賞來寫的，其中主要想寫出一些自己的感受，並寄託自己的情懷，借對自己所喜愛的作品的理解，來表達出自己對人生、對生活、對藝術的見解與追求。然而這些文藝欣賞性質的文章自八十年代初在《文彙月刊》上作為專欄陸續刊出之後，竟不脛而走，一時在文藝界爭相傳閱，堪稱「洛陽紙貴」。上海文藝出版社把它們續集出版了單行本後，又在全國優秀散文集評獎中獲獎。《聽笛人手記》為散文文體獨闢

曾卓和孩子們在一起

蹊徑，自成一家風格。其中所寫到的那些人與書，如《永遠的春天》裏的巴基和他的《秋天裏的春天》，《戰士‧詩人‧哲人》裏的羅莎‧盧森堡及其《獄中書簡》，《「讓火燃著！」》裏的羅曼‧羅蘭和他的《貝多芬傳》，還有維爾高爾的《海的沉默》，湯瑪斯‧曼的《沉重的時刻》，舒克申的《太陽‧老人‧少女》，巴烏斯托夫斯基的《夜行的驛車》、《雪》和《雨濛濛的黎明》，雨果的《九三年》等等。曾卓寫著自己對這些人與書、人與事的理解與感想時，是這樣想像著的：「我多麼希望，在我的視窗也能聽到那樣動人的笛聲，有著特別真勢的感情、有著純潔詩意的笛聲……」在我們則正像《盲音樂家》裏的那個聽笛的孩子一

樣，聽著這些有著真摯的感情和純潔的詩意的「笛聲」，又怎能不油然生起「雖不能至，心嚮往之」的企慕和遐想，並獲得寶貴的啟示與教益呢。

《曾卓文集》三卷本，並不是曾卓先生此生創作的全部。他是以非常嚴苛的態度割捨了不同時期的許多未必不足以入集的作品的。這留下來的近百萬字，是他一生創作的精華。它們反映著曾卓一生的成長過程，也標示著他在藝術創作上的探索軌跡。它們是曾卓的生命的碑，也是他精神上的「詩與真」的碑銘。合上三卷文集，我想到了曾卓所欣賞過的詩人和劇作家席勒在《強盜》第一版序言中的一段話，似乎也可以寫在《曾卓文集》第一卷的扉頁上：

> 「誰要是肯這樣公正地對待我，為了我，為了瞭解我，而把這部書讀下去，那麼，我就可以如此地要求他：他不必把我作為一個詩人來讚美，而是首先把我作為一個真正的人來尊重。」

又是人間四月天

從昨天的晚報上，看到小蔷懷念自己的父親曾卓先生的詩《又一個四月》，我才猛然想到，敬愛的曾老離開我們，忽忽已經五年了！

五年前，正是杜鵑花和櫻花悄悄開放的四月天裏，溫暖的夜風，把一個善良的靈魂帶離了人群，帶回了他所無限鍾

情的大海，帶回到了他苦難的母親身邊。而在離開這個世界之前，他沒有幽怨，沒有痛苦，只留下了他對世界的最後的祝福。他說，這一切都很好，這一切都很美⋯⋯我愛你們⋯⋯

他靜靜地躺在一片美麗的青山之中。一塊巨大的花崗岩石上，刻著他青年時代留下的讖語般的詩句：「⋯⋯我的詩是我的碑」。詩人安娜・阿赫瑪托娃翻譯屈原的詩，把「路漫漫其修遠兮，吾將上下而求索」意譯為「我升騰而又降落，朝著命運指引的方向⋯⋯」是的，他的一生，也有升騰，也有降落。甚至即將跌落至懸崖深淵。那也是他的命運所指引的方向。

但是，他的靈魂最終在苦難的命運的大熔爐裏得以冶煉和升騰。站在他的墓地前，我想到了他生前十分喜歡的詩人休斯的那首《老水手之死》：「我們把他葬在多風的山頂，他的靈魂卻走向海洋。」他在青年時代，曾有過「少年雪萊」的美譽。那麼現在，他那如雪萊般驕傲和自由的靈魂，一定是逡巡在遙遠的、遼闊的大海上了。

又是人間四月天。杏花消息雨聲中。小蘅的詩說得對，「你能感念到的，勝過我們所有的感激」。四月的山岡上，那一叢叢火紅的杜鵑花，那一株株花開似雪的野櫻樹，還有在和風中翻著碎碎的花瓣的一樹樹杏花，都將寄託著我們對你的懷念。你的靈魂，將在人間四月的花叢中含笑。

曾卓紀念集編後記

　　曾卓老師在世時，承蒙他的信任和委託，我和老詩人田野先生為他編選過一部《崖邊聽笛人──曾卓研究文選》（長江文藝出版社二○○一年八月版）。此書出版後不到一年，敬愛的曾老就駕鶴遠去了。

　　時間過得真快，一晃，曾老離開我們已經十年了！「十年生死兩茫茫」。但是，親人、朋友和讀者們對這位傑出的詩人的緬懷和憶念，卻從未因為光陰的流逝而有絲毫消減。詩人墓地四周的杜鵑花，一年比一年綻放得更加蓬勃熱烈，不正如親人、朋友和讀者們對他的懷念麼？十年來，他的親人和朋友們，文學界、讀書界和一些高等院校的學術研究者，還有網路上的廣大讀者，為他寫下的紀念文章、研究論文和懷念的詩歌，以及陸續整理出來的他與友人的通信，真可謂連篇累牘、不可勝數。這也使我想到了「桃李不言，下自成蹊」的古語。

　　受曾卓先生的夫人和戰友、音樂家薛如茵老人的委託，我從曾卓先生逝世後這十年間所收集到的眾多詩文中，選編了這本文集，作為詩人辭世十週年的祭奠和紀念。

　　全書大致分為三輯：一為懷念和追思性質的文字；二是帶有史料鉤沉和學術研究性質的文字；三是相對集中地整理出的部分書簡以及贈詩和獻詩。最後附錄如茵老人和女兒曾蘅整理編寫的一份比較完備的《曾卓年表》。

需要說明的是，收入本書的全部文章，只是根據內容的異同做了粗略的分類，並不十分嚴格；諸位撰文者也並無按照年齒或資歷排序的講究，一人多篇的，只要是內容相近，大都編排在一起。

記得十多年前編選《崖邊聽笛人──曾卓研究文選》時，我在「編後記」裏說過這樣的話：要把所有的文字都收集齊全，卻不是一件容易的事。即便是已經收集起來的文字，由於本書篇幅所限，也不可能全部入選，這是要請求朋友們理解和原諒的；所有入集的文章，本書編者除了對一些明顯的錯訛予以糾正外，一般不作其他文字上的改動；因為編輯時間緊迫、編者目力所及有限等原因，其中不當之處在所難免，懇請朋友們和有識之士不吝批評和指正。所有這些話，實在也可以原原本本再移到這本書的後記裏來。

十年前和我一道編選那本書的老詩人田野先生，也已離開人世多年了。在此我也深深懷念這位善良的老詩人。願仁慈、寬厚的大地母親，在泥土下永安著命運悲苦的詩人們那純淨和高貴的靈魂。

──謹以這本書，祭奠和紀念詩人曾卓先生逝世十周年。

學術的書，友情的書

《崖邊聽笛人：曾卓研究文選》是一部學術性和資料性的書，也是一部友情的書，紀念的書。本書彙編了二十世紀七十年代以來，有關詩人曾卓及其作品的研究、評論、賞

析、訪談錄、印象記等方面的文字約九十篇，凡四十五萬言。

《曾卓散文選》封面

由於曾卓生平與作品的獨特性，以及其人其詩在中國現當代文學史、詩歌史上所處的地位，自二十世紀七十年代後期曾卓複出以來，有關他的學術研究、跟蹤評論和訪談、散記等等，一直持續不斷，可謂文字浩繁。近幾年來，一些中青年學者又不約而同地選擇曾卓作為自己的深度研究物件，出現了不少視角獨特、頗具分量的研究成果。所有這些文字，無論對文學史、詩學研究界還是對一般文學讀者而言，都是一筆難得的文學資料。而對詩人自己來說，它們除了具有上述的價值，同時還意味著一些極其珍貴的友誼、友情，有著特別的紀念意義。

然而要把所有的文字都收集齊全，卻不是一件容易的事。即便是已經收集起來的文字，由於本書篇幅所限，也不可能全部入選，這是要請求朋友們理解和原諒的。本書是從

一百六十多篇（上百萬字）的文章中再三挑選出來的，分為上下兩輯。上輯為訪談、散記類的文字；下輯為研究、評論、賞析類的文字，其中又分為綜合論述、詩歌論、散文論、單篇作品賞析等不同單元。所有入集的文章盡可能注明了最初發表的時間和出處。

本著文本存真的原則，所有入集的文章，本書編者除了對一些明顯的錯訛予以糾正外，一般不作其他文字上的改動。只是要說明和抱歉的是，由於本書容量所限，部分文章的評論物件是多位 詩人的，編者一般都採取「節錄」專論曾卓的部分，收入本書，並注明「節錄」字樣。編輯這樣一部學術性和資料性的書，不僅文字量大，涉及的作者面廣，而且不少文章因為發表時間久遠，已無法與作者取得聯繫，因此也無法查明最初發表出處。再加上編輯時間緊迫、編者目力所及有限等原因，其中不當之處，勢必難免。懇請朋友們和有識之士不吝批評和指正。

曾卓先生有一本詩集的書名為《懸崖邊的樹》，又有一本散文集《聽笛人手記》，因而本書定名為《崖邊聽笛人》。這本書籌畫編輯之時，正當曾卓先生八十壽辰來臨之際，謹以此書，紀念曾卓先生八十壽辰暨從事文學創作六十五周年。

編選這部文集，也使我獲得這樣一些感受：

一是通過編選這部研究文集，我欣喜地看到了，關於詩人曾卓的學術研究，在進入九十年代之後，尤其是最近五六

年間，有了一些新的進展，獲得了一些深度的研究成果。如果說八十年代裏，人們還只是把曾卓作為一個優秀的詩人和文學家來看待和研究的話，那麼，近幾年來，不少中青年學者已經同時把曾卓作為一個思想者，作為那一代從苦難中走過來的人文知識份子中的一員來看取、來研究了。我們從青年學者何向陽的長篇論文中，從哲學家張志揚先生論文中，從李輝先生的訪談中，可以感到這種學術深度。其中何向陽的評傳限於篇幅，本書只選進了一部分（三萬字），另有兩萬字已在《南方文壇》發表。

二是編選這部研究文集的過程，也是我深深地感知著什麼叫「桃李不言，下自成蹊」的過程。「曾卓研究」早在四十年代就有人在做了，那時候他有「中國的雪萊」的美稱。可惜這本書因為時間倉促和資料尋找之不易，沒有收入四十年代和五十年代的那些研究文字。八十年代的曾卓研究幾乎是與曾卓的「複出」同步的。我粗略地計算了一下，自八十年代以來的有關曾卓的研究、訪談文字，早已超過了一百萬字，差不多與曾卓所創作的文字總量相當。我想，這其中除了詩人的作品本身的品質與魅力，當然更是由於一種精神的魅力和人格的力量，吸引了那麼多的評論家、研究者和欣賞者。正所謂「桃李不言，下自成蹊」。

三是編選這部研究文集所獲得的享受，所得到的教益，遠遠超過了編書所付出的勞動。我是個普通的編輯人員，如果沒有編選這樣一部文集的機緣，我不可能通讀所有的關於

曾卓的研究文字，也未見得能這樣全面和多視角地去瞭解一個善良和優秀的詩人、一個智慧的深刻的思想者。由此我想到，一個人如果想要全面和透徹地去瞭解一個作家、一個詩人，就應該讓他去為他編選文集，為他編選研究文集。編選這部書，使我看到了一個詩人的優秀所在、魅力所在，也使我深深感到了做一個優秀的詩人，做一個能夠獲得真正的知音、能夠贏得眾人的尊重與敬仰的作家，該是一件幸福和欣慰的事情。這樣的一生是值得的，是有價值的。所以，詩人翻譯家、曾卓的老朋友綠原先生稱曾卓是「一個幸福的人」。

詩人曾卓小傳

曾卓（一九二二年三月五日至二〇〇一年四月十日），湖北黃陂人。中國現代和當代著名詩人、散文家和評論家。

一九三四年，曾卓在漢口《時代日報》副刊《時代前》發表第一首詩《生活》，漫長而坎坷的創作之路由此開始。一九三五年他參加「一二‧九」學生愛國運動，成為武漢市「中華民族解放先鋒隊」的第一批成員，幾乎與創作道路同時，也走上了革命者的道路。抗日戰爭爆發後，他成為學校救亡活動的積極參加者和組織者，並於一九三八年在中學加入中國共產黨。這一年，武漢淪陷前夕，他隻身流亡到重慶，在復旦中學讀高中，在地下黨的領導下，與幾位同學成立了「復活社」，並任宣傳委員。一九三九年在靳以主編的

《文群》上發表為一個投奔延安的同學壯行的詩歌《別》。四十年代初，他高中畢業後在復旦大學校友服務部當職員，經鄒荻帆倡議，與復旦大學的幾位同學一起成立「詩墾地社」，並創辦了《詩墾地叢刊》，受到了進步文學青年的關注，並在青年詩人中產生了較大影響。在此期間，他在閱讀大量的文藝名著和進步文化書刊同時，也親眼目睹了當時中國社會光明與黑暗、善良與醜惡的衝突與較量，創作上出現第一個「高峰期」，如《母親》、《除夕》、《小城之冬》、《行列》、《拍賣》、《瘋婦》、《熟睡的士兵》、《沙漠和海》、《鐵欄與火》等詩作，真實地表現了殘酷的社會現實和時代精神，唱出了底層人民的心聲，在社會上產生了廣泛的影響。

一九四二年，他經貴州流亡到重慶，次年就讀於設在重慶的中央大學歷史系，並參與組織了學校的文藝團體「桔社」和「中大劇藝社」，出版壁報，組織詩歌朗誦會，演出夏衍的《上海屋簷下》、老舍和宋之合編的《國家至上》、魯迅的散文詩劇《過客》等。一九四四年夏，二十二歲的曾卓出版第一部詩集《門》。一九四四至一九四六年，他參與了《詩文學叢刊》和《詩文學叢書》的編輯工作。一九四七年他回到武漢，除在幾家私立中學教學外，大部分時間用於編輯《大剛報》副刊《大江》。小小的副刊團結了一批思想進步的青年作家，發表了許多暴露反動統治下的黑暗現實、呼喚光明、自由與解放的作品。

一九四九年武漢解放後，曾卓擔任《大剛報》支部書記、副社長。一九五二年和一九五三年報紙先後改組為中共武漢市委機關報《新武漢報》和《長江日報》後，他仍任副社長。一九五三年又兼任武漢市文聯常務副主席。這期間他還參加了第一屆赴朝慰問團，回國後發表了數萬字的《赴朝日記》。一九五五年因「胡風集團」問題，他被迫受難，忍辱負重、失去自由達二十五年之久，創作權利被剝奪殆盡。他在失去自由、沒有紙筆的日子裏，依靠心靈的默記，寫出了《寂寞的小花》、《呵，有一隻鷹》、《有贈》、《兩隻小船》、《我能給你的》、《感激》、《懸崖邊的樹》以及《給少年的詩》等一批感人肺腑的詩作。一九六一年，他從下放勞動的農村回來，被分配到武漢話劇院任編劇，創作了話劇《江姐》。這是全國最早將小說《紅岩》改編成舞臺劇的一個劇本。

　　一九七九年，詩人的冤案得到平反，他重新回到武漢市文聯工作，恢復了副主席職務。一九八三年他率中國作家代表團參加在南斯拉夫舉行的「斯特魯卡國際詩歌節」。一九八四年，他在第四屆全國作家代表大會上當選為理事。一九八五年在湖北省作家代表大會上當選為副主席。離休之後，他又先後被推選為中國作家協會名譽委員、武漢市作家協會名譽主席、中國新詩學會副會長。

　　劫波渡盡，他的創作也進入了又一個「高峰期」。新時期以後，他先後出版了詩集《懸崖邊的樹》、《老水手

的歌》、《曾卓抒情詩選》、《給少年們的詩》；詩論集
《詩人的兩翼》、《聽那美麗的笛聲》；散文集《美的尋
求者》、《讓火燃著》、《在大江上》、《聽笛人手記》、
《笛之韻》等多種作品集。一九九四年又出版《曾卓文集》
三卷。

　　這些作品集中，《老水手的歌》曾獲一九八三至一九八
四年全國優秀新詩（詩集）獎；《聽笛人手記》曾獲全國新
時期優秀散文集獎（一九八九年）；《給少年們的詩》先後
獲一九八五至一九八五年湖北兒童文學優秀作品獎、第十一
屆中國圖書獎（一九九九年）；《懸崖邊的樹》曾獲四川文
藝出版、「酒城重陽文學獎」。一九九一年，他因傑出的文
學貢獻和創作成就，獲得武漢市委、市政府頒發的「黃鶴文
藝獎」。

　　曾卓是跨中國現代和當代兩個文學時期的重要詩人。
有關文學史家、評論家對他的創作成就做出過極高的評價。
文學理論家王先霈評價曾卓的詩，不僅「記錄了自己心的歷
程」和一代人的「苦難的歷程」，而且在飽經風霜之後，
「呼喚著同情、諒解，呼喚著人對人的關心與撫愛」，整
個創作中流蕩著「飽含著歷史的智慧和經驗的人道主義的
詩情」。青年評論家何向陽在長篇論文《曾卓的潛在寫作：
一九五五──一九七六》中，如此評價曾卓在失去自由的年代
裏寫下的那些詩歌：「作為一個詩人，他尋到了生活中藏在
底層的美、愛和溫潤」；「他沒有寫過一首違背自己心靈原

則的詩」；他的詩「首先是愛的，是我們用心體貼地去在另一個人心中發現包括人類的自己」。曾卓的老朋友、詩人、翻譯家綠原評價說：「曾卓不僅是一位詩人，他更是詩人中少見的散文高手。他的散文除了清麗、婉約、為青年讀者所喜愛的一面，有時更顯得蒼勁、老練、簡潔、沉著，來自一般詩人未嘗接觸到的另一路數，看不出（也不需要）對他的詩才的任何借重。」二○○三年，曾卓榮獲國際華人詩會授予的「中國詩魂」金獎。

（本文系應邀為二○○六年北京「湖北文化周」而作）

詩與真

曾卓先生的《聽笛人手記》裏，有好幾篇文章是談前蘇聯老作家康・巴烏斯托夫斯基的。其中的《美的追求者》一文裏，曾卓說道：「他不以藝術為神明，他是一個生活的讚美者。只是，他如此的善良而溫情，以至血與火、人世的紛擾和苦難，似乎是他柔和的心所無力承擔的，因而往往為他所無視或回避。他所追求和喜愛的，是他的心所能感應的東西，而他的心是過於柔和了。他的作品單純、明淨，有著詩意，然而在題材的選擇上就有了很大的限制。他尋求美、發現美和歌頌美，在他的標準和他能達到的範圍內。」

在這篇文章裏，曾卓還寫到，巴烏斯托夫斯基不是一個偉大的作家，但他的作品中的某些素質，卻正是我們的許多

作品中所缺少的，然而應該具有的，如對生活的美得追求，對生活的永遠的激情。曾卓曾多次坦率承認，他對巴烏斯托夫斯基是「有所偏愛」的。他認為巴氏的作品幫助我們加深了對於生活的愛。當然，曾卓也十分喜愛那些深刻地反映了現實的作品，它們往往也達到了詩的高度，但比較起來（這或許也與個人的氣質有關），他是更喜歡巴烏斯托夫斯基的「小說形式的詩篇」，如《一籃樅果》、《夜行的驛車》、《雪》和《雨濛濛的黎明》等等。他覺得，正是由於巴烏斯托夫斯基有著美好的心靈，而又將自己的激情融合在作品裏，再加上他的美麗清新的文筆，因而他的作品便有著巨大的藝術魅力，讀後使人感到一種難言的喜悅，一種輕微的心的顫動。

我讀曾卓的作品，總會聯想到他所偏愛的巴烏斯托夫斯基。曾卓稱巴烏斯托夫斯基是一位「美的追求者」，其實曾卓自己半個世紀以來的人生履歷和藝術追求，也正是不停地探索和尋求著美，以及美得孿生姊妹真與善的過程。曾卓曾引用過《一籃樅果》裏的主人公、挪威著名作曲家愛德華·葛利格對那個守林人的女兒達格妮·彼得遜那番心聲的表白，認為它：「正是巴烏斯托夫斯基自己向年輕的一代說的話，從這中間既可以感受到他的心靈，也可以看出他的風格」。其實也不妨視為曾卓的心聲：「你像太陽，像柔和的微風，像清晨一樣，你心靈中開放出一朵白色的花，使你身上充滿了春天的芳香……我經歷過，見識過，而且也懂得生

活；不管誰對你講什麼話，永遠要相信生活是美妙的珍貴的東西。我是一個老人，但是，我把我的工作，我的才能，我的生命都獻給了青年……我毫不吝惜地獻出了一切，因此，也許我比你更要幸福一些。」

是的，毫不吝惜地獻出一切，把自己的青春、壯年乃至老年的工作和才能，真誠地、毫無保留地獻給自己的生活著和熱愛著的時代與人民，這也正是老詩人曾卓畢生的原則和一貫的風格，同時也是他在年老之時感到「也許我比你們更幸福一些」的原因之一，即便這幸福和歡樂是用無數的痛苦換來的。

一冊「孤本」詩集

饒有興味地拜讀了老詩人曾卓先生收藏的，一些老朋友和年輕友人以及部分不相識的讀者在不同的年代裏寫贈給他的近百首詩歌，乃情不自禁（也算是「技癢」吧），順手代為編輯成完整的一冊，且分上下兩輯。上輯為曾卓的老朋友們的酬贈與唱和，也是詩人半個多世紀以來艱辛、深厚和純真的友情的見證；下輯為年輕友人們的祝福與歌唱，從中不難感知一位前輩詩人和寬厚長者的精神魅力與人格力量。所有詩篇中，以詩人鄒荻帆先生在二十世紀四十年代裏寫贈曾卓的《無題》和《紀念冊》為最早，因此理所當然排在最前面。其餘各家的編排順序則無甚講究，既未曾計數姓氏筆劃，也不依音序，更免去了查對年齒長幼之勞。

為使這一卷特殊的詩集更像一本「書」，我索性越俎代庖，為之做上封面和封底。封面之後、扉頁之下，又留出二頁空白，有待曾卓先生自題數句作為前言；前言之後又有曾老夫人薛如茵老師的一首情意深長的《樹》作為「代序」。然後就是目錄和正文。最後則是我不揣僭佞，寫下的這則編後小記。從頭至尾，一應俱全。編後記寫畢之時，亦即此冊詩集的「初版本」完成之日。全書計有N頁，大十六開本，「初版」印數，只此一冊，真正的海內外「孤本」也。尚無定價，暫不發售。我自居為責任編輯兼裝幀設計，全書「版權」理所當然歸曾公所有。

　　柯爾律治在《青春與暮年》裏說過，「友誼是一棵可以庇蔭的大樹」；愛默生在他的演講錄裏說，「友誼就像靈魂的不朽，好得令人難以置信。……靈魂由朋友包圍著，它就有可能進入一種更高貴的自我認識或孤獨的境地。」而蒲柏在生命的最後時刻忠告世人說：要珍視友誼，因為友誼其實就是美德的一部分。編完這冊「孤本」詩集，已是江南午夜時分。就著窗前的月光，輕輕地把一頁頁字跡各異的手稿又翻閱一遍，我在心裏對自己說道：去吧！去贏得真正的友誼——用你的友誼去交換。

一位被遺忘的詩人

　　聶紺弩先生的《散宜生詩‧北荒草》中有一首《聞某詩人他調》：「地耕伊尹耕前地，天補女媧補後天。不荷犁鋤到東北，誰知冰雪是山川？刀頭獵色人寒膽，虎口談兵鬼聳肩。此後吟詩休近水，宵深處處有龍眠。」「某詩人」，即指詩人朱彩斌先生。這是一位英年早逝的湖北籍詩人，一位在十年浩劫中被壓抑與被損害了的有才華的抒情歌手。朱彩斌是湖北省房縣人，一九四八年房縣解放之時，他才十八歲，高中還沒畢業。一種浪漫的志向，使他放棄了學業，滿懷熱情地投身中國人民解放軍這座大熔爐之中，並隨大軍西進，到了西安，在陝西省軍區文工團從事創作，一九五一年奉命調到八一電影製片廠參加新聞紀錄片的攝製工作。

　　在八一廠那幾年，他到過朝鮮，到過祖國東海岸和西部的昆侖山、喀拉喀什河和喜馬拉雅山。一位浪漫的抒情歌手，從祁連山的冰峰冷月，從冰達阪的風雪駝鈴，從青藏高原上的牧羊姑娘的帳篷，開始了他的嘹亮的歌唱。他為我們

留下的最早的詩篇有《海上長城》、《大海之歌》、《昆侖夜歌》、《喀拉喀什河邊》和《牧羊姑娘》等，詩中充溢著一位年輕的戰士歌手的壯志與豪情。

一九五九年，二十八歲的青年詩人隨著十萬轉業大軍又到了祖國的北疆——甩袖無邊的北大荒。他這樣歌唱著：「親愛的大車老闆，快把長鞭甩響，帶我去親吻烏蘇里江岸，墾荒戰士的第二故鄉。」他把青春的汗水灑在這片荒原上，同時也用一支「青春和智慧的神筆」，為北大荒寫下了「氣壯山河的詩行」。這一時期，他為我們留下了《完達山抒情》、《英雄重上完達山》、《三江平原之歌》、《北國風情錄》和《鄂倫春人的歌》等豪放雄渾的長篇抒情詩，以及《白雪書簡》、《獵人之家》、《踏遍青山人未老》等清新灑脫的短章。詩人鄒荻帆曾在一九六一年《詩刊》六月號上發表了題為《春風裏的微笑》一文，稱讚朱彩斌寫北疆生活的詩「既有生活真實的基礎，又有藝術上細緻精煉的處理；既有樸素的美，又有委婉的風姿。」我們從詩人的作品裏不難想見那一代人的赤誠、純樸與高尚，感受到詩人美好的憧憬與善良的願望：「親愛的戰友，再給我一次戰鬥的考驗吧，我曾把青春獻給了祖國，我還要把自己的中年和老年獻給邊疆……」

然而就是這樣一位善良和熱誠的詩人，卻在十年浩劫的暴風雪中，像一株無助的白樺樹一樣被摧折了。「應共冤魂語，投詩贈汨羅。」災難的年月在詩人的心靈上留下了

當年刊登彩斌詩歌的《詩刊》封面

當年刊登彩斌詩歌的《詩刊》封面

無法癒合的創傷，他像韓北屏、聞捷等抒情詩人一樣，不堪侮辱與迫害，而終於精神失常，含羞自盡，時在一九七一年。這是「文革」留給中國當代詩壇的又一個冤魂。十年之後，沉冤雖已昭雪，但悲劇是沉痛的。歌手離開了人間，卻留下了他的未完的歌聲。這歌聲將常使我們面臨歷史而憑弔良久，沉思良久。

現在我們可以再回過頭來了，「索隱」一下紺弩老人那首《聞某詩人他調》詩的一點「本事」，從而可以使我們更多地瞭解一下早逝的詩人。一九五八年，聶紺弩在一場政治災難中受到整肅而被流放到了北大荒。先是在林場上工，後來被派到《北大荒文藝》做編輯。其時與紺弩談得來得文友之一，便是詩人朱彩斌。紺弩是湖北省京山縣人，他倆算是老鄉了。朱彩斌身材修長，一頭天生捲曲的黑髮。英俊的外貌加上浪漫的詩人情懷，可以說是美男子詩人了。然而在那樣的年代，在那樣的環

境裏，竟孑然一身，煢煢獨立，於是便大為苦悶。有當事人曾回憶說，大凡他和老矗兩人臉朝天花板躺著聊天時，正是詩人苦惱之時。不久，詩人便因為一件難以言說的事而被調離編輯部，派到伐木場勞動去了。紺弩的詩，正是為開導這位青年詩人而作的：「刀頭獵色人寒膽，虎口談兵鬼聳肩。」這是勸諫更是調侃，要他遇事想開些，沒有什麼了不起的。但朱彩斌後來的結局，卻是紺弩老人始未料及的。一九七六年冬天，但紺弩從深深的獄牢裏出來時，詩人已經離開人間五年多了。

詩人身後，我們所能看到的，只有一冊詩集：黑龍江人民出版社一九八〇年出版的《完達山抒情》，收入詩人各個時期的抒情詩四十四首，書後附有東北詩人王忠瑜寫的一篇《憶戰友彩斌》。《完達山抒情》是我念大學時讀過的詩集，封面上畫的是高高的、綠色的完達山影，另有一株細長的臨風而立的白樺，彷彿詩人不死的靈魂。

這本書跟隨著我，一晃也有三十多年了。不知道詩人的老家房縣還有什麼親屬沒有，也不知道他們還記得自己的這位少小離家而冤死異鄉的親人不。「天恐文人未盡才，常教埋沒在蒿萊。」善良而赤誠的歌手啊，即使你的生命那麼短促，人們也是不應該遺忘你的。

黃永玉的幽默

土家族詩人、畫家黃永玉先生寫過一首著名的情詩：
《獻給妻子們》。詩中有言：

「不是好女兒，

哪來的好情人？

不是好情人，

哪來的好妻子？

不是好妻子，

哪來的好母親？

「我自豪有個妻子，

一個斑鬢的妻子，

一個長相厮守的妻子。

「我們都曾經年少過，

我們都曾經追逐和奔跑，

現在，

畢竟我們都一齊老了，
臉上的皺紋歷盡煎熬。」

畫家、散文家、詩人黃永玉先生

　　這首詩是獻給他相濡以沫的妻子
梅溪女士的。也可以說，是獻給所有
如梅溪一樣忠貞堅強的中國女性的。
　　一九四四年冬天，因為戰爭的離
亂，一群進步的文藝工作者邂逅在贛
南地區的一個小山村。這些年輕而浪
漫的青年藝術中，就有青年畫家黃永
玉和她的戀人梅溪。這時候，愛神已
經叩開了他們的心靈之門，他們正在
熱烈地相愛著。那時他們雖然一貧如
洗，卻因為熱烈真摯的愛情而感到無
比的充實和富有。正如同狄更斯《雙
城記》中所說的，「那時最好的年
代，那又是最壞的年代……那時光明
的季節，那又是黑暗的季節，那時希
望的春天，那又是失望的冬天，我們
有一切在我們的前面，我們又一無所
有在我們前面……」黃永玉感動於梅
溪大膽地背叛了她那以大漢族為榮的
顯赫家族而傾心於貧窮的土家族畫家

黃永玉散文集《太陽下的風景》封面

的自己。他熬了許多個夜晚，專門為梅溪畫了一幅「特寫鏡頭」的彩色畫像獻給她。他把梅溪畫得一如心中的維納斯一般美麗和聖潔。離開贛南山區之後，梅溪陪伴著青年畫家流亡到了香港等地，風雨同舟度過了無數個顛沛流離的日子。

十年年浩劫中，黃永玉和一大批文學藝術家一樣被揪鬥，被掛上黑牌遊街示眾，被送到農場勞動……而梅溪像許多堅貞的妻子們一樣，一如既往地用自己滿腔的溫情愛護著丈夫，鼓勵著丈夫。她堅定地對人說道：「永玉沒有罪！」這使黃永玉在痛苦中獲得了莫大的信心和力量。正如他在詩中寫的那樣：「人家說，我總是那麼高興，我說，是我的妻子慣的！人家問我，受傷時幹嘛不哭？我說是因為妻子在我旁邊！」後來黃永玉被趕到農場勞動改造時，在心情懊喪、「展望前途如霧裏觀河，空得澎湃」的日子裏，他便時常「啟用幾十年前塵封的愛情回憶來作點鼓勵和慰藉。」

他寫了一首長詩：《老婆呀！不要哭！——寄自農場的情詩》來記錄這段心路歷程：

> 我們在孩提時代的夢中早就相識，
> 我們是洪荒時代
> 在太空互相尋找的星星，
> 我們相愛已經十萬年。
> 我們傳遞著湯姆·莎亞式的嚴肅的書信，
> …………

我們用溫暖的舌頭舐著哀愁，
我用粗糙的大手緊握你柔軟的
手，
戰勝了多少無謂的憂傷。
…………

黃永玉先生和自己的塑像在一起

詩人回首當年，感慨萬千。多
少寂寞的日日夜夜，是愛人的微笑
「像故鄉三月的小窗」使他戰勝了
年輕的離別，踏上遙遠的新的人生旅
程。愛人的歌聲使他「生命的翅膀生
出了彩虹」，也是他們共同的「快樂
的創造的支柱」。詩人說：「今天，
讓我們倆一起轉過身來，向過去的年
少，微笑地告別吧！向光明致意──
我們的愛情，和我們的生活一樣頑
強，生活充實了愛情，愛情考驗了生
活的貞堅。」

青年時代的黃永玉和戀人梅溪在一起

中年以後的黃永玉，在梅溪的支
持下，不僅創作了大量獨具風格的美
術作品，涉及了紮染、陶瓷工藝等領
域，而且成了中央美術學院的教授，
同時他還創作了一系列膾炙人口的抒

黃永玉的幽默

情詩和政治諷刺詩以及《力求嚴肅認真的思考的箚記》等漫畫和哲語集。他的詩集《曾經有過那種時候》獲得新時期中國新詩獎。他還出版了幽默灑脫的《太陽下的風景》等散文集。梅溪夫人為這本散文集寫了一篇極其短小而精彩的序文，堪稱現代序跋中的「逸品」，謹錄於下：

　　　　永玉為文，朋友擔心影響他畫畫。
　　　　我想起他講的一個故事：
　　　　甲乙二信徒酷愛吸煙。
　　　　甲問神父：「我祈禱的時候吸煙行不行呢？」神父說：「那怎麼行？」
　　　　乙問神父：「我走路時想到上帝，吃飯時想到上帝，吸煙時想到上帝，可不可以呢？」神父說：「當然可以！」
　　　　永玉和乙信徒一樣，抽著煙斗向我們走過來了……

　　這就是黃永玉的幽默。一位土家族藝術家的幽默。

幽默大師黃永玉先生

黃永玉先生畫筆下的貓頭鷹

紅石竹花

羅飛先生：您好！

收到大箚及尊著《紅石竹花》，欣喜不已。謝謝您的
賜贈。《紅石竹花》的裝幀設計、版式設計先就吸引了我。
張守義、錢紹武兩位藝術家的插畫更是令我愛不釋手。這是
一部格調高雅、印製精美的詩集，是一個詩畫相映的「藝術
品」。您不愧為一位詩人兼編輯出版家。您懂得該如何來善
待詩歌，給詩歌以至尊至美的待遇。《紅石竹花》這部詩集
的問世，該是當代中國詩壇的一大收穫。

因為喜歡這部新書，便放下手上的事情，先睹為快地讀
起來。從黃昏不覺讀至午夜，把整部詩集一口氣讀完了。也
許這不是讀詩和欣賞詩歌的最佳方式，然而對於新鮮和美好
的東西，又是只有「饕餮」方能獲得大快朵頤的享受。您的
詩集就給了我這樣的享受。

綠原先生的評價相當準確：您的詩大都「以目下罕見
的一種多層次的論辯方式顯示和推進自己的激情」。我讀這

部詩集感受最強烈的，也正是詩中那富於力量的思辨色彩。這種詩的「知性」肯定是與詩人的生命歷程和靈魂的鍛就程度相關，不曾冰河夜渡，誰敢坐看雲起？詩的思想深度不亦是詩人的人生體驗與反思的深度！在這一點上，您和所有「七月」詩人是難分仲伯，互為驗石的。思辨的力度、理性的光芒充滿了這部詩集的幾乎每一篇章。

「七月派」詩人、編輯家羅飛先生

其二是您的詩中的激情。它們豐富、熾烈、飽滿，絕無無病之呻吟。詩集裏貫穿著和迴蕩著貝多芬的「命運」般揪心的旋律。這種抒情的音響是振聾發聵的，如《串場河的鄉思》、《土地對雪花這樣說》、《拉奧孔》、《灼人的目光》、《她的靈魂會這樣呼喊》、《魔鏡中的「瑪哈」：陌生的自我》、《保爾‧高更與塔希提》等等長篇交響樂章。即便是一些短詩如《我問魯迅》、《後奧賽羅》、《紅石竹花》、《漂瓶的秘密》等，也都是由純金材料熔鍛而

詩人羅飛（右三）和詩友們

成，其音響出自痛苦的打擊，錚錚然，鏗鏘有力。所謂痛苦
出詩人、憤怒出詩人、摯愛出詩人等等命題，都可以在這裏
找到注解。您在《蕭邦》一詩的「題記」裏說得好：「我不
能說，我理解你的音樂，但是我能說，我理解你那顆心。」
是的，鮮豔、美麗、熱烈的，如雪如霞的「紅石竹花」，就
是您熾熱的詩人之心的象徵。她是抒情主人公道德形象的鮮
明標識，由抒情主人公的純美、聖潔的情感澆化而成。

　　除此之外，這部詩集還使我感到，作為一位成熟的詩
人，您有很多篇章寫到了一些中外文學藝術家的生活、命運
及藝術創作經歷。您從他們的命運遭際和藝術勞動中發現了

人類的一些共同的命運和憂患，發現了世間永恆的至尊、至真、至善、至美。這部詩集中，您寫到了魯迅、胡風、蕭邦、貝多芬、愛羅先珂、拉奧孔、洛爾迦、錢紹武、奧賽羅、戈雅、高更等等文化人物和藝術形象。您從這些領域裏開始了對於人類命運的思索，對於人類道德文明的詰問，對於人類靈魂的拷問與審視。關於這一點，書中所附的綠原和高嵩兩位先生的文章中所作的分析與歸納，極其中肯到位，我十分贊成。我甚至覺得，您從文學藝術大師們身上所獲得的靈感，所激發的詩情，所發現的真理，是您的詩歌中最具思辨力量，最為閃光的一部分成果，同時也最能反映您的詩歌世界的豐富、美麗與深沉。如綠原先生所言，「你的『瑪哈』就在你的心裏，你的『塔希提』就在你心裏，你的心就是豐饒而慷慨的大自然」。或許還可以再補充幾句：你的「伊甸園」就在你的心裏，你的「拉奧孔」就在你的心裏，你的「紅石竹花」和「金玫瑰」，你的蕭邦和貝多芬……也都在你的心裏，你的心就是一整部與命運抗爭、與醜惡較量的藝術史、思想史！

　　羅飛先生，您的作品從數量上講，不能算多，甚至應該說，太少了一點。但請您相信，真正的文學史、藝術史，從來不以數量的多寡作為選擇的標準。時間的風景最終所摧毀的，也只會是那些迎風媚俗的詩，而真正的好詩，即便是那麼少、那麼少，也終將經受住一切檢驗而留存下來，並且流芳千古而不朽。

信手寫下以上文字，未必準確，聊表我心中的感受，以此紀念我對《紅石竹花》的尊崇與喜愛。

　　曾卓老師近日以及出院，病情經過手術得到了控制。體力尚待恢復，不過他精神尚好，急著想寫作。請您釋念。遙祝暑安！

徐魯　敬上

一九九八年八月十四日

下卷　鶴立霜天竹葉三

「談話風」

　　暮春時節，收到劉緒源君惠贈的兩本新書：《該中國哲學登場了？李澤厚二〇一〇年談話錄》和《今文淵源》。這兩本書我都很喜歡，斷斷續續讀到了現在，不覺已近中秋了。

　　「談話錄」一書，儘管也是「談話風」的美文，處處有「詩與真」的閃光，可是其中的學問廣博精深，如我等不學者，實在是不敢置喙。我讀這本書最大的收穫和感想就是：如果當代有更多的學者，都能夠把自己的學術著作寫成這等親切、清麗和蕭散的散文風格，而且在篇幅上也能像這本書一樣簡約和節制，不使人望而生畏，不拒人千里之外,那麼對於我等讀者來說，就真是有福了。

　　緒源君卓然獨立、不折不從的學術個性，是我素所敬佩的。君有美才，他寫的書，即便是純學術類的專著，如《解讀周作人》、《兒童文學的三大母題》等，也總是深入而淺出，十分的好讀。況且他本來就是一位出版過多種散文集的美文家，他的評論、隨筆、書話文字，學理透徹，文質

提倡「談話風」的主將之一胡適先生

提倡「談話風」的另一位主將知堂
老人

清爽，信、達、雅一點也不缺少。因此，他的文章也是我素來愛讀的。

《今文淵源》全書正文分上下兩編，每編收八篇文章。這兩編「美文」在結集之前，分別以「閑說談話風」和「今文淵源」為專欄名稱，在二〇〇七年和二〇〇九年的《上海文學》上陸續刊載過。我最初就是從《上海文學》上，跟蹤閱讀過這兩個專欄，現在看到結集，算是重讀。

女詩人薛濤《寄舊詩與元微之》有句：「詩篇調態人皆有，細膩風光我獨知。」《今文淵源》一書裏，充滿了作者對現代散文前世今生的「細膩風光」的真知灼見。從學術上看，毫無疑問這是一部「現代散文史論」。雖然只有十二三萬字的篇幅，可是，正如作者自己所言，「寫來瀟瀟散散，其實卻是我花力氣最大的書稿」。他為這本書付出的準備和寫作時間，前前後後竟有十四五年之多。僅從本書附錄的那份《作家、作品、報刊名索引》看，就有將近一千個詞

條之多，由此可見其涉獵之廣，包含的信息量之大。寫作者不惜為一本篇幅簡約的小書付出漫長的時日和採擷的艱辛，我們來享受這性靈的金枝和智慧的美果，這是件多麼好的事情！

正文之前有鯤西先生的短序，起首即稱讚這本書「本身不是文學史，但它的視點將來必有助於文學史的編寫」，並認為緒源君是散文文體解讀的「開拓者」。我覺得這樣的評價是十分中肯的。緒源君在正文後面的跋語裏，還透露給我們另一個資訊：他寫這本書，是以李澤厚的《美的歷程》為「榜樣」的，即用輕靈好讀的散文文筆，表述自己的學術發現，力圖寫成一本「輕靈可讀、文學性強但又充滿學術創見的小型專著」。實際上，《今文淵源》完全做到了這一點。又因為書中著力探討的是現代散文史上「談話風」的文體淵源和轉移秘密，所以，作者寫這本書所採用的筆調，也有意靠近那樣一種娓娓絮語式的「談話風」。我甚至還覺得，《今文淵源》的寫法裏，還有魯迅先生寫《魏晉風度及文章與藥及酒之關係》和《中國小說史略》的筆意。

上編從「談話風」散文的誕生談起。所謂「談話風」，簡單說就是用平淡的談話，表述深刻的意味，行文從容、平白、清淺、耐心，而又處處講究敘述的趣味，甚至不憚於把文章寫得如同和小孩子說話般的「一清如水」。

緒源君分析說，「談話風」散文從二十世紀二十年代開始在第一代的新文學家中大行其道，其內在的原因，是那

周作人（知堂）先生

劉緒源輯箋《周作人論兒童文學》封面

一代文人自身的特性所致。那一代文人，大都能灑脫地遊走在各種學問之間，素養深厚而心態自由，各具個性而又總能發出啟人深思的聲音。他們作文編集，往往「以完整表達自己的真性情為最高標準」，喜歡有益複有趣的隨意發揮，內心充實高傲而天趣豐饒盎然，文章裏總是會充滿「靈動滋潤的氣息」。這種氣息，甚至直接影響和決定著作家的創作生命力的強弱和短長。

緒源君在書中動用了許多在時間上跨越了現代和當代兩個時期的文壇老將做例子，為我們找出了一些散文寫作上的「秘密」：「那些最有『後勁』的文壇老將，恰恰都是擅長『談話風』的」；「上好的『談話風』最本質的要求就是能表達作者的真人、真性情。如在思想、人格、學問、情趣上鮮有魅力，那『談話風』也將是最能洩底的一種形式。」當然，他也用另一些個案證實，到了一九四九年，「談話風」基本已經絕跡。只有

到了二十世紀最後二十年，我們才又在碩果僅存的、少數可稱為「文人」的文字裏，重新找到「談話風」的一星半點微光。

上編中還援引了不少具體的文本做例證，梳理了現代散文的三大重鎮——即胡適、周作人、魯迅的散文豐神的異同，以及他們各自的散文風格所生成的原因和變遷轉移的秘密。例如他認為，三人相較，胡適的文體裏雖有「學問」，卻注重「實用」，其「一清如水」的平白文字，是為了「讓更多人懂的」；周作人的文體傾向「藝術」，閒適之中猶有「苦味」，那是為了「只給與自己處於同一層面的讀者拈花微笑」；魯迅的文體則偏重「戰鬥」，是「思想的」，同時又是「藝術的」，其辛辣和深刻，恰恰就是為了他的「敵人」。因此，緒源君對魯迅的評價是最高的。他認為，「魯迅精神」之所以能在浩瀚複雜的中國社會產生如此巨大的影響，而且使後來的文人們常常遠不如他，原因有三：「一是因為他那思想家的無比的銳利和深刻，一是因為他的藝術家的獨到的魅力，還有就是他那學問家的極其深厚的文化底蘊。」

說到魯迅的文體時，緒源君還特意引錄了《且介亭雜文末編》中一九三六年雜文目錄為例，盛讚那時的雜文和散文文本是多麼豐富斑斕，思路是何其開闊。這份目錄如下：《凱綏・珂勒惠支版畫選集》序目，記蘇聯版畫展覽會，我要騙人，《譯文》復刊詞，白莽作《孩兒塔》序，續記，寫於深夜裏，三月的租界，《出關》的「關」，捷克譯本，答徐懋庸並關於抗日統一戰線問題，關於太炎先生二三事，曹

靖華譯《蘇聯作家七人集》序，因太炎先生而想起的二三事。引錄之後，緒源君發出如此感慨：「把這些文章翻一遍就會明白，現在被報刊標明『雜文』的雜文，路子已窄到什麼程度了！」

由此也可見，緒源君對「今文淵源」的梳理和厘清，是為了檢討今日散文存在的問題和危機，也對明天的散文做一些善意的「臆想」，期望新散文能有一個華麗轉身。那麼，《今文淵源》的下編，即涉足「消費性」的一面，從林語堂的「論語派」與「禮拜六」這些開始面向「市場」的文體談起，一路談下來，其間涉及了京派散文、女性散文、學者散文，直到後來一度盛行的「小女人散文」、「大散文」等等。

下編的文字裏，多有批判和憂慮的成分。原因就是今日的一些散文，自甘局促，已經淪落到面目可厭、味同嚼蠟的地步，早已失去了散文應有的性靈、蘊藉、豐盈和情趣。緒源君在這一編的文字裏，不免也流露出了哀其不幸、怒其不爭的意味。

當然，他還是從積極的一面，給今天的新散文總結出了幾條振聾發聵的教訓。例如，散文作家只應該服從自己的創作個性，而無法被動地接受外在的風格樣式的框範和號召；散文作家不宜一味「面對市場」，更不能受控於市場趣味，而只應該「面對真實的自己」；真正第一流的散文和散文家，是無法「推動」、「組織」、「催生」和「賦得」的，而只能是自然生成、水到渠成、「即興」偶成的；散

文「宜雜不宜專」，必須有「豐富和新鮮的保證」；散文既要顯露作家的「真生命」，又要具有一定的「先鋒性」……所有這些，當然也都是緒源君的真知灼見。他不僅分析了許多成功的和失敗的具體文本，而且是把自己對散文的心智與體驗糅合了進去。

《今文淵源》封面

「散文不同於小說、戲劇，不能虛構，一無依傍，只能靠人本身的魅力取勝。這樣看來，在文學的其他門類面前，散文家彷彿吃虧了。其實恰恰相反，正因為不能靠別的外在的魅惑力，只有表現真人，發掘真人，才能寫出好的散文，這在對人的要求和對文學的要求上，就變得無比的高了

於是，散文也才成了真正的純文學。」本書的尾聲部分，緒源君在寫下此段文字之後，不禁又動情地抒寫了這樣一句收束語：「祝福你，散文家——你應該是幸運的！」

魯迅雜文集《且介亭雜文末編》封面

至此，對於散文和散文家的愛與知，已經盡在其中了。

遙念故人，應知羞慚（一）

　　英國大作家威爾斯年屆八十的時候，曾這樣說道：「讓我感到自豪的是，在那宏偉的文物聖殿大英博物館閱覽室的目錄裏，可以找到在『威爾斯』名下的著作達六百種。」是的，憑著這皇皇六百種留給後世的著作，威爾斯是應該感到自豪的。

　　已故著名德語文學翻譯家張威廉老先生，生前曾頗為惋惜地說過，南京大學圖書館曾花費重金購進了一套一百四十三卷本的原版《歌德全集》，但是長期以來卻只有他一個人借閱過，真是太可惜了。姑且拋開張老先生的惋惜不說，我從他這裏第一次知道，原來，大作家歌德留給我們的全集竟然有一百四十三大卷之多！歌德作為世界文化巨擘，由此也可得到證實了。

　　歌德的一生是辛勤耕耘的一生，他活到了八十三歲的高壽，一生寫下了大量的抒情詩、詩劇和小說，同時他又是一位植物學家、礦物研究家及色彩學、光學專家。這是一位

真正的文化巨人所留給人類的豐厚的
精神遺產。如此巨大的作品量，也證
明了歌德一生對時間的珍惜。這也
使我想到歌德的一段小故事：有一
次，他看到他的小兒子奧古斯特‧
瓦爾特在一本紀念冊裏摘抄了別人寫
的一段詩：

詩人歌德剪影

　　「人生在這裏有兩分半鍾的時
間，一分鐘微笑，一分鐘歎息，半分
鍾愛，因為在愛的這分鐘中間他死去
了。」

　　歌德覺得這段詩反映了一種頹
唐、迷惘的情緒，便提筆寫道：

大詩人歌德的工作間

　　　「一分鐘有六十秒鐘，一天就
　　　超過了一千。親愛的兒子，要
　　　知道這個道理，人能夠有多少
　　　奉獻。」

　　兩首詩正好反映了兩個人對人生
截然不同的態度。歌德正是懂得這個
道理，一生筆耕不倦，分秒必爭，才
寫出那卷帙浩繁的不朽之作。

歌德的書房

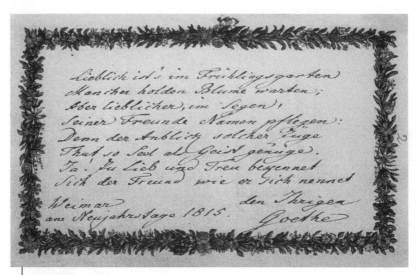

歌德手跡

　　我的書房裏有一套《王力文集》，厚厚的二十大卷。當我摩挲和翻閱著這一卷卷樸素的大書時，我感到，我面對的是一個多麼美麗、多麼豐富的母語世界。這種崇高和神秘的感情，是我從語言大師王力先生的書中獲得的。

　　俄羅斯文學家果戈理曾經說過：「你將永遠詫異於俄國語言的珍貴：它的每一個聲音都是一件饋贈，都似大粒的珍珠。」面對有著古銅色封面的《王力文集》，我對我們古老而偉大的母語，有了一種無限的景仰感和膜拜感。美麗而偉大的漢語，不僅僅是我們賴以生存和交往的工具，也不僅僅是我們的全部文化與文明的載體，不，它是我們最初的和最後的語言與回憶之鄉，是我們古老、智慧而苦難的民族的最沉重的檔案，甚至是我們全部的記憶與命運。

使我驚奇的是，這二十大卷、八百萬字的《王力文集》，並不是這位勤奮的漢語學家的全部的著作。從第二十卷卷末附錄的一份《未收入〈王力文集〉的王力先生著述目錄》中得知，二十卷文集之外，還有《老子研究》、《博白方音實驗錄》、《倫理學》等早期著作，《龍蟲並雕齋瑣語》、《龍蟲並雕齋詩集》、《詩論》等等文學創作研究著作和由他主編的《古代漢語》等，總共十一部專著、十七篇論文，以及二十多部外國文學翻譯作品，沒有收入。

　　我的天！這位語言學家一生究竟寫下了多少文字，出版了多少書，這本身就是一個神秘的和令人驚歎的數字了。他把一種偉大的勞動發揮到了極限。

　　二〇一〇年十二月二十五日，是我國史學大師、歷史地理學家、民俗學家、紅學家顧頡剛先生逝世三十周年紀念日。中華書局正在陸續出版的《顧頡剛全集》，也有六十二卷、兩千五百萬字之多。這個數量在中國近代學者和著作家當中也是少見的。全集分為八個部分：《顧頡剛古史論文集》有十三冊，收顧氏「層累地造成的中國古史」觀的論述以及夏、商、周至春秋史實的考辨等；《顧頡剛民俗論文集》二冊，收顧氏民俗學三部專著《吳歌甲集》、《孟薑女故事研究集》、《妙峰山》及相關文章；《顧頡剛讀書筆記》十七冊，收顧氏自一九一四年至一九八〇年間積累的近二百冊讀書筆記，約六百萬字；《寶樹園文存》六冊，收顧氏在文化、教育、邊疆和民族等領域的散文；《顧頡剛書信

漢語言學家王力先生（右）和著名學者陳寅恪先生合影

二十卷本《王力文集》封面

集》五冊，收集書信約一千八百通；《顧頡剛日記》十二冊，收顧氏六十餘年的日記；《清代著述考》五冊，是顧氏早年對清代五百多位學者的著述、版本的輯錄和研究；《顧頡剛文庫古籍書目》二冊，是顧氏一生藏書（現藏中國社會科學院）書目。全集中將近一千萬字為首次出版。

遙念故人，應知羞慚。沒有一種孜孜不倦地執著於自己所熱愛的事業的精神，哪裡能有如此的收穫和成果。歌德在逝世前曾這樣寫過：「從根本上看，只有辛苦和工作，別無其他。我可以肯定地說，我在以前七十五年的生命旅程中不曾有過四周真正的舒適生活。一切好比一塊應該步步向高處滾去的巨石，永不停息地朝前滾動。」他也曾這樣告誡年輕人：「我的產業是多麼美、多麼廣、多麼寬，時間是我的財產，我的田地是時間。」大師原來是這樣煉成的。

遙念故人，應知羞慚（二）

　　神農架有個地方叫古廟埡，那裏有座紅蓮寺，寺裏有個觀音堂，堂裏有塊石碑，銘記著清朝同治二年（一八六三年）當地百姓捐資修路的經過。令人嘆服的是，這幾句碑文乾淨簡練，只用了十六個字，就把事情交代得清清楚楚：「要道崩陷，行人險阻，因捐資財，重為修理。」讓人不能不想到，這裏一定隱藏過文章高手。這幾行碑文實在可入選鍾叔河先生的「學其短」集萃之中。如果汪曾祺先生生前看到過，說不定也會用到他的小說裏去。

　　近讀鍾叔河先生輯錄的一些古人的「短信」，對古人文字的簡約之美和生活情趣，真是佩服得無話可說。

　　五代十國時吳越國的國王，他的夫人回娘家住了些時，國王想她回來，就捎去一封短信，只九個字：「陌上花開，可緩緩歸矣。」意思是說：田野壟頭，花都開了，你也該慢慢收拾一下回來了吧？寫得真好。放進現代人的手機短信裏，也是逸品。一時記不起這個國王的名字了，但這封短信卻讓人過目難忘。

鍾叔河先生《念樓學短》封面

《念樓學短》編號題簽本書扉

東坡尺牘裏有一則《與毛維瞻》:「歲行盡矣,風雨淒然,紙窗竹屋,燈火青熒,時於此間,得少佳趣。」區區二十四個字,卻把一種孤寂中的心境寫得活靈活現。鍾叔河先生特意用白話文「翻譯」了一遍,也頗得「佳趣」:

「年將盡時,天氣越來越冷,加上颮風下雨,蟄居在家裏,即使沒有什麼不順心的事,也不免會無端地覺得淒涼。只有到夜深人靜時,在糊著紙的窗戶下麵,點上一盞油燈,讓那青熒的燈光照亮攤開的書卷,隨意讀幾行自己喜愛的文字,心情才會開朗起來,慢慢便覺得寂居的生活也自有它的趣味。慚愧的是無人與共,只能由我獨享了。」

如此意趣,在晚明時的文人莫秋水的一封《與友人書》裏,也表達得簡約而雅致:「仆平生無深好,每

見竹樹臨流，小窗掩映，便欲卜居其下。」還有一封致友人的短簡，只六個字：「蕙何多英也，謝。」意思是說：送來的蕙蘭，花開得又多又美，真是太感謝了！這實在比現代短信還要簡約。

大書法家王羲之留在《全晉文》裏的「雜帖」有五卷之多，其中有許多漂亮的短信。有一封上說：「不審複何似？永日多少看未？九日當采菊不？至日欲共行也，但不知當晴不耳？」意思是說：近來還好吧？不知你是怎樣消磨漫長的時日的？初九那天還會去采菊花嗎？到時候我很想和你一同去，只是不知道天是否作美？此中情致，與另一位大書法家顏真卿的「寒食帖」，堪為雙璧：「天氣殊未佳，汝定成行否？寒食只數日間，得且住，為佳耳。」用白話文說就是：天氣不太好呢，你一定要走嗎？再過幾天就是寒食節了，不如再住幾天，好嗎？這封短簡不僅文美，字也是傳世的絕品。

散文家、學者、出版家鍾叔河先生

鍾叔河先生在書房中

鍾叔河編選《周作人文類編》十卷

鍾叔河序跋集《書前書後》封面

東晉詩人陶淵明，為人為文，意氣怡然。讀他的尺牘，卻也時見人情練達、文字簡約之美。義熙四年秋天，他離開九江（古名柴桑）到彭澤去當縣令。期間他從彭澤派回一名男仆，幫助在老家的兒子料理砍柴挑水之類的雜務，同時給兒子寫了一封簡短的家書：「汝旦夕之費，自給為難。今遣此力，助汝薪水之勞。此亦人子也，可善遇之。」這裏的「力」，即指這名可幹些砍柴挑水等「薪水之勞」的力氣活兒的僕人。令人感動的是，這位大詩人兼縣令在顧憐自己的兒子的同時，還不忘叮囑兒子，要想到這名僕人「亦人子也」，也是人生父母養的，因此應「善遇之」，即好好對待人家。

如此善良寬達的心胸，如此情理並茂而又簡約的文字，許多現代人恐怕是難以企及的。遙想古人，能不羞慚？現在流行寫「微博」，有的紙媒也喜歡刊發「微博」，希望微博寫手們至少能從古人「短信」中「學其短」。

畢竟是大師

　　經常可以看到一些作家，隔三差五要在當地的媒體上露一下臉面，或以書齋為背景，做博覽群書狀；或與夫人及公子、女兒的合影，披露一下自己所謂的優雅生活。而配合圖片刊發的訪問記裏，往往還有這些作家的寫作生活心得：作家應該耐得寂寞云云。有意思的是，這些作家訪問記，多半都是登在報紙「娛樂版」的下方或邊緣位置，因為中心位置，自然是屬於娛樂界的八卦人物的。當然，這些作家們也是自甘淪落為「邊緣人物」，唯恐配合不及吧。

　　不禁想起了魯迅先生的一段小事。一九三四年，《人間世》雜誌闢出一個「作家訪問記」的專欄，每期還配文刊發作家的生活照片。不用說，有的作家躍躍欲試，有的作家以此為榮。該刊編者曾寫信給魯迅先生，要求接受他們的訪問，還要求魯迅以自己的書齋為背景照一張相，並與夫人及公子合拍一張。對此類虛頭八腦的「花架子」做法，魯迅十分反感，自然是沒有絲毫商量的餘地。

魯迅先生

晚年的魯迅先生

　　先生如是復信道：「作家之名頗美，昔不自重，曾以為不妨濫竽其列，近來稍稍醒悟，已羞言之。況腦裏並無思想，寓中亦無書齋，『夫人及公子』更與文壇無涉，雅命三種，皆不敢承。倘先生他日另作『偽作家小傳』時，當羅列圖書，擺起架子，掃門歡迎也。」語含譏諷，卻也毫不客氣地拒絕了。

　　當年，「左聯」裏有的當權者深居簡出，卻又經常讓魯迅幹這幹那的，知道有些事情不好讓魯迅直接去做，就吩咐說，魯迅可派人把簽過名的文件送到哪裡哪裡去。魯迅覺得自己就像被「總管」奴役的差役一般。弄得魯迅煩了，他就毫不客氣地回信說，「捨下無人可派」。其況味與意思，正和「腦裏並無思想，寓中亦無書齋」相似。

　　當代大書法家、古典文學學者啟功先生，也是一位向來就對那些虛頭八腦的「花架子」做法不屑一顧的人。一家著名電視臺的「東方之子」

欄目的編導，曾想請他做一期節目，並誇耀說，進入這個欄目的人如何如何都是文化名人、藝術大師、學界領袖……對此，啟先生無動於衷，只是淡淡說道：「如此看來，我頂多算是個『東方之孫』，等你們日後要辦『東方之孫』時，我或許可以有資格上你們的節目。」一句話，就把那些虛浮的東西關在了門外。

　　另有一次，據說是空軍裏的一位官員想要啟先生的字，派了秘書來見啟先生。啟先生問道：倘若我不寫呢，你們首長會不會派飛機來炸我？來人說當然不會。於是啟先生說：既然不會來炸我，那就不寫了，請回吧。畢竟是大師，三軍也不能奪其氣與志也。

書法家、教育家、詩詞學家啟功先生

啟功先生法書一幀

啟功先生法書一幀

書法家、教育家、詩詞學家啟功先生

書法家、教育家、詩詞學家啟功先生

啟功先生之墓

試看紅梅一幅

　　二十多年前，當我還是一個勤奮的文學青年的時候，幾乎每年都會留下一兩冊厚厚的讀書筆記。這樣的筆記如今已經積攢了一大紙箱子了。現在偶而翻看，會發現自己早已忘卻了的一些當年的詩歌習作，有時還不禁會有點驚喜。

　　最近翻看的一本讀書筆記上，有閱讀老作家駱賓基的一冊散文集後，寫下的一首舊體小詩：「天生一文狐，修煉成老精。默默匣中劍，化作紙上聲。」應當坦承，我直到現在也仍然不會寫舊體詩，二十多年前就更不得其門而入了，之所以還敢這樣四言八句地胡謅，純粹是一種熱愛吧。

　　還有一首小詩，帶有一點自我勵志的味道，寫在閱讀《詩經・風雨》之後：「何物最為動人？你說，要屬那二月杏花八月丹桂；誰能催我奮進？你說，唯有那三更燈火五更雞鳴。」當然，更多的是一些「讀書抄」。有的是勵志的名句、格言性質，有的可能只是因為迷戀於它們的辭采。

「冰心鐵骨」的文學家老舍先生

例如這一段：「你像你的信仰那樣年輕，像你的疑慮那樣衰老；像你的自信那樣年輕，像你的恐懼那樣衰老；像你的希望那樣年輕，像你的絕望那樣衰老。」

這是當年一位讀者寫給巴金先生的一封英文信裏的一段話。我覺得它很美，也富有智慧和哲理意味。那時，我也許曾想到過，這樣的話離我還十分的遙遠，可是今天再看，卻覺得自己的人生離這樣的話已經不遠了。我知道，歲月是在悄悄地、卻也是驚心動魄地流逝著。

另有一首小詩，是讀老作家黃慶雲的一本作品集後抄錄下來的，現在讀來還是那麼單純和優美：「我走過九十九條河，我描繪過花兒一千零一朵，只有童年的花園，永遠地佔有我。這道理我無法說出來，別問我十萬個為什麼。」

還有一首風格典雅的古曲《紅梅吟》，仔細讀來，寫的是對含冤沉

湖的作家老舍先生的懷念與哀悼，可惜的是，不知怎麼的，當時竟然沒有記下原作者的名字，只在整首曲的末尾寫了「錄自《人物》」四個字。我想，如果查找當年的《人物》雜誌，也許會找到這首《紅梅吟》的作者。可惜我手頭一期也沒有保留下當年的《人物》雜誌。這首古曲寫得到情真意切，用典古雅，辭采、韻致俱美，想必是擅作古典詞曲的雅人高手，且是老舍先生的故雨舊友。茲敬錄如下，以供欣賞：

當年的《人物》雜誌封面

「君是連城和璧，君是閬苑奇葩。夫子曾自道：析證諸子，衡量百家。燕趙悲歌士，曾譽滿美蘇歐亞，真個文章為國華。歎世界語言大師，晚年以歌德自律，此中苦樂寧有涯。任教玉碎碾成塵，畢竟無瑕。

「偶藉清遊，共遣孤憤，憶嶗山尋勝，黃鶴品茶。為同

當年的《人物》雜誌封面

當年的《人物》雜誌封面

仇敵愾，助大樹將軍鼓吹臥薪嚐膽，還我河山自由花。偏是王謝堂前燕子，飛近尋常百姓，艱辛滋味呢喃話。到而今，剩茶館冷煙，龍須晚霞。老舍何舍哉？捨生取義矢無他。蓋棺論定，試看紅梅一幅，寫冰心鐵骨，疏影橫斜。」

　　詞曲裏可注的地方不少，但只要對老舍先生的生平和作品稍有瞭解者，自可理會，不注也罷。唯望有知曉這首古曲原作者的讀者諸君，能夠賜告。

誰言寸草心

　　董橋先生在《這一代的事》裏說到，諾貝爾物理獎獲
得者楊振寧一九六四年加入了美國籍之後，仍然耿耿於懷，
怕他父親到死不會原諒他「拋鄉棄國之罪」。《楊振寧論文
選集》編成之時，他回顧自己大半生的心路歷程，念及自己
對物理學的鑒賞品味是四十年代在昆明求學時期養成的，於
是，他在這部大書的扉頁上，工工整整地寫下了四個中國
字：「獻給母親」。

　　《思辨隨筆》是著名學者王元化先生刪繁就簡、探幽
發微，歷時半個多世紀才完成的 一部學術文集。它是一部中
國現代學人的心靈史，是一位文化赤子得憂思錄。從這部書
裏，我們不難窺見，這一代學人縱使歷經劫難和折磨，有過
猶豫和彷徨，卻仍然本著自己的良知和衷情，而掙扎、反
思、探索、追求著……為了真理，他們沒有趨炎附勢，也沒
有隨波逐流。

　　一九九四年八月，作者在上海多年罕見的炎夏中，吃
力地為這部書寫完了序言。在序言的最後，他寫道：「本

董橋先生《這一代的事》封面

青年時代的王元化先生

書即將問世，我可以實現我多年的夙願了，那就是要將本書奉獻給我的親愛的母親……」母親離開人世間已經八年了，但他怎麼也不能忘記她的慈祥、仁愛與賢慧。「在日偽統治下的恐怖歲月裏。她為我受盡驚嚇，給予我只有母親所能給予的關懷和幫助。」他回憶說，「在以後二十多年的坎坷命運中，她的愛是我得以排遣寂寞、孤獨、苦悶，從頹唐中振作起來的力量源泉。那時，如果沒有母親和另幾位親人，我不能想像，我將活得多麼淒苦……」

母親、母親！用什麼樣的詞句能夠說盡她所包含的崇高、聖法與樸素呢？一位音樂家說：當我能夠叫出「母親」這兩個字，而她又能夠聽見的時候，誰又比我更幸福呢？然而痛苦的是那些失去了母親的人，是那些在艱難的生活中缺少母親的疼愛的人，他們將深深地羨慕那些擁有母親的人，那些到了中年和晚年，都十分尊敬和孝順自己的母親的人。顧複之

恩，過庭之訓；凱風寒泉，寸草春心……人世間所有的感情，誰能比得上母子情深？

今天，我的一本書也寫完了。我也多想把它獻給自己的母親呵！假如她還活著，能夠見兒子已經長大成人，而且還能有所作為，她該感到多大的欣慰啊！可是，夢裏依稀慈母淚。半夜驚起，愴然四顧，方才再一次想到，母親離開我，已匆匆二十多年矣！天上地下，寂兮廖兮；人間冷暖，世態炎涼，我既不能訴說於母親的耳畔，也無法求得母親哪怕是一點頭的寬恕與鼓勵了。二十多年前，怪戾命運就把過去的歲月所留下來的我的個人生活和未來的前程的最後的退路——和親生母親的血肉聯繫，徹底地切斷了！在我離開這個世界之前，我將永遠是一個沒有母親的人了，我將無法和自己的母親同歡樂共憂愁了。而所謂菽水承歡，扇枕溫席的反哺之私，也只能於更闌人靜之時，一人向隅，做最痛苦和最愧憾的冥想了。

文藝理論家、學者王元化先生

王元化先生《思辨隨筆》封面

王元化先生在書房裏

　　人往風微，滄桑如許。回首童年，承歡膝下。猶恍如昨日之事。思之念之，能不憮然。據說，哲學家馮友蘭先生辭世前夕，他的弟子夢見恩師正在伏案作書，直寫至最後一頁時，燈火忽然熄滅，寂夜了無聲息。不一會兒，弟子似聽見恩師與早已亡故的師太竊竊私語。三天後，哲學大師的靈魂出竅，去了那個令千古哲人都揣摩不透的地方。「不，他是去和自己的老母團聚去了……」跟隨著哲學家生活了半個多世紀的弟子這樣說道。

　　哀哀父母，生我劬勞。有媽的孩子是個寶，沒媽的孩子像根草。在這個世界上，最需要報答，又最報答不盡的人，就是自己的母親了。

駱文詩意書畫展

　　阿爾卑斯山穀中有一條大路，兩旁景色極美，路旁豎立的一塊廣告牌上，寫著這樣一句導遊的話：「慢慢走，欣賞啊！」美學家朱光潛青年時代在萊茵河畔寫作《談美》這本書的時候，曾援引這句導遊告白來談論人生的藝術化問題。在這位美學家看來，每個人的生命史就是他自己的作品，人生本來就是一種較廣義的藝術，知道怎樣生活的人，其實就是藝術家。於是，他善意地提醒每一位行進在人生之路的人：「慢慢走，欣賞啊！」

　　駱文先生是一位老詩人、老藝術家。他八十多年的生命里程中，有六十年是在直接從事著文學藝術工作。豐富的人生閱歷和廣泛的藝術興趣，使得他的一部生命史有色有聲，詩意盎然。

　　二十世紀三十年代在上海，他作為進步的青年戲劇工作者而加入左翼戲劇家聯盟，從此躋身於文壇和藝術界。在以後的數十年間，他的主要工作是從事文學藝術的組織和

青年時代的駱文

領導，但先後在戲劇、詩歌、評論、散文等創作領域也留下了自己別具一格的佳作。到了晚年，他的人生更加趨向藝術化，或者說更加富於情趣化了。他外出旅遊，訪山問水；他寫詩寫散文，既是反思，亦是抒情；他培植花木，細心、投入得如同最好的園丁；為了一睹「曇花一現」的景致，他甚至可以整夜獨守在花前，直等到雞叫時分，親眼看到曇花綻蕾……對於生活中的許多細枝末節的嚴肅認真的態度，也正好證明了這位老藝術家是真正善於生活和善待人生的人。他是在無意之中聽從著美學家對於世人發出的「慢慢走，欣賞啊！」的奉勸。

一九九五年十二月五日至十日，在湖北省美術院美術館舉行的《駱文詩意書畫展》，更是這位老藝術家人生藝術化的最好體現。展覽開幕那天，武漢的文學藝術界群賢畢至，少長鹹集。這使我覺得，與其說人們是

在觀看和欣賞一個書畫展覽，不如說是在感受和領悟一種美好和優雅的人生藝術。

面對著一幅幅生動和精美的國畫和書法作品，我固然在提醒自己：「慢慢走，欣賞啊！」而且其中確也不乏畫壇和書法界名家珍品和力作，但我的內心深處卻首先是在為這樣一種感想而激動著：看來，每一個人——不僅僅是老年人，都得學會這樣的生活，學會從生活中尋找高尚的情趣。可以遠離權勢，也可以不那麼高足，但不能離開詩，不能沒有藝術。天下王子千萬個，貝多芬卻只有一個。良好的人生趣味，天然的生活情趣，也絕非權勢和金錢所能買到的。就像一位外國文學家說過的那樣，如果世界上有那麼一個人，他能夠完全擺脫浮華的時尚，能夠使用少許的物質，甚至幾乎是兩手空空，單憑自己的夢想便為自己創造出一種生活，那麼，這個人就是藝術家。他可以讓哪

《駱文文集》封面

駱文先生手跡

怕最微不足道的東西也充滿盎然的詩意，可以用自己一貫的情趣和天生的詩情，為自我建造起一座樸素的草棚。

慢慢讀過書畫展中的數十幅作品，無論是書畫家們為駱文的詩歌寫意，還是駱文為書畫集們的作品題詩，從中都不難尋繹出一位老詩人、老藝術家的生命的足印和情感的軌跡：從煙雨江南到邊關塞北，從孤憤屈子到水鄉船娘……它們是一曲曲「人的歌」，又是一首首大自然的歌，歌聲熱誠而動聽，表達了詩人、作家和藝術家們共有的對於人生的鍾愛和溫情。駱文先生在「致謝辭」中說過這麼一句話：「生命到了落花期，但不能缺乏觀蕾的希望之情。」我從這個展覽中看到了這驚人的「落花期」的從容和充實之大美。

大海茫茫

　　在我編輯過的近百種書刊中，有兩本以「大海」為主題的作家自傳，總是使我難忘。一本是美國黑人詩人休斯講述自己青少年時代經歷的自傳《THE RIA SEA》，詩人、翻譯家綠原把這個書名譯為《大海茫茫》，既富於內涵，又有些動感，很是傳神；另一本是詩人田野講述自己青年時代在太平洋上做水手經歷的自傳《少年漂泊者》。這兩本書裏都是充滿了海浪翻卷、海鳥淒鳴的聲音，以及水手的悲歡、流浪者的哀愁、珊瑚礁的暗影和腥鹹、苦澀的海風氣息。

　　像詹姆斯・蘭斯頓・休斯一樣，詩人田野的青年時代是在茫茫的太平洋上度過的。

啊，流浪的辛酸的旅途

我也曾有幸到過一些樂土

只因不是我的祖國啊——

使我，使我就更加感到痛苦……

詩人、散文家田野年輕時

在臺灣時期的青年詩人田野

　　這是一九四七年他寫在太平洋上的一首《水手之歌》裏的句子。從臺灣的基隆、高雄到日本的九州、福岡，從香港到新加坡、菲律賓……一個個陌生的港口，使這個青年詩人嘗盡了孤獨、痛苦的漂泊滋味，經歷了人世間的一次次生離死別。而最終，也把他塑造成了一個真正的「愛海者」。對於大海，他是有著生死相許的感情的。即使到了晚年，命運早已把這個愛海者拋到了陸地，他仍然對大海充滿了故鄉般的依戀：「雖然，我的頭上已經有了白髮／額上也出現了皺紋／回到你的身邊／我還是像初戀那樣鍾情」。

　　拜倫是一位熱愛大海的詩人，他曾把大海視為「永恆的肖像」、「神的寶座」，而且這樣歌唱大海：「人類用廢墟點綴了大地──他們的力量施展到海岸為止。而在水的平原上，那些殘骸便是你的作為……」田野也是一位對大海充滿了深切的愛與知的詩人。就像一隻永遠與海洋為伍的海

鳥，只有海才是他真正的故鄉，才是他靈魂的棲息地，也只有他才知道，他青春的船隻沉沒在哪裡。

除了前面提到的那本散文體自傳《少年漂泊者》，田野一生的詩歌創作，也離不開大海這個主題。一九九一年他出版過一本詩集《一個人和他的海》。最近，這本詩集的增訂版又以《愛海者》為名問世了。收入這本詩集的第一首詩《愛海者》，寫一九四六年，那時候他就預言了自己今後的命運：

> 樹，紮根於泥土
> 而鳥，卻嚮往自由的天空
> 我要航海去了
> 幸福各有各的不同⋯⋯

從此以後，他果然就以海為家，在大海上顛簸，在波濤中沉浮，作為一個真正的水手，向大海獻出了自己整個的青年時代和全部的創作才華。他抒寫著海上生涯中形形色色的經歷與感受。這其中有在風平浪靜的黃昏時分，獨自坐在甲板上欣賞太平洋上雲景的那份愜意；有在霧濛濛的早晨，面對奔放的大海，舉起雙筒望遠鏡，尋找前方遼闊而又遙遠的航程的那份期待與幻想。然而，他所獲得的更多感受，卻是來自大海的那份沉重與悲壯。他寫到了過海的燕子，那真是一幅無聲而悲壯的場景：秋天了，一群群燕子結伴飛過茫茫

在基隆港當水手時的青年詩人田野（後中）

大海，要從寒冷的北方飛到溫暖的南方去。由於路途遙遠，它們飛得太疲倦了，以致在中途遇見一條輪船時，便立刻會像雨點一般落到甲板上，嘴巴在微微地張合，翅膀也在輕輕地顫動。然後它們又繼續起飛，有的將會找到那記憶中的綠色的群山、綠色的森林、熟悉的農舍、屋簷和窗戶，而有的，卻再也飛不起來了，就這樣在甲板上停止了它們的呼吸，靜靜地躺在那裏。然而──詩人寫道──「世界上從來還沒有任何一個水手／即使是當年麥哲侖的船隊／在海上斷炊的時候／也沒有想過要吃這種鳥肉／他們只是懷著崇敬而又沉重的心情／默默地把這些飄零的落葉／從甲板上掃到海裏去」。

這是水手們為那些英勇地死去的過海的燕子默默舉行的葬禮。而更悲壯的是他們為自己的同伴舉行的「海葬」：「去，去拉一聲汽笛／告訴，我們又少了一個夥計……」這時候，他們會默默地為他換一身乾淨的衣服，再用白布把他包起來，在他胸前放上一把泥土——這是海上古老的規矩。他們將抬著他，繞船一周，讓他再看一看他所熟悉的纜繩、桅杆和甲板，然後全船的人摘下帽子，低頭向他告別。老船長將抱起他，把他交給大海的波濤。那一高一低的浪頭最終把他帶走了，沒有人知道，他將停下來在一個什麼地方，甚至不知道他會不會停住——因為，他的命運就是漂泊和流浪！最後，活著的人，「把他的房間用水沖洗乾淨／把他的照片和書信帶給他母親／把他的名字從值更牌上抹去／讓我們活著的人／各就各位，繼續航行」。

　　巴烏斯托夫斯基在他的創作箚記裏寫到過，他曾在一個漁村近旁的海岸上，看到過當地的漁夫們在一塊巨大的花崗石上刻下的一行碑銘：「紀念所有死在海上和將要死在海上的人們」。一開始他覺得有些憂傷，但他的一位朋友卻搖搖頭說，恰恰相反，這是一行非常雄壯的題詞，它同時還隱含著這樣的意義：紀念那些征服了海和即將征服海的人！在田野的詩歌裏，我們處處能看到這種「征服了海和即將征服海」的頑強意志和悲壯命運。大海上的颱風、暴風雨、遇難的船隻、荒島、老船員、捕魚人、站在海岸上望歸的寡婦……這些形象無一不在講述著大海的暴戾、大海的深沉

老年時的散文家田野先生

和大海上的驚心動魄的傳奇。詩人徐遲曾對田野的那首《捕魚人》表示過由衷的讚賞，說它「非常完整」，具有雨果寫拿破崙一八一二年的敗退和該隱到處躲藏那追著他的眼睛的「史詩風格」。其實，像《颱風》、《海葬》等，都是具有撼動人心的悲劇力量的詩作。

詩人生於一九二二年，如今已經去世多年了。他在晚年的一首《看海》裏寫道：「大海——我永恆的愛／再去作一個遠遊的水手／我也許是太老了／但那日日夜夜奔流在我血管裏的／仍然是你的波濤」。《愛海者》成了他一生最後的一本詩集。這位善良的詩人，把自己一生最好的詩歌和全部的深情，都獻給了他心中的大海。他是一位真正的愛海者。

詩人雷雯的三本書

《雁》

　　雷雯先生有一首題為《翅膀》的小詩：「昨夜／我夢見自己／變成一隻鷹／在遼闊的藍天翱翔／醒來／我看著自己的雙手／深深地留戀著／夢裏的翅膀」。他是以眾多的哲理詩和山水詩享譽詩壇的老詩人。他的山水詩選集《雁》作為《山河戀詩叢》之一種在湖南出版。捧讀這本詩畫並茂的精美的詩集，我覺得，它不僅具有從歷史的、美學的高度上來使我們認識偉大祖國的無限江山，激發我們熱愛祖國大地和燦爛的文化歷史的高尚情感的價值，也使我們升發了一種崇高向上的思想境界和欣賞自然之美與生活之美的健康深邃的審美能力。我彷彿也看見了滿頭華髮的老詩人正獨白徘徊在北國晚秋那金色的白樺林中，深情地目送著長空裏那一行行大雁向祖國的南方飛去。而江南，那是詩人的故鄉，是他的青春、理想、愛情，甚至整個藝術生命的起點。

年輕時的詩人雷雯先生

　　詩人是湖北省黃岡縣人，新中國成立前曾就讀於武昌藝術專科學校，一九四七年初夏在當時的《華中日報》副刊發表了第一篇散文，同年秋在《星報》發表了第一首詩，從此他開始走上文學創作道路。一九五〇年雷雯離開學校參加人民解放軍，到東北軍區後勤部政治部做宣傳工作，這期間詩人出版了他的第一本詩集《牛車》。一九五四年他轉業到黑龍江後不久，一場政治運動，使詩人的命運進入了坎坷而艱辛的旅程。

　　正如詩人在《漢江行》中所敘：「長白山的大雪／凍僵過我的翅膀／北大荒的寒風／改變了我的容顏……」而當春天再來的時候，詩人卻不再年輕了，故鄉也離他很遙遠了。

　　但他並沒有停止歌唱。他像一隻穿越過風雪的大雁重歸遼闊明淨的長空，我們所聽到的是他那更加深沉、深情、真摯的生命之歌。幾年來，為了組編書稿，老詩人風塵僕僕又興致

勃勃地走過了許多地方。祖國壯麗秀美的大自然，沐浴著幾千年民族歷史文化光輝的山山水水，常常牽引起老詩人溫暖的情思，使他傾注更大的熱情來為之吟哦謳歌。無論是齊魯大地，秦漢古陵，還是黃河風雲，長江煙雨……詩人足跡所至，便情之所至，詩之所至，除了以《銀河集》為題發表的許多哲理詩外，老詩人奉獻給我們更多的是一些吟詠江河山川和歷史文化遺跡，抒發真摯而高尚情志的山水詩。淡筆濃墨，寫自然之美；輕歌慢吟，具人性的善愛。誠如詩人賀敬之在序中所言，這樣的詩，「不僅使人們看到詩人賦予它們以生命的水光山色，而且使人們看到了水光山色之中詩人自己的生命。」

讀著這些純淨而又凝重的山水詩作，我想起另一位老詩人，也是雷雯的老朋友曾卓先生的一句話：「只有通過感情的真，去探索生活中的善，才有可能達到藝術的美。」

《螢》

老泰戈爾在他的《流螢集》的開篇寫道：「我的幻想是螢火，點點流光，在黑暗中閃閃爍爍。」「道旁的三色堇，並不吸引漫不經心的眼睛，它以這些散句斷章柔聲低吟。」

四年前，老詩人雷雯從遙遠的北國寄來一冊山水詩集《雁》，至今令我留戀。現在，又一本美麗的詩集《螢》，展開在我的面前了。我的心跳動在這「點點流光」和「散句斷章」的低吟之中。三輯共一三三首小詩，構成了一個美與

善的世界，一個純淨的愛的世界，一個充滿了良知和正義感的世界。

他把他博大的愛心投向這個冷暖人間的一切小小的美麗的生靈。他用他的詩護衛著善與美：

「菜花黃了／兒子／把簷下的紅辣椒／收藏起來吧／免得／燕子歸來的時候／擔心是火」（《菜花黃了》）；
「窗外／一隻小麻雀／看見我／撲地飛了／麻雀呵／怎樣才能使你知道／我沒有槍」（《給麻雀》）；
他告訴那空中嚴正的霹靂：「你要一步一留心／記住呵／那些窮人的屋頂／都沒有避雷針」（《給雷》）。

雷雯先生手跡（寫在《全清詞鈔》扉頁上）

善良如此，愛心如此。而對這人世間的醜惡與卑鄙，他也嚴正地獻上他的嘲弄與詛咒：

　　「天陰了／又是哪位神仙／把太陽／掛在／他擺家宴的大廳裏了」（《天陰了》）；

　　「濃煙滾滾／我關上門窗／……原來是燒毀了／一座舊樓房／陳年的灰垢／破銅爛鐵／還有關上門的勾當／全都燒了／難怪／煙／那樣黑／那樣髒」（《燒》）。

　　他因此而格外景仰那在善與惡、真與假、美與醜的搏鬥中展示出來的生命的頑強、正義和尊嚴。他這樣來看待那失去了泥土的紅菱：「它用帶刺的果實／保衛／艱辛的生活」（《菱》）；

　　他理解大海：「風／把雲／撕成碎片／風撕海的時候／卻遭到猛烈的回擊」（《海》）。

　　從詩集的第二輯小詩中，我依稀看到了老詩人情感世界的另一角，那是他的戀歌，他的愛的蹤跡。好比一株經歷了風風雨雨的晚秋的紅楓樹，從每一片紅得令人傷痛的葉子上，我們看到了那帶著痛苦和酸辛的愛的脈絡。

　　他寫道：「夜啊／你怎麼這樣長／像一根抽不完的線／夜對我說／它是短的／抽不完的／是我對另一個人的思念」

詩人雷雯先生《雷雯詩文集》封面

雷雯先生詩集《雁》封面

（《長夜》）。

有多少個這樣的長夜裏，他凝望著星空，與月亮對語：「我是多麼擔心她在瞭望／寒風會把她吹傷／我又多麼害怕她不在瞭望／我怕她慢慢地把我遺忘」（《月亮啊，告訴我》）。

愛是不能忘記的。對於善良的、鍾情的詩人來說，這種剪不斷、理還亂的「心戀」，是珍貴和永遠的。有如沙漠上的駝鈴，苦夏裏的微風和夜路上的一盞不滅的風燈。

雷雯的老友曾卓有一句話：「我們這種人活到了今天，可以說什麼技巧都沒有了，剩下的只有人本身。」我讀雷雯的詩，也極其自然地想到了曾卓的話。詩為心聲，詩如其人。無須從雷雯的詩裏尋找什麼技巧和裝飾，透過一首首樸素、自然、純淨的小詩，你看到的只是一顆同樣樸素和純淨的心，一顆充滿大愛的嫻靜的心，亦即人本身，正如一滴透明的露珠，一株綠得明淨的水仙，它們的美，只因為它們本身來自朗朗的陽光

和明澈的清水，別無其他。

　　是的，重要的不是什麼圓熟的技巧、屑小的琢飾和粉墨與華彩的塗抹，詩人的坦蕩的情懷自有心中不滅的螢火來照亮。螢火是寂寞的，但它嚮往著光明，也最懂得夜的深沉。

詩人雷霫先生

《雷霫詩文集》

　　雷霫先生原名李文俊，生於一九二七年，二〇〇三年在武漢逝世。生前出版的作品有詩集《牛車》、《雁》、《螢》、《春天在等待我》，散文集《往事非煙》等。他的詩歌被選入中國當代許多重要的詩歌選本，獲得過一些評論家和詩人的高度評價，公認他是當代詩歌領域裏「深具個人風格」的詩人之一。《雷霫詩文集》是這位老詩人一生創作的詩歌、散文的選集。由他的胞弟李文熹先生搜集整理和編輯。

　　雷霫先生的詩歌以簡約的語言和意象，傳達出中國傳統的崇尚自然、山水文化，尤其是「性靈派」的神

韻，也反映了詩人對真善美的藝術追求。他的散文以真實、樸素的面貌，記錄了中國當代知識份子艱辛和曲折的心路歷程。本書也附錄了一些著名詩人作家和友人對這位 老詩人及其作品的評論文章。

　　雷霆先生去世後，遵照他的囑託，他的胞弟把他的骨灰送回了他的故鄉黃岡，安葬在黃岡團風縣總陸咀鎮崗上灣林場附近，一個僻靜的小山村的一處安靜的松岡上。松林裏的月光和風濤，夜夜陪伴著詩人純淨的靈魂。

神居何所

——徐本一先生書學小識之一

徐本一先生是一位學養深厚的書家，他的字呈現給我們的，是一種儒雅的書卷氣息，一種豐贍和醇厚的學者底蘊，是書道、人格、風骨和學養、法度、技法融為一體的，一個完整和獨立的精神世界。南朝詩人鮑照有一首《飛白書勢銘》，起首二句曰：「秋毫精勁，霜素凝鮮。蘸此瑤波，染彼松煙。」此等境界，實在令人流連和懷想。我看本一先生的字，有時會覺得其書法風神與此境界近似，而此等境界，也顯然不是單憑圓熟的技法和嚴正的法度就能到達的。

一般說來，神品的書法作品都不是抱著「創作」的心態去完成的，而是出自實用和理性的展示，出自文化與自然的平和流露，有如水流花謝。然而，「神居何所」，卻似乎是一個永遠的秘密。所謂「風神隱而難辨」，所謂「神會者罕見其人」。這恐怕也正是古老的中國書法藝術能夠誘引著一代代寫字人鍥而不捨、畢生相許的魅力所在了。雅斯貝

著名書法家、學者徐本一先生

爾斯曾說「教育」的本質是意味著：「一棵樹搖動另一棵樹，一朵雲推動另一朵雲，一個靈魂喚醒另一個靈魂。」其實，書學的本質又何嘗不是如此。本一先生的書學路途上，也是一次次經歷著「一個靈魂喚醒另一個靈魂」，亦即「神會」的因緣。他寫過一篇不短的散文《家住月湖濱──有一種書寫在鄉愁中》，可以作為我們開啟他的精神之門的一把鑰匙。他說：「中國書法在精神上永遠會有個鄉愁的情結，當你對傳統中的人物理解愈深，這個情結也愈顯得突出。鄉愁的書寫並不僅僅是文字上的關聯，更多的是自己也不知從何方傳來的召喚的聲音。」本一先生對這種前世回憶似的鄉愁的聲音的追尋與省思，也使我想到西方藝術裏的一個古老的命題：「精神何時達到至純之境？一開始之時。」例如畫家保羅・克利，也曾這樣想像過那個境界：「遠方傳來的聲音。一個朋友在山后的清晨中吹響翡翠綠的號角。它是一縷召喚我的

可見思緒。它應允輕拂預感的靈魂。它是一顆系結我們的星星。昨天的聖石，今天不再是謎語。」

這種精神鄉愁的追尋，這種超越時空而抵達的精神契合，無疑是一種藝術鏈結和承傳上的勝境，然而，這種追尋中也縈繞著一種悲劇意味，因為只有這時候你才會發現，前人所走過的藝術途徑以及所達到的藝術境界，原來已是如此豐贍、詭異和迷蒙，後來人也許只能是若即若離，或者說可望而不可即。我想，中國傳統的書道之美，也大抵如此。這也正是本一先生所說的，「對書意的最終追求也有類如鄉愁的感覺」。

學者詩人余光中有言，「藍墨水的上游是汨羅江」。那麼，書法家徐本一先生的精神源頭在哪裡呢？我們從他那篇精神自傳裏不難找到答案：江南桂花井。桂花井，當然僅僅是一個象徵性的地名，它是徐本一先生的祖籍寧波老城裏徐氏世居的一所百年老宅，距離聞名遐邇的著名藏書樓天一閣不過數巷之隔。

到過天一閣的人，也許都不會忘記「雲在樓」上的一幅字：「山中雲在意入妙，江上風生浪作堆。」寫這幅字的人名徐時棟，原字雲生，後改字定宇，一字同叔。號淡濼、淡齋，別號西湖外史，又號柳泉。後人多以柳泉先生稱之。這位柳泉先生系清朝道光二十六年（一八四六年）舉人，一生藏書達十萬卷，校勘的地方文獻難計其數，並雕印過自己精心收集的《宋元四明六志》。這套方志集已成為目前寧

書法家徐本一先生

徐本一先生法書一聯

波流傳下來的最早的和最珍貴的地方
文獻。柳泉先生自己的著述也有三十
多種，有《煙嶼樓文集》、《煙嶼樓
詩集》和《煙嶼樓筆記》等。「煙嶼
樓」是他生前苦心經營的三座藏書樓
之一，也是他從小到大的讀書之地，
原名「戀湖書樓」，坐落在月湖西岸
的桂井巷口，樓上設有他專用的讀書
室，名「神清室」。如今，徐時棟已
被公認是近代浙東著名的文獻家、方
志學家、藏書家和書法家。他的胞弟徐
時梁，字石門，號季仙，也是一位有名
的學者和書法家，擅長草書，並多有著
述，文章學問深受浙東學派的影響。

　　寧波桂花井徐氏，正是本一先
生的先祖。按照徐氏家譜上「世元逢
嘉，遇太時隆，正學思本」的順序，
從柳泉先生、季仙先生到本一先生是
第六代了。有意思的是，上個世紀
八十年代，從小就離開了寧波、一直
是在外地長大的徐本一先生，第一次
回到祖居的老城「尋根」的時候，順
便去參觀了離祖居的老宅不遠的天一

閣。彷彿是前世回憶一般，他意外地看到了「雲在樓」上的柳泉先生那幅字。和他同行的幾位上海的書畫界友人不禁驚歎：本一的書風竟與自己的先祖柳泉先生有著驚人的相似，是否學過？而本一先生自己當時也不禁驚訝萬分。他是第一次見到柳泉先生的字，但是那一瞬間，他卻有一種「久違」的感覺。

由此，本一先生想到自己從童年時代起，在曾祖父、祖父的教導下練習描紅、寫映格的情景。他說，「曾祖父的字清朗挺拔，有寧瘦勿肥的傾向；祖父的字也是如此，不管怎麼變化，清朗是內質，絕無臃腫肥濁的痕跡。在這樣的環境裏，我寫字的審美意識中怕也潛藏了清朗的因素。」進而他又想到，他寫字在潛意識裏是受著曾祖、祖父的審美觀的影響的，而曾祖、祖父自然也回受到祖輩的影響，於是，一種潛藏和隱蔽的文化傳承關係，在不知不覺中完成了。他們的字雖然可能修短勁瘦的俊朗程度有所不同，但風神莫二，使人一見即可辨出自成一家眷屬。

這是一個很值得玩味的現象。徐本一先生自己也在反思這個事實。他說：「字跡，與語言口音一樣，它會濃重而頑強地表現出初始的構成，未來的修飾和演化都難以掩蓋其已經沉澱在深處的底色。」這也使我想到英國小說家毛姆，在那本以畫家高更為主人公原型的小說《月亮和六便士》裏寫到的一段話：有一些人，在他們出生的地方似乎是未得其所。後來，命運把他們隨便拋擲到另外一個環境中，而他們卻一直思念著一處他們自己也不知道坐落在何處的家鄉。在

出生的地方他們好像是過客；從孩提時代就非常熟悉的濃蔭鬱鬱的小巷，同小夥伴遊戲其中的人煙稠密的街衢，對他們來說都不過是旅途中的一個宿站。這種人在自己親友中可能終生落落寡合，在他們唯一熟悉的環境裏也始終孑然獨處。也許正是在本鄉本土的這種陌生感，才逼著他們遠遊異鄉，尋找一處永恆定居的寓所，說不定在他們內心深處仍然隱伏著多少世代前祖先的習性和癖好，叫這些彷徨者再回到他們祖先在遠古就已離開的土地。有時候一個人偶然到了一個地方，會神秘地感覺到這正是自己棲身之所，是他一直在尋找的家園。他最終將在這裏找到屬於自己的寧靜的歸宿。本一先生之於自己的故鄉，正類若這種關係。

桂花井故鄉是徐本一先生的「根」，是他的精神源頭。就其實質而言，在我看來，桂花井之於本一先生，至少有著下麵的兩重意義。

其一，那是他的家學淵源，是他在血脈和審美觀念上對祖輩的認同與繼承。這其中還包括家傳的一冊李北海的《嶽麓山寺碑》。

李邕書寫的此碑碑文為行楷，詞句華麗，字體秀勁，集漢魏碑銘之長。有人說，在北海一生書寫過的諸多碑銘中，以嶽麓山寺碑最為精美，歷代書家都將它視作珍品。因為此碑的文采、書法、刻工都精湛獨到，所以人們又稱它「三絕碑」。碑字採用行書，由此碑始創，其筆力勁健而磊落，後起書法大師如蘇米等都有效法。元代書法大家趙孟頫甚至有

寧波天一閣藏書樓

聞名中外的天一閣藏書樓

言：「每作大字一意擬之」。本一先生說，「我一見到李北海的字就有一種親近感，原因就在於一冊家傳的《嶽麓山寺碑》被寫了幾代人。」無論是先祖柳泉先生的字，還是他的曾祖、祖父一輩的字，都帶著李北海的意韻。他認為，北海的內質就是清朗，「清朗也是我書意中鏈結祖輩人審美趣味的環節」。除了清朗挺拔的風格，本一先生對李北海開創行書博大的格局，將行書書於碑版之舉也評價甚高。「由於用途的改變，字跡傾向於開闊、勁健，尤其經過刀刻石砌的過程，愈發表現出一種磊落卓拔、不拘細膩的品格。」正是因為家學淵源和北海書意的影響，本一先生自己也走過了一條由帖學而碑學，進而使碑帖融合貫通的書學道路。

錢鍾書先生《談藝錄》開篇有言「詩分唐宋」：唐詩多以豐神情韻擅長，而宋詩多以筋骨思理見勝；又謂，「一集之內，一生之中，少年才氣發揚，遂為唐體，晚節思慮深沉，乃染宋調」。本一先生早期書風裏，以豐神情韻擅長的「少年才氣」，自然有跡可循，但中年以後的字，分明是以筋骨思理見勝，下筆既有帖書的秀朗、流美和生動，又有碑書的大氣、傲峭與典雅，所謂勁健中寓靈動，沉穩中見風神。

由此我也想到，「家族傳承關係」，實在也是文化史研究領域裏的一個有趣的和常談常新的話題。例如江西義甯陳氏（陳寶箴—陳三立—陳寅恪、陳衡恪—陳封懷），安徽東至周氏（周馥—周學熙、周學深—周叔弢、周叔迦—周紹良、周玨良、週一良），江蘇蘇州葉氏（葉聖陶—葉至善、

葉至誠—葉兆言），江蘇無錫錢氏（錢福烔—錢基博、錢基厚—錢鍾書），廣東新會梁氏（梁啟超—梁思成—梁從誠），浙江德清俞氏（俞樾—俞陛雲—俞平伯）等。當然，對這種家族文化傳承關係的研究與玩味，也應該包括寧波桂花井徐氏家族在內。

其二，我以為，桂花井之「根」，還代表著一種醇雅、蘊藉的江南文化神韻，也潛藏在本一先生的精神血脈裏。

意態淡泊而滋味悠長的江南水鄉，暗合著一種生命的熨帖與平和，也永遠是心靈的潤澤與寧靜的象徵。那傍河而築的民居的青灰色屋頂，凝固著往日的歲月裏班駁的殘夢；那交錯相映的雙拱石橋，精緻而又歷盡滄桑，古老的歲月的腳步從一座座老橋上輕輕邁過，時光的流水從一座座老橋下緩緩遠去，烏篷船來來往往，載著一代代人的鄉土之思，以及對鄉土之外的期待與夢想。歷來有多少文人墨客和離鄉遊子，都蘸著夢裏的江南煙雨，描畫過他們心中的江南。僅現代來看，魯迅，周作人，豐子愷，郁達夫，葉聖陶，茅盾，葉淺予，沈尹默，徐遲，吳冠中，陳逸飛……都曾經在自己的文字、宣紙和畫布上，深情地描畫過美麗的江南。江南，已然是一種獨特的人生範式和理想之所的象徵。

我想，本一先生雖然畢生生活在六省通衢的商業都會武漢，但他的書意和書學之「神」，卻一直在那明媚和朗潤的山水之境。不然，他的書法裏，何來那麼多的「漂泊」意緒，他的書寫裏，又為什麼總是充盈著一種揮之不去的「鄉愁」情調。

刪繁就簡三秋樹

　　無論是中國和外國，都有許多因為改寫名著而取得極大成功的範例。最有名的是英國著名散文家查理斯・蘭姆和他的姐姐查理斯・瑪麗一起改寫的《莎士比亞戲劇故事集》。他們姐弟二人都很喜愛莎士比亞的戲劇，因為閱讀和研究得比較深入了，他們就一起合作，把莎士比亞的戲劇原作改寫成了一本文筆清麗優美、故事簡練和流暢的《莎士比亞戲劇故事集》。瑪麗有一次在寫給朋友的信上，說到了他們一起改寫這本書時的情景：「我們姐弟倆就像《仲夏夜之夢》裏的赫米亞和海麗娜那樣，使用一張小桌子，不停地討論啊，寫啊，直到把一篇篇故事完成了。」如今，這本《莎士比亞戲劇故事集》已經成為全世界公認的文筆最優美的、青少年閱讀莎士比亞經典戲劇的「入門書」和散文名著。一本改寫經典名著的書，自身也成了一本經典名著。我國有蕭乾的譯本最受讀者追捧。

　　義大利的大學者、小說家、童話家卡爾維諾，也親自整理和改寫過一部包括二百多篇作品的《義大利童話》。

這本書也成了一部公認的經典名著。卡爾維諾在為本書寫的序言裏就特意指出：專作兒童讀物的民間故事顯然存在，但作為一種獨立的體裁，它遭受到大多數講述人的怠慢和冷遇，只得以更為粗俗的形式在民間流傳。這類故事往往具有以下特點：例如恐怖殘忍的主題，誨淫猥褻的細節，詩與文相互穿插，而這些詩只不過是一些順口溜。也就是說，並非每一篇故事都適合兒童來閱讀，因此，卡爾維諾強調說，「這種粗俗、殘忍的特點與今天的兒童讀物完全格格不入」。正是本著這樣的原則，卡爾維諾對許多原始的故事做了認真的改寫，去蕪存菁，刪繁就簡，刪除了一些粗鄙、野蠻、殘忍和因果報應的東西，保留了那些最不落俗套和最富有地方色彩的故事，還添加了一些文學性很強的細節，作為供兒童閱讀的篇什。

這些原本是義大利民間的童話，經過大作家的改寫，實際上已經成為了一種新的「原創」。一九八〇年這

蘭姆姐弟改寫的《莎士比亞戲劇故事集》（蕭乾譯本）封面

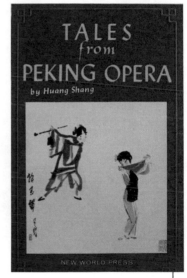

黃裳先生改寫的中國戲曲故事英文本封面

黃裳先生改寫的中國戲曲故事《舊戲新談》封面

本書在美國翻譯出版後，曾被《紐約時報》和《時代週刊》同時評為當年在美國出版的最佳文學類作品之一。卡爾維諾也因此擁有了如同安徒生之於丹麥、格林兄弟之於德國那樣的大童話家的地位。

英國大文豪狄更斯的女兒把狄更斯的一些大部頭名著改寫成了一些適合少年兒童閱讀的少年版，讀來覺得比原著更能吸引我。比利時大戲劇家梅特林克的戲劇名著《青鳥》，經他本人同意，由他的夫人萊勃倫克改寫成了一本優美的中篇童話，也成了一本與戲劇《青鳥》並存的童話名著。

在中國也有這樣的例子。現代文學家馮雪峰先生改寫的中國經典典寓言集《鬱離子》的故事，我覺得改寫得十分優美。散文家黃裳先生改寫的一本中國古典戲曲故事，取名《彩色的花雨》，也是一本文筆優美、故事簡潔而細節豐盈的故事集，也應該是少年兒童進入中國經典戲劇的一門最好的「入門書」。我記得兒童文學家

魯兵先生也改寫過好幾本中國古典名著《水滸》故事，還改寫過一些經典戲曲如《張生煮海》、《包公趕驢》等，都改得十分優美耐讀。編輯出版家和作家葉至善先生，也改寫過《憤怒的葡萄》等世界文學名著，改得十分漂亮。

中國少年兒童出版社推出的這套《中外名著故事彙》，邀請了一大批作家參與改寫，也是希望通過作家之手，能夠刪繁就簡，去蕪存菁，交給小讀者一套文筆優美清新、故事淺顯單純、意義健康明亮的經典名著讀本。編輯者甚至照顧到了不同的年齡段的閱讀特點，又引進了一些分級閱讀的元素和概念，把每一本改寫本分別改成了小學高年級版、低年版和低幼版。每個版本對字數的多少、字詞句的難易、故事情節的繁簡……都提出了具體的要求。我覺得，這是一套改寫得十分認真周全，蘊涵了作家們的豐富創作智慧含量的名著改寫本，是一套文心綿密而細緻的優美的名著兒童讀本。

我很榮幸，應邀加盟，改寫了一本《鏡花緣》。這是清代文學家李汝珍創作的一本講述千奇百怪的奇幻國度和各種各樣的歷險故事的奇書，是我國近代意義上的「玄幻小說」和「傳奇小說」。

這本小說一共有一百回。前五十回講的是一個失意的讀書人、也就是小說的主人公唐敖，跟隨著他的商人親戚林之洋和一位年長的老舵手多九公，三人一起漂洋過海，在海外暢遊各種神秘和奇怪的幻想國度的歷險故事。這些奇幻國度真的是千奇百怪呢，如君子國、女兒國、大人國、勞

《雪峰寓言續編》封面

雪峰《古今寓言》封面

民國、無腸國、兩面國、智佳國、穿胸國……光看這些名字，就十分讓人好奇、令人嚮往。當然，它們全都是來自於作家的想像和虛構。小說裏的三個主人公，駕駛著一艘商船，不斷地穿越這些奇怪的國度，有時身陷絕境，命懸一線；有時又化險為夷，離奇逃生；甚至還會意外地遇見從遙遠的故鄉流落到這裏的人，並且想盡辦法救出他們……

在改寫的時候，我時刻在提醒自己，我不是在縮寫故事，而是在原故事的框架下，重新創作一篇幻想童話。因此，我一方面在刪除一些臃腫和散漫的情節，同時也在給它補寫一些合理的細節，甚至還要照顧到今天的小讀者的閱讀習慣。舉幾個例子來說。

為了使它有一個真正的兒童小說的開頭，我避開了一般古典小說的套路：比如說，遠處的大海上有座蓬萊山，蓬萊山上有個薄命岩，岩上有個千年不老的紅顏洞，洞裏住一個那位

仙姑，就是美麗的百花仙子……。我一開頭就給它來一段對話，提前進入了故事情節：

「百花姐姐，昆侖山快到了吧？」

「不，還早著呢，百草妹妹。你看，現在我們的下面還是茫茫的大海，等我們飛過了這片大海，再越過中原的那些田野和村莊，就離昆侖山不遠了。」

然後是：今天是農曆三月初三，傳說是王母娘娘的生日……

故事就這樣展開了。

再如寫到主人公來到一個「女兒國」，這個國度的特點就是所有的男人都穿戴成女人，女人則盡可能打扮成男人的樣子。他們走進村時，看到一個「女人」正翹著纖細的蘭花指，專心地在那裏做著一雙繡花鞋。那女人也根本沒有注意到，有兩個陌生的外地人正在仔細地端詳著自己。

我是這樣寫這一段的：

……突然，唐敖忍不住「撲哧」一聲笑出了聲，把那專心致志的「女人」嚇了一跳！原來，唐敖清楚地看見了，在這個「女人」細細的蛾眉下面，竟然是一臉茂盛的絡腮鬍子！不僅如此，這張長滿了絡腮鬍子的臉上，還擦著一層厚厚的脂粉。

聽到唐敖的笑聲，那個做針線活兒的「女人」連忙抬起頭來。

「喂！你笑什麼？難道沒有看見過美女嗎？」
那女人看見唐敖正在不懷好意地掩嘴而笑，就不免有
點生氣，沒好口氣地朝著唐敖說道，「難道你們那裏
的人，在女人面前都是這麼沒有禮貌嗎？」

　　這樣的對話，是我根據那種情節而虛構和添加的，主要
是想照顧到現在的一種閱讀趣味。

　　《鏡花緣》的前五十回，可以說是整個小說的精華部
分。後五十回，作者開始有點「炫技」了，用許多篇幅大寫
中國古代的一些遊藝趣味和文字音韻方面的遊戲，有點偏離
了小說的主題，故事情節十分散漫，不再那麼集中和吸引人
了。可以說，一般的成年人也沒有耐心去閱讀這一部分，何
況少年兒童讀者了。所以，在改寫這部名著的時候，我在儘
量保留了全書的故事框架的同時，又側重在前五十回的故事
情節和人物刻畫上。

　　通過改寫這本名著，我得到的一個深切的體會就是：
改寫非易事。最好的改寫，應該也像最好的原創一樣去下
功夫。

涓涓春水

　　詩人聶魯達在諾貝爾文學獎受獎演說中，引用了法國詩人蘭波的詩句，表達了他對祖國、對世界、對整個人類，以及對自己所從事的文學事業的美好信念：「只要我們懷著火熱的耐心，到黎明時分，我們定能進入那座壯麗的城池……」

　　自從「冰心獎」設立那天起，作為創辦者之一的童話家葛翠琳，二十多年來也一直在懷著這樣火熱的耐心，懷著一個美麗的信念：把冰心老人畢生對孩子們的熱愛，對兒童文學事業的熱愛，對人類精神世界中的真善美的維護與追求……這樣一些美好的傳統傳承下去，讓它們流淌在一代代年輕的兒童文學作家的血脈中，讓它們變成絢麗的花朵和金色的果實。

　　「為什麼創辦冰心獎？就是希望能鼓勵更多的人為孩子們寫好書、編好書、出版好書。冰心老人囑咐：『冰心獎要做鋪路架橋的工作，讓更多的人從這裏走向成功。』我們

冰心先生和孩子們在一起

牢記冰心老人的話，並希望每一位獲得冰心獎的作者和編輯者、出版者，都能把榮獲冰心獎做為一個新的起點。」

春華秋實，天道酬勤。二十多年來，冰心獎沿著冰心老人生前所期許的嚴肅、高雅、獨立和純正的文學軌跡，健康而有序地運行著。到目前為止，已有「新作獎」、「圖書獎」、「藝術獎」、「作文獎」四個獎項在每年年終分別頒出，使許多兒童文學作家和編輯出版者、尤其是青年作者和青年編輯們深受其惠，青年作家們都以能夠獲得這個獎為榮。與此同時，諸如《冰心獎獲獎作家書系》、《冰心兒

童文學新作獎獲獎作品集》、《冰心作文獎獲獎作品集》、《冰心獎兒童文學新作獎獲獎叢書》、《冰心獎兒童文學新作獎典藏作品》等系列叢書，也在不斷地把冰心獎二十多年來所取得的成果呈現給廣大的讀者。一本本、一套套帶著「冰心獎」標識的兒童文學圖書的問世，無疑是對「冰心獎」秉承著冰心老人的兒童文學精神，二十多年來所付出的默默努力的最好的回報。

從這些題材繁富、風格多姿的作品中，我們看到了兒童文學的愛與美、真與善的光芒，看到了冰心老人生前一再寄希望於青年作家們的話語，在新一代兒童文學作家們的作品中引起的迴響：「必須要有一顆熱愛兒童的心，慈母的心。」「為兒童創作，就要和孩子交往，要熱愛他們、尊重他們。」「有了愛，就有了一切。」同時，我們從這些作品中也不難感知，新一代的兒童文學作家們在追求文學藝術的完美與恒久性，在追求藝術個性化的道路上所付出的努力，所秉持的創新精神和探索勇氣。

說到創新與探索，我們必須承認，在當下，兒童文學創作確實存在著一個「門檻太低」，缺少應有的「難度」和「高度」的問題。如果說，兒童文學是一場跨欄比賽，那麼，如果我們設置的欄杆都是「低欄」，就有可能導致大量的「無難度」作品的產生。好的作品必須是有難度和高度的。我們看諾貝爾獎作品也好，安徒生獎、紐伯瑞獎作品也好，還有冰心獎作品也好，都能感覺到那種文學的難度和

童話家、散文家葛翠琳先生

當年美麗的「童話姐姐」，把一生都獻給了孩子們。

高度的存在。我們也常常從那些高貴的授獎辭裏，從那些嚴格的評獎標準裏，看到對那些獲獎作家和作品的寫作難度、寫作高度的肯定。

寫作的難度與高度，其實也是對作家思想的高度、智慧的高度以及作家投入其中的才華、心血的多少的衡量。要創作一個優秀的兒童文學作品，必須付出應有的細緻、耐心和苦心。寫作難度也包括你的寫作姿態。寫得太快，使寫作完全被商業市場所控制，最終也會導致無難度寫作的氾濫。因此，在當下，提倡一點「慢寫」或少寫，也是非常有必要的。

冰心獎在度過了她創辦二十周年華誕之後，也站到了一個新的標準和新的高度上。葛翠琳在為冰心獎創辦二十周年所寫的紀念文章裏說：「殷切期望更多的兒童文學作者湧現出來，因為兒童文學事業，是需要集體培育的事業。……童話使我熱愛這個世界。儘管人生之路坎坷艱難，我對世界充滿了愛。祖國的未來是

美好的，孩子們的未來是美好的，為了這，我甘願奉獻全部
心血。」

　　這是她對世界、最未來、對所有年輕的兒童文學作家
們美好的期待與信念。繁星永照，春水長流。一如聶魯達所
說，只要我們懷著火熱的耐心，到黎明時分，我們定能進入
那座壯麗的城池。

《往事夢影》及其他

　　梅春林先生的「韋廬文集」系列，不聲不響又添了《往事夢影》、《碑帖古事新談》、《野生可食植物記》和《書法藝術社會學》四種新品。加上之前已出的《韋廬談藝錄》、《韋廬論學集》、《金石書畫鑒評》、《古詩集句聯語》和《詩經名物圖文別錄》五種，此公的著述已有九種。我曾半開玩笑地對春林兄說過，單從數量上講，韋廬九種比老作家孫犂的「耕堂劫後十種」只差一種了。

　　其實，韋廬的各類著述，也確有向孫犂先生致敬之意。我們從韋廬九種著述的書名就不難看出，他的讀寫趣味與涉足領域，與孫犂先生晚年的視野與興趣，何其相似乃爾。《往事夢影》是「韋廬文集」九種中的一冊散文集，我們不妨簡單羅列一下這一冊的要目：故鄉名物三章，我與京胡，我與算盤，我的牧童生活，忠字舞見聞錄，儒林折枝，讀《論語》箚記，蘇子美《漢書》下酒，韋廬箚記，韋廬詩草紀事，韋廬讀書記，《左傳》走筆，古事新談，韋廬序跋

選……這份目錄足以說明，韋廬的散文寫作，無論是題材還是趣味，都有點追慕和「私淑」耕堂的意思。

金石學家、書法研究家梅春林先生

韋廬的文字，本色是質樸無華、不飄不野、書香馥鬱的。其文字功力有得之於文學才情的一面，更有來自廣博的閱讀與器識的一面──正如有人評價周作人的文字時說到的，只因「他讀的書多」。記得汪曾祺先生的散文集《蒲橋集》出版時，封面上引有一段內容提要式的文字（後來知道，這是汪氏的夫子自道），曰：「此集諸篇，記人事、寫風景、談文化、述掌故，兼及草木蟲魚、瓜果食物，皆有情致。間作小考證，亦可喜。娓娓而談，態度親切，不矜持作態。文求雅潔，少雕飾，如行雲流水。春初新韭，秋末晚菘，滋味近似。」借用這一小段文字來評價《往事夢影》這冊散文，可謂既省事又恰當。所謂「文求雅潔」，我們不妨也來欣賞一小段：「我在放牛時，帶上一本《三國演義》，如耕作老農，

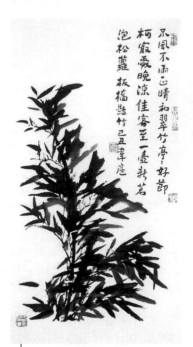

梅春林先生畫竹小品之一

負暄麗日，仰臥在沙灘草地，捧書悅讀；或似猿猴，攀繞在樹梢，與雀巢毗鄰，把卷和鳥聲一齊歡唱。碰到難字，就請孫先生講解。書中每個章節的風雲人物，彷彿呼嘯而來，縈懷心海。夕陽歸牧，騎在牛背上想的還是那些『桃園三結義』、『火燒赤壁』等驚天動地的故事……」

　　這是在寫他童年時失學村野，跟著一位當過私塾先生的鄉村老者放牧讀書的事情。再來看一段他在品讀一冊《沈祖棻賞析唐宋詞》時，順便對書中插頁上的端麗小楷的書寫者、名物考據家揚之水的評說：「揚之水鉤沉詩經名物，探幽析奇，於國學研究，多有卓見。惟書亦然，諦審之水柔毫花箋，篇篇神采煥發，鍾繇棐幾，如在目前。歷代閨秀小楷，多有大令『十三行』遺韻，難免墮入輕佻陋習。而揚之水卻力追鍾繇古拙，筆短意長，所謂『幽深無際，古雅有餘』者。」此是的評，不也有點惺惺相惜，夫子自道的意味。在另一篇

《〈王蘭馨賞析唐宋詞〉跋》裏，在簡敘了一代女詞人王蘭馨的人生遭際之後，結尾有一段「韋廬主人曰」：「夫萬物競流，不移金石之性。百卉凋零，始聞椒蘭之馨。蘭馨，蘭馨，花之精英。惜溫馨永逝，『此花開後更無花』，良可歎也。」《往事夢影》裏大多篇什在收束時，都有這樣一段「韋廬主人曰」，其中的文辭、情采和識見，一樣也不缺，正與「耕堂十種」裏的「芸齋主人曰」近似。

前不久，文學批評家劉緒源先生在《上海文學》上的專欄「今文淵源」裏有一文，特意引了魯迅先生的著名雜文集《且介亭雜文末編》中的一九三六年雜文目錄為例，來證明那時候的雜文和散文文本是多麼豐富斑斕，思路是何其開闊。這份目錄如下：《凱綏·珂勒惠支版畫選集》序目，記蘇聯版畫展覽會，我要騙人，《譯文》復刊詞，白莽作《孩兒塔》序，續記，寫於深夜裏，三月的租界，《出關》的「關」，捷克譯本，答徐懋庸並關於抗日統一戰線問題，關於太炎先生二三事，曹靖華譯《蘇聯作家七人集》序，因太炎先生而想起的二三事。引錄之後，緒源也表達了自己的一些感慨：「把這些文章的翻一遍就會明白，現在被報刊標明『雜文』的雜文，路子已窄到什麼程度了！」而《往事夢影》這冊散文集，篇幅雖然不大，卻正好為我們呈現了一種知性散文斑斕多姿的風采。

鶴立霜天竹葉三

　　二十多年前，從一篇文章裏讀到一個寫梅與竹的對句：
「虎行雪地梅花五，鶴立霜天竹葉三。」至今不忘。前不久
我請一位書法家朋友寫了出來，掛在書房裏，朝夕相對，恍
若梅竹在旁。

　　老友梅春林，善寫詠梅詩，同時也懂得丹青技法，能
書能畫。我本以為此君技癢之時，畫梅當為首選，豈料他畫
得最多的竟是竹子。其次是蘭。梅花卻很少見。春林君的竹
子，多為墨竹。他似乎也無意去畫那種叢集茂密的竹林，而
往往是三兩枝葉，疏枝淡影，或寫在素紙扇面上，或畫在二
尺小幅的一角，有如鶴立霜天，形單影隻，若孤鷲一羽，似
驚鴻一瞥。

　　竹是歷代文人筆下和文人畫中常見的詠贊對象。大詩人
杜甫生活潦倒之時，卻在一位老朋友的庭院裏寫過這樣清新
的詠竹佳句：「色侵書帙晚，陰過酒樽涼。雨洗娟娟淨，風
吹細細香。」南北朝文學家庾信在《小園賦》裏，表達了自

己對一種淡泊的人生境界的嚮往，所謂不慕奢華，但求「一寸二寸之魚，三竿兩竿之竹」足矣。唐朝詩人張南史因有「卻尋庾信小園中，閑對數竿心自足」的感慨。

春林君畫的墨竹小品，常常是寥寥數筆，未必成叢，卻也能給人扶疏透日、蕭蕭引風的感覺。時或有杜牧筆下的「歷歷羽林影，疏疏煙露姿；蕭騷寒雨夜，敲劫晚風時」的意韻。

唐朝有位著名樂師和畫家，名叫蕭悅，喜歡畫竹，而且確實畫得好。朱景玄《唐朝名畫錄》裏有記載：「蕭悅，工畫竹，有雅趣。」大詩人白居易為這位畫家寫過一首長詩《畫竹歌》，詩前面有一段引語說，「蕭悅善畫竹，舉時無倫。蕭亦甚自秘重。有終歲求其一竿一枝而不得者。知予天與好事，忽寫一十五竿，惠然見投。」《畫竹歌》即是詩人為答謝畫家惠贈的這一十五竿珍貴的竹子而寫的。

其中有這樣一些句子：「植物之中竹難寫，古今雖畫無似者。……

梅春林先生畫蘭小品之一

梅春林先生畫竹小品之一

人畫竹身肥臃腫，蕭畫莖瘦節節竦；人畫竹梢死羸垂，蕭畫枝活葉葉動。不根而生從意生，不筍而成由筆成。……嬋娟不失筠粉態，蕭颯盡得風煙情。舉頭忽看不似畫，低耳靜聽疑有聲。」

這是我看到的一首寫得最好、也最有意趣的詠竹詩。詩句寫得清麗而易懂，唯有其中的「筠粉」這個詞需要做點解釋：筠粉，即新竹青皮上一層白色粉霜。「嬋娟不失筠粉態」一句是形容新竹色態的美好。春林君的竹子，以草隸筆法揮灑，筆下修篁，但求疏朗、清爽，逸氣橫生，亦可謂「不根而生從意生，……蕭颯盡得風煙情」。

清朝畫家和書法家、名列「揚州八怪」之一的鄭燮（號板橋），是眾所周知的畫竹聖手。板橋愛竹，幾成竹癖。板橋《題畫》裏有段自述：「餘家有茅屋二間，南面種竹。夏日新篁初放，綠陰照人，置一小榻其中，其涼適也。秋冬之際，取圍屏骨

子斷去兩頭，橫安以為窗櫺，用勻薄潔白之紙糊之，風和日暖，冬蠅觸窗紙上咚咚作小鼓聲，於是一片竹影零亂，豈非天然圖畫乎。凡吾畫竹，無所師承，多得於紙窗粉塗，日光月影中耳。」

　　這段文字有點像老生常談，其情其景未見得有多麼新鮮，卻也透露出一些師法造化、勤於觀察、多向生活學習的創作心得。我們不難想見，每當煙光日影在竹子的疏枝密葉之間浮動之日，也就是畫家鄭板橋「胸中勃勃遂有畫意」之時。他那些傳世的畫竹作品，包括那些精彩的題畫竹的詩句，多得於此，如「寫取一枝清瘦竹，秋風江上作漁竿」；「新竹高於舊竹枝，全憑老幹為扶持」。當然還有那首廣為人們傳誦的題畫詩：「衙齋臥聽蕭蕭竹，疑是民間疾苦聲。些小吾曹州縣吏，一枝一葉總關情。」

　　與板橋相似的，還有他同時代的另一位學者兼畫家金農（號冬心）老先生。他在《畫竹題記自序》裏有言：「冬心先生年逾六十始學畫竹，前賢竹派不知有人，宅東西種植修篁，約千萬計，先生即以為師。」

　　春林君畫竹，也有向板橋、冬心兩位老先生致敬之意。春林君早在二十多年前，就出版過筆劃嚴謹的白描連環畫作品，近十年來，好藏善本碑帖，寫作之餘，書法浸淫鍾繇小楷和章草，是詩、書、畫兼通的文人學者，常與友人雲：願在揚州八怪門下牛馬走。他在不少畫竹題跋上，往往會恭錄板橋、冬心題畫竹的詩句，以示他對先賢的景仰。

白居易《題李次雲窗竹》：「不用裁為鳴鳳管，不須截作釣魚竿。千花百草凋零後，留向紛紛雪裏看。」竹的澹泊疏遠，竹的高標逸韻，不正是春林君在這些小品畫中所孜孜追慕的麼！

　　　　　　　　　　二〇〇九年七月二十二日，武昌梨園

梅春林先生扇面小品之一

慢慢讀，欣賞啊！

　　向來以為，自己還算是一個比較喜歡讀書的人，平時幾乎沒有什麼別的愛好，唯讀書寫字而已。而且我也一直在期許自己，也能像博爾赫斯一樣，「一生都在書籍中旅行」，甚至也曾幻想過，假如真有所謂來生與天堂，那麼，我也希望「天堂應像一座圖書館的模樣」，以便那失去肉身的靈魂，好有個穩妥和愜意的去處。

　　然而，卻從來沒有認真地去想過，自己究竟會不會讀書。讀，還是不讀？自然是一個問題；會讀，還是不會讀？更是一個問題。尤其在細讀了王先霈先生的《文學文本細讀講演錄》（「大學名師講課實錄」之一）之後，我感到，這個問題愈加顯得緊要。我甚至還認為，這也不僅僅是我一個人所面臨的問題，而是一代人──不，是身處當下這個浮躁、匆忙和越來越粗淺化的生活和閱讀境遇中的幾代人，所必須面對的一個迫在眉睫的問題。

讀書，曾經是多麼美、多麼好的一件事。正如先霈先生在這本書的開頭部分所描繪的，在古代中國儒生那裏，讀書生活是何其詩意化：把卷沉吟過二更，依然有味是青燈；讀書之樂樂何如，綠滿窗前草不除；讀書之樂樂陶陶，起弄明月霜天高。讀書滋味，如此雋永，便不難想像，那種閱讀必定是從容咀嚼與品咂，高歌低吟，百讀而不厭，而絕非狼吞虎嚥，暴殄天物，如今日的饕餮一族。

　　《文學文本細讀講演錄》，原本是作者在大學裏所主持的一門「文學文本解讀」課程的講課記錄。雖非講堂上的「原聲重播」，而是有所增刪和綜合，但也保留了些許演講的現場感，因而使整本書帶有一種侃侃而談的親和力與引人入勝的梯次之美。全書旨在與大學生們討論文學文本細讀的原則和方法，幫助學生養成細讀的習慣和能力，使學生們進而能夠以文學專業的眼光去面對不同的文本，做到細緻入微和比較精准地去感受、領悟、理解和欣賞它們，並且做出自己獨立和鮮明的判斷，從而盡可能地去避免或減少對文本的誤讀。

　　然而，對一般文學閱讀者和讀書愛好者而言，這本書又實在是對古今中外的一些最好的文學閱讀方式、最純正的閱讀品位和最成功的讀書範例的重新尋找與發現。當原有的文學閱讀之美，被一種越來越粗率和浮淺化的閱讀風氣所破壞，所遮蓋，古老而純正的文學閱讀傳統，甚至有可能「失傳」的時候，我感到，作者是在用這樣一本書，來做著擦拭、修復、重建和呼喚的努力。

第一講名為「文學文本細讀的多種範式」。作者選用了大量的例證，對中國漢代經生們「微言大義和穿鑿附會」的學究式的細讀，六朝文人以「會意」為目標的「印象主義」式的細讀，明清學者的評點式的細讀，分別做了具體的描述。這實際上就是從縱的角度，對中國歷代經典讀書方法小史的一個勾畫。而其中又不乏對那些迂腐、委瑣的讀書方法和偏執、逼窄的讀書歧途的反撥、糾正與揚棄。接著又有「英美新批評派的細讀」和「一個個案——熊秉明的細讀」兩個專題，是從橫的方面，對西方一種最具爭議性，因而也最具影響力，以及最新穎的細讀範式的介紹與討論。新批評派在文學閱讀與批評上的許多觀念與原則，以及他們所創立的一些批評辭彙，包括「細讀」在內，已為許多閱讀者和批評者所接受和使用，並且成為一種至今仍被廣泛採取的資源。作者特別提到，他的文本細讀的構想，在一定程度上也受到了新批評派的啟發，因此對新批評派主張把文學文本「放到顯微鏡之下」這個比喻性說法很是欣賞。而對熊秉明這個「個案」的選擇與推舉，更是顯示了作者開闊的襟懷和前瞻、獨到的目光。

　　第二講名為「詞義的詮釋和語感」。是從最基本和最瑣碎的修辭、斷句、詞義、名物、語境、語感、韻致和敘述式等細微處入手，討論文學細讀的可能與必要。作者贊成，文本細讀應從「咬文嚼字」開始。他舉了很多例子，其中提到了小說家汪曾祺。汪是文章大家，不僅憑自己的小說為後人

文學評論家、學者王先霈教授

留下了語言研究的資源，他自己對文學文本的字詞、語言本身就琢磨和研究得很細，寫過許多只有在細讀文本之後才能獲得的研究文章，有時甚至僅僅為了一個字、一種名物，而寫成一大篇內容扎實和清新可讀的文章。作者在這一講裏所舉取的文本細讀事例，細微、密集而豐滿，讀來使我感到有如讀汪曾祺文章的愉悅與收益。

　　第三、四、五、六講，分別講的是中外詩歌文本、小說文本、散文文本和戲劇文學文本的細讀。說作者是在具體地講解不同形式的文學文本的細讀方法和原則，當然沒錯；然而，因為講演者是用一個個最具體的文學文本的細讀範例

來發言，來彰顯那滋味各異、姿態萬千的文學閱讀的奧秘，因此，每一堂課，又實在是最美的和趣味橫生的文學精華品賞。古今與中外，經典與流行，傳統與現代，巨著與短章，各種流派、各種風格和類型的文學文本片段，作者都能信手拈來，左右逢源；如星珠串天，處處閃眼；六經注我，而顧盼有致。如果費點工夫，來為這本書所列舉的所有文學文本片段做個索引，那可能將是數百部（篇）的數量吧。即此一點，便也證明了這本書所包含的豐富的信息量，同時也顯示了講課者對古今中外文學文本的掌握和熟稔。

　　讀完這部講演錄，我所理解的作者所要倡導的「細讀」，當然有杜甫所說的「讀書破萬卷」的意思在焉，但也不盡如此。杜甫所強調的似乎更在於讀書要博。倒是朱熹所說的「讀書譬如飲食，從容咀嚼，其味必長」，與細讀的意思更為接近。

　　由此我想到，曾有人撰文談到一個故事：文革後期，一本雨果的《九三年》，曾在一些知青點裏輾轉流傳，被許多人借閱過，一本書竟然變得卷角彎脊、慘不忍睹，甚至最後不知所終了。書的原主人於是寫道：「我這一生，只看見過，也只相信這一本《九三年》，是真正被人看沒了的！」儘管如此，我想，這也未見得是「細讀」的結果，可以想像，在那樣一個充滿書荒的年代，那麼多人爭相借閱一本書，或許都是如饑餓的人撲向麵包一樣，「饕餮」式的閱讀，可能更符合實際一些。而同樣是把一本書讀「破」，流

沙河先生曾說到，他最喜歡讀的某一本書（很遺憾，具體書名我暫時想不起來了，即此一點，可見我的讀書之不細），第一次買回的一本硬是被他讀破了，就又去買了一本回來，可是不久第二本又被讀得面目全非了，只好再去買回一本。我相信，流沙河的讀，肯定是一種「細讀」。我們從流沙河的文章裏可以感受到，他確實也是那種讀書心細近乎剝繭抽絲之人。他讀《論語》，讀《莊子》，讀餘光中，都是細緻到必須探究和坐實了每一個字詞和名物的本原的地步。和汪曾祺一樣，流沙河也是一個可進入「文學文本細讀」講堂的最佳例子。

這樣的例子當然還有很多。傳說中茅盾的能倒背《紅樓夢》，錢鍾書先生的《管錐編》和《談藝錄》，殘雪讀但丁、讀卡夫卡、讀莎士比亞，王安憶的小說講稿，還有先需先生所舉出的張愛玲細讀《紅樓夢》而著成《紅樓夢魘》，都是極其典型的「細讀」例證，他們的成果也都是「細讀」之後的收穫。《文學文本細讀講演錄》裏所涉及的類似事例，真是不勝細數。

對於一般文學閱讀者來說，或許，還可以借用文學翻譯上的「信、達、雅」三個字，來為先需先生所倡導的「細讀」原則做點簡單和省事的解釋。信，當然是指精准、可靠和完整地去理解文本，而非「誤讀」。達，即通達曉暢，自由進出，既能做深度解讀，又不拘泥，不偏執，不像迂腐的三家村學究那樣鑽牛角尖，甚至能打通語言藝術與其他藝

王先霈教授在授課中

術門類對比品讀的通道。如本書中在「小說文本細讀」那一講裏，講到魯迅小說《補天》開頭一段描寫時，作者覺察到，「對光與色關係的強調，依稀見出印象派繪畫風格的影響」；而讀《在酒樓上》關於「樓下的廢園」那一段時，又能感受到「這很像唐人畫中的青綠山水」。雅，當是恢復文學閱讀的詩意化，在領略文學文本裏的美好與優雅的同時，也享受閱讀過程的美麗與優雅。細讀的實質，並非搞煩瑣無趣的文字校勘，也不是進行枯燥的辭彙量統計和電腦式的資料分析，而是變無趣為有味，變苦讀為悅讀。而要達到閱讀上的信、達、雅，則非「細讀」不可。

當然，如果要讓文學文本的細讀更接近「專業化」，即這些講演錄的原本目的：把細讀看作一種文學批評和文學研究的工作程式，那麼，這裏的細讀就遠非上面所謂的「信、達、雅」那麼簡要，作者在書中的每一講裏對此都另有更高層次上的要求，對不同風格的文本也有各不相同的細讀方式。正如在「詩歌文本細讀」一講裏，為了精准地領悟歌德的那首《流浪者之夜歌》，作者需要拿來郭沫若、宗白華、梁宗岱、錢春綺、朱湘等諸家的翻譯文本與德文原文對照閱讀，甚至追索到歌德創作此詩的「本事」和當時所處的環境中去。這種細讀，自然就是非常「專業化」的要求了。

　　文如其人。既然說到了信、達、雅這三個字，那麼，我索性再圖一次省事地說，《文學文本細讀講演錄》，也正是這麼一本「信、達、雅」的書；而寫作（準確地說是「講演」）這本書的人，長期以來在我的心目中，也實在就是那麼一位「信、達、雅」的學者和長者。

　　據說，阿爾卑斯山穀間有一條大路，兩旁長滿黑杉和杜鵑，景色極美，路旁豎立著一塊巨幅廣告牌，上面寫著這樣一句話，提醒遊人：「慢慢走，欣賞啊！」這句話曾被朱光潛先生在他的《談美》一書裏援引過。現在，只需改動其中一個字，即可作為《文學文本細讀講演錄》的一句導語：「慢慢讀，欣賞啊！」

三生花草夢蘇州

　　有位外國的批評家認為，在許多作家那裏，他所出生的、以及此後長期生活在其中的那個故鄉，其實未見得就是他「內心的故鄉」。這些人在出生的地方好像只是過客，孩提時代就非常熟稔的濃蔭鬱鬱的小巷，同夥伴們遊戲其中的人煙稠密的街衢，對他們來說都不過是旅途中的一個宿站；這種人甚至在自己的親友中也落落寡歡，在他們唯一熟悉的環境裏也始終隻身獨處。或許正是這種在本鄉本土的「陌生感」才逼使他們，總有一天要遠遊異域，去遠方尋找一處永久的居所。有時候當他們偶然到達了某個地方，他們會突然發現，原來是這裏——而且只有這裏——才是自己夢寐以求的棲身之所！他們會神秘地感到，只有這裏，才是自己一直在苦苦尋找的內心的家園。於是，他們的心和靈魂，從此開始安靜下來……因此，批評家認為，文學批評的任務之一，就在於尋找和發現這些作家的「內心的故鄉」——或曰「靈魂的故鄉」。

當然，也有一些作家，他們生活中的故鄉也就是他們內心和靈魂的故鄉，二者並非是分離的。正如俄羅斯白銀時代詩人曼德爾施塔姆之於他的故鄉列寧格勒一樣：「我回到我的城市，熟悉如眼淚，如靜脈，如童年的腮腺炎。」

　　蘇州這座古城，對於作家和學者王稼句來說，不僅是他生活的故鄉，同時也是他內心的故鄉。蘇州的山水、歷史、文化所構成的獨特韻味，深潛在他的骨子裏，流貫在他的血液和氣質裏，浸潤在他的每天的生活、寫作和呼吸中。「近六七年來，我比較多地關心蘇州的事，編了些書，也寫了些書，去年還不自量力地點校、整理了一些蘇州地方歷史文獻。做點校、整理的事，一方面，表明我對目前蘇州文化研究現狀的不滿意，認為應該構建一個文獻基礎；另一方面，也為自己更多更深地瞭解蘇州，找到了一條途徑。」他自謙地說，「書讀得越多，越覺得蘇州文化的博大精深，越覺得過去對它的研究或描述是如何淺陋了。」稼句生於蘇州、長於蘇州、衣食於蘇州，實際上，蘇州的前世今生已經成為他生命中最大的牽掛，是他寫作中的一個如同法國作家莫洛亞所謂的「永不滿足的複合聲」：正是這個「複合聲」，以及由此產生的一種獨特的寫作，我們才熱愛這個作家；同樣也是因為這個原因，某些作家總在「重複地寫著同一本書」。蘇州，無疑將是王稼句此生重複地寫著「同一本書」。

　　《三生花草夢蘇州》是他寫的有關蘇州的書中最新的一本。書名出自龔自珍《己亥雜詩》：「鳳泊鸞飄別有愁，三

生花草夢蘇州。兒家門巷斜陽改，輸與船娘住虎丘。」稼句考證，《己亥雜詩》共三百一十五首，而其中追憶蘇州往事的，卻占了十分之一。這裏面有一段淒馨綺豔的愛情故事，稼句在此書序言裏已經梳理得很清楚了。一句「三生花草夢蘇州」，不僅寄託了前代詩人對蘇州剪不斷、理還亂的情感牽念，實在也可恰如其分地表達王稼句之於蘇州的依戀程度。這個書名用得真好。

王稼句著作《三生花草夢蘇州》封面

稼句對蘇州的依戀和熱愛之深，源自他對蘇州深切的熟悉和理解。他對蘇州也是「熟悉如眼淚，如靜脈，如童年的腮腺炎」，因此他才能成為蘇州最好的代言人和詮釋者。他從大處著眼，一點一點地打撈起一些往事沉屑，「自將磨洗認前朝」，發現和講述蘇州前世今生大約二千五百多年的滄桑史；他駐足和徘徊在那些歷經數代而舊顏未改的亭臺樓閣和靜庵聖寺之間，鉤沉一些事件、一些人物的來龍去脈，尋找一些文化風尚和人物

王稼句編選《蘇州山水名勝》封面

命運的轉移秘密；他也從一些小處入手，談論四時蔬果和節令風習，以及茶藝、酒事、核雕、泥捏、盆景等民間趣味和手藝，再現了蘇州方方面面的博雅、精緻和雋味。而無論是名園風流還是街市煙景，都是這座「人間天堂」的華麗轉身，情致縈繞而引人入勝。書中最後一篇，又從一些近代作家的文獻中，梳理和描畫出了他們滋味各異卻一樣繾綣難斷的蘇州夢痕，如蘇曼殊、周作人、錢基博、張恨水、郁達夫、朱自清、沈從文、田漢等。

作為一個讀者，我知道自己此生是永遠做不成一個蘇州人了，但有這樣一本書在手，卻也似「夢裏不知身是客，一晌貪歡」，盡可以做一次春風倚棹、吳儂軟語的江南之遊。那氤氳在紙上的六街煙水，也就不知不覺地漫過了眼前，浸潤到了心胸之間。然則這還並非作家寫作這樣一本書的真正目的。在我看來，王稼句寫此書的目的，也如他此前創作出版的《姑蘇斜陽》、《蘇州舊夢》、《蘇州山水》、《吳門煙花》等一樣，大約都在使那些正在對來自過去的典籍和遺物進行反思的、後起時代的回憶者，能在其中發現自己的影子；或者說，能夠使今天的每一個愛蘇州者、愛故鄉者，都能夠記起傳統，偶爾轉向過去，去打撈、淘洗、追尋和發現一些美的和好的東西，並加以珍愛和尊重。因為只有這樣，只有這種回憶上的追尋與銜接，才能構成如同宇文所安所說的那樣一部「貫穿古今的文明史」。

《三生花草夢蘇州》是「城市文化叢書」之一，另外幾種分別是《二十四橋明月夜》（韋明鏵寫揚州）、《家住六朝煙水間》（薛冰寫南京）、《迪昔辰光格上海》（陳子善寫上海）、《長沙沙水水無沙》（彭國梁寫長沙）、《孤帆遠影碧空盡》（徐魯寫武漢）、《七十二沽花共水》（羅文華寫天津）等。前四本書的作者都堪稱江南文化專家，而對各自的城市文史又都浸淫日深、用力尤勤，既熟稔在胸，又如數家珍，可謂人人握靈蛇之珠，家家懷荊山之玉。放下書的內容不說，僅僅憑著這四個書名，我就「不由分說」地喜歡上了這套書。此外，這套書開本舒闊，版式疏朗，紙質輕軟，大量圖版不僅細膩講究，而且印製清晰，讀來真是賞心悅目。尤須一說的是這套書別出心裁的、帶有懷舊和「復古」意味的書裝設計。出版家鍾叔河先生對此有如是讚語：「《三生花草夢蘇州》版面設計雅致，尤能襯托出文章之美。此種穿線裝訂的方法，近三十年已經絕跡，卻是我最欣賞的，因為只有這樣，書的頁面才能攤平，才能真正得到『展』卷之樂也。」

遙想當年，雪夜船上

　　我所寓居的東湖路上，有家小書店，是我幾乎每週都要去盤桓幾次的地方。一些比較適合像我等「大眾讀者」的新書，通常在這裏都可以找得到。最近從這裏買到的一批新書中，有一冊列入「江南風月叢書」的《吳門煙花》，篇幅雖然不大，卻是一本充滿了尋覓與追憶、文史兼備、如同本雅明所謂的「迎向靈光消逝的年代」的書，讀來覺得甚合個人的趣味。

　　作者王稼句先生是一位江南風俗文化專家，校點和編纂過不少江南古籍文獻。在此書裏，他繼續發揮了自己對江南文化尤其是吳越歷史與民俗熟稔在胸，並且善於尋繹、考證和整合文獻史料的強項，使得這些文化散文不僅具有學理風神，而且情致幽微，搖曳多姿。凡是尋覓和追憶所觸及的地方，作家的那種隱秘的、渴望「複現」的激情，也必定同時在場。這時候，他的文字一定是華麗、細膩和綿密的，而無限活躍的想像也妖嬈縈轉，興致勃勃地深探到了任何一個細

部，使人不能不感到，與其說作者是在對已有的歷史材料進行學術梳理和散文化轉換，不如說他是在打著把這些材料寫成歷史小說的主意。

「除夕那天，雪還在下著，薑夔揖別范成大，帶著小紅回湖州去。他在蘇州，或許就住在城中范成大府上，回湖州，卻是從石湖啟程的。舟過吳江垂虹橋的時候，天已夜了，雪也停了，在白皚皚的雪光裏，一切都清曠而寧靜，小紅唱起了薑夔新作的詞曲，而薑夔呢，也吹起了洞簫。這些都使得詩人逸興遄飛，於是有《過垂虹》一首，詠道：『自琢新詞韻最嬌，小紅低唱我吹簫。曲終過盡松陵路，回首煙波第四橋。』……就這樣，小紅隨薑夔而去了。寒水迢迢，櫓聲唉乃，夜色漸濃，一葉小舟遠了遠了，終於消失在淺黑與暗黑的水天之際。」

這是我從這本書裏信手摘出的一個片段。這樣的片段幾乎充滿了全書。吳門蘇州，從來就是煙花幹雲、春風勝遊之地。正如作者所言：珠雲填咽，笙歌雜聞，舞影婆娑，杯盞交觥，留下許多風流豔事，也留下許多哀怨恨事。《紅樓夢》的作者也曾有言，說蘇州乃「紅塵中一二等富貴風流之地」。王稼句的這本書，正是以蘇州為背景，以人事為物件，以文獻為依據，用通常意義上的散文形式及有限的篇幅，鉤沉一些事件的來龍去脈，發現一些人物的命運遭際，探求一些文化風俗的轉移秘密，當然，也不免生髮一些有關歷史滄桑和文化興衰的慨歎與挽歌。間或做一些文獻和掌故

王稼句著作《消逝的蘇州風景》封面

的甄別與小考證，也多半並不僅僅是
為了繁瑣的學術，而是出自溫潤的追
憶情懷。

美國漢學家宇文所安（又名斯蒂
芬·歐文）在他那本《追憶：中國古
典文學中的往事再現》裏說到過的一
些觀點，和王稼句寫作《吳門煙花》
一書的靈感和情致，是不謀而合的。
沿著宇文的文心路線而進入王稼句
筆下的往事現場和人事糾紛之中，領
略那些已經遠去的繁盛與衰落、華麗
與頹靡，或許不失為一種既準確又簡
便的閱讀方式。宇文說：我們應該注
意到，那些往事的「來龍去脈」，也
是一種事件秩序中的某些階段，它們
首先產生的是往事給人帶來的心旌搖
搖的「嚮往之情」；而要真正領悟過
去，就不能不對文明的延續性有所反
思，思考一下什麼能夠傳遞給後人，
什麼不能傳遞給後人，以及在傳遞過
程中，什麼是能夠為人所知的；每一
個時代都念念不忘在它以前的、已經
成為過去的時代，縱然是後起的時

代，也渴望它的後代能記住它，給它以公正的評價。「正在對來自過去的典籍和遺物進行反思的、後起時代的回憶者，會在其中發現自己的影子……」也就是說，每一個時代都會向過去探求，在其中尋覓和發現它自己。「回憶的這種銜接構成了一部貫穿古今的文明史」。

《吳門煙花》裏的每一篇文字正是這樣一些追憶的鏈條。這些追憶總是和具體的人物、事件、環境、細節連在一起，複現著一個個真實的往事現場，使我們恍若也置身其時其地，親歷那些繁華的宴飲或悲傷的離別。而且，也如宇文所言，有一些追憶會很自然地把我們引向一些無名無姓的人物，以及某些失落的東西留下的空白處。也許，正是在那裏，往事似乎失語，而作家卻開始發言。他試圖用自己的凝視和沉思，填補圍繞在少許殘存碎片四周的模糊與空白。

《真娘和泰娘》，鉤沉了唐代安史之亂之後一段「錦繡般的歲月」裏，先後擔任過蘇州刺史的三位詩人韋應物、白居易和劉禹錫的吳門履痕。而在他們的背後，則是當時兩個著名的蘇州歌妓真娘和泰娘的命運故事。「歲月如流，除詩人偶爾記下的以外，她們的故事，她們的名字，正如她們的青春容顏一樣，永遠地流失了，再也找不到了。」然而，正是因為有了王稼句的深入尋繹和用心梳理，使得這兩個風塵女子的倩影豔跡躍然紙上。還有我們前面已經提到的詞人姜夔與歌女小紅的故事。小紅只是詩人范成大家的一個青衣，史不傳，志不載，正是宇文所謂的失落的、朦朧的與「不

王稼句著作《蘇州山水》封面

可靠的」的人事。但《青衣小紅》一篇，卻從薑夔的那首《過垂虹》入手，「遙想當年，雪夜船上，歌聲隱隱，簫聲悠悠……」並且從大量的詩詞典籍裏細梳深耙，最終使這個美麗的小女子浮出故紙堆中，嫋娜如在讀者眼前。

《吳門煙花》裏寫到的風塵豔跡真是不少，如呂小小、柳如是、卞雲裝、楊絲子、柳依依、陳圓圓等，都曾現身在這本書中的一些場景裏。什麼是蘇州的華麗轉身，何為蘇州的風花雪月，只有從她們這裏，我們才能看到和感知。

然而誠如作者所言，幾百年來，人們只欽羨著「小紅低唱我吹簫」這樣的境界，卻鮮有記得薑夔的惆悵與無奈、記得小紅的坎坷的命運者。「……清兵入滇的那天傍晚，硝煙彌漫，殺聲震天，一位婦人奔到這裏。她曾經滄海，也不再年輕，對人世間的一切，已沒有什麼可留戀的了，她望瞭望山外的殘陽，正如血一樣染紅

了近處的林麓和清潭，便毅然投身，聽得水聲，只見一縷白綢在水上漂浮。」這是寫陳圓圓的那篇《亂世紅顏》裏煞尾的一段。

「且不說兩個柳依依的死，就是那位寫《柳貞女事略》的迂腐文人趙某，捏著潤筆的銀子，笑眯眯地走了；至於那些修築柳貞烈祠的官紳們，拈香行禮之後，從祠裏出來，便跳上山塘河上的畫舫，又作花天酒地的冶遊去了。」此為《柳依依》一篇的結束語。

不用說，《吳門煙花》也是一本「哀婦人」的書。歷史、風俗和婦女，正是作為散文作家和蘇州文化學者的王稼句近年來所關心、並且用力甚勤的題目。老蘇州遠去的華麗也不單單是這些人物，還有那些容易喚起作家的某些內心訴求與追憶的勝跡、物件和風俗。它們同樣是過去的歷史和生活中言猶未盡而遺留下的「瘢痕」。通過它們，作家同樣可以捕捉到一些往事與夢想，同樣可以複現自己。《梅花墅主人》、《拙政園麗影》以及《繡穀餞春》、《花船》諸篇所寫到的那些場景、物體和習俗，是吳門煙花不可分割的一部分，或者說，它們同樣是舊時蘇州華麗的標誌。作家在復述和尋繹那些消逝的故事和靈光的過程中，會不知不覺地被拖入那遙遠的過去的軌道，如宇文所安所說的那樣，「在更遙遠的過去中找到了知音」。而且在這些篇章中，作者繼續發揮他對蘇州歷史、民俗和文化熟稔在胸，並且善於尋繹、考證和整合文獻史料的強項，使得這些文字不僅準確可靠，具

有學理風神，而且情致幽微，搖曳多姿。此事此物，此情此景，加上此人此文，幾乎都可為蘇州「代言」。

　　最後還值得一說的是，這本書雖然是以文字追憶為主，卻也在文中穿插了大量鮮見的圖像和影跡。本雅明關於影像與複製，有一個觀點不無道理，他說，「事實上，將事物在空間裏更人性地『拉近』自己，這對今天的大眾而言是個令人興致高昂的偏好，而另一個同樣令人振奮的傾向，是借由迎接事物的複製品來掌握事物的獨一性。將事物以影像且尤其是複製品的形式，在盡可能接近的距離內擁有之，已成為日益迫切的需求。」用本雅明的觀點來解讀王稼句書中的圖像，當然有點似是而非，況且本雅明自己也聲明過，畫報或時事週刊上所提供的複製版有別於影像，但是，他的話對我們也不無一些啟示意義。或許，這樣來理解《吳門煙花》裏的大量的圖像，也還是比較接近作者在文字之外所付出的另一番苦心和勞動的吧。

舊書碎影

《苦悶的象徵》的兩個譯本

　　廚川白村（一八八〇至一九二三）是日本的一位文藝理論家，一九二三年九月在日本的一場大地震中遇難。廚川死後，人們從他寓所的廢墟中發現了一包遺稿，經過戲劇理論家、京都大學教授山本修二整理編輯後，印行問世。這就是文藝論文集《苦悶的象徵》。這部論文集共有四個部分：一是創作論，二是鑒賞論，三是關於文藝根本問題的考察，四是文學的起源。

　　一九二四年九月，魯迅先生在很短的時間內翻譯了這本書，並在九月二十六日寫了一篇短序，介紹了這本書的主旨：「生命力受壓抑而生的苦悶懊惱乃是文藝的根柢，而其表現法乃是廣義的象徵主義。」（《譯〈苦悶的象徵〉後三日序》）。這則短序原刊當年十月一日《晨報副鐫》，卻未印入單行本中。印入單行本卷首的是當年十一月二十二日夜晚寫的另一篇引言，其中說到了他對廚川這本書的看法：

《苦悶的象徵》魯迅譯本封面

「作者據伯格森一流的哲學，以進行不息的生命力為人類生活的根本，又從弗羅特（通譯佛洛德）一流的科學，尋出生命力的根柢來。即用以解釋文藝──尤其是文學，然與舊說又小有不同，伯格森以未來為不可測，作者則以詩人為先知，弗羅特歸生命力的根柢於性欲，作者則雲即其力的突進和跳躍。這在目下同類的群書中，殆可以說，既異於科學家似的專斷和哲學家似的玄虛，而且也並無一般文學論者的繁碎。作者自己就很有獨創力的，於是此書也就成為一種創作，而對於文藝，即多有獨到的見地和深切的會心。……這是我所以冒昧開譯的原因。」（《〈苦悶的象徵〉引言》）

魯迅先生的譯文先陸續發表於一九二四年十月一日至三十一日的《晨報副鐫》，次年三月出版單行本，系《未名叢刊》之一，由北京大學新潮社代售。後來北新書局又重版了此書。《魯迅全集》「集外集拾遺補編」中收入當時魯迅為這本書的發

行所寫的一則廣告：「這其實是一部文藝論，共分四章。現經我以照例的拙澀的文章譯出，並無刪節，也不至於很有誤譯的地方。印成一本，插圖五幅，實價五角，在初出版兩星期中，特價三角五分。……」

　　與魯迅先生不約而同的是，當時還不到三十歲的青年作家豐子愷，在一九二四年間也譯出了廚川白村的這本書。豐子愷曾回憶說：「倘若早知魯迅在翻譯——他的理解和譯筆遠勝於我，我就不會多此一舉了。」當時豐子愷曾向魯迅先生表達過自己的這層意思，但魯迅先生對豐子愷鼓勵說：這有什麼關係，在日本，一冊書有五六種譯本也不算多呢。不僅如此，為了照顧豐子愷這位文學青年的譯本的銷路，魯迅先生毅然推遲了自己譯本的發行時間，而讓豐子愷的譯本先行面世。一九二五年三月，豐子愷譯的《苦悶的象徵》由上海商務印書館出版，系《文學研究會叢書》之一。從此以後，中國文壇便有了魯譯和豐譯《苦悶的象徵》兩種譯本。兩個譯本，各有千秋，堪稱雙璧。而從魯迅先生對當時還屬無名之輩的豐子愷的鼓勵與扶持上，也可見出一位文學大師人品的光彩。這同一本書的兩個譯本，為中國現代文壇平添了一段書緣佳話。

　　除了《苦悶的象徵》，魯迅先生在一九二四至一九二五年間還譯出了廚川白村的另一部文藝評論集《出了象牙之塔》，一九二五年十二月由北京未名社印行，也列在《未名叢刊》之中。

錢君匋先生書裝之一：《晦庵書話》

陳子善編《作別張愛玲》封面

《晦庵書話》

湖北十堰黃成勇君持贈。久違了，親愛的老書！記得一九八一年曾在一家小書店見過此書初版本，價廉極，竟不知道購買。當時只對中外詩集情有獨鍾，而白白錯過多少好書。十幾年後再尋找此書，卻已無門路。又五年後得見此冊，雖為二次印刷本，其欣喜之情猶如舊友重逢，親切倍加。

唐弢先生重寫書話始於六十年代初期。姜德明有文章說，唐先生當時便有「顧慮」：「黨報上介紹舊版書會不會有人反對？」於是書話一開張便從革命書刊和左翼文藝運動書刊談起，如談《守常全集》、魯迅著作以及國民黨的禁書和進步作家的「偽裝書」等等。如此謹慎，亦時代徵候使然。所以現在再讀此書，在愉悅和欣賞之下，也不能不覺得，作者拘束甚重，行文時有欲說還休之感。全書談的是新文學早期的書刊掌故和史

實，卻也隱隱籠罩著六十年代山雨欲來之前的抑塞和顧慮的氣氛。

試以晦庵書話與新時期的黃裳、孫犁、陳原、倪墨炎、姜德明諸家書話相比較，明顯可以感到，「後來居上」已成事實。後來者無論是思想還是行文，大都能開合自如，放談無忌，其中如孫犁文字之老辣，完全已進入自由之境，那怕是簡短的書衣題識，也力透紙背，或如自由靈動之鳥，躍然書衣之上。當然，沒有《晦庵書話》之源頭，當然也就沒有後來的諸位書話家的波瀾壯闊。飲水豈能不思源。

《作別張愛玲》

上海陳子善編，文彙出版社「海上風叢書」之一。一九九六年二月第一版。此冊乃海上友人王為松兄寄贈。子善另有《私語張愛玲》集行世。此前曾另購一冊寄洛杉磯小弘一睹為快。小弘有信言其住處，離張愛玲生前寓所僅一街之隔。書中彌漫著海上舊夢，足慰小弘異國鄉愁。我在書扉題有短辭：她比任何人都領略過聲名與熱鬧，也比任何人都體會過孤獨與寂寞。她愛過恨過。她笑過哭過。她曾經不停地寫、寫、寫，然後又謎一般地沉默、沉默、沉默。直到閉幕鈴聲響起，她淒然一笑，如一朵花，悄悄向著世紀的枝頭作別。一個冷冽和唯美的靈魂，像一縷風，輕輕飄入遙遠的天國。

《梁遇春散文選集》
（百花文藝版）封面

梁遇春《春醪集 淚與笑》
（人民文學版）封面

梁遇春《春醪集》
（百花文藝版）封面

《梁遇春散文選集》

作者生前著有散文二集：《春醪集》、《淚與笑》。文章明麗機智，顧盼多姿，蓋得之於英國美文神韻。廢名序其文章，有「文思如星珠串天，處處閃眼，然而沒有一個線索，稍縱即逝」之語。梁遇春文似春醪，卻署名「秋心」。又頗具感傷的情調，後人名之為「梁遇春式的感傷」。文如其人。文亦預示著命運。作者不假天年，中途夭折，果真天才即禍麼？三年前曾與友人言，他日將「私淑」梁遇春，並擬做一文，題已想定，曰《春醪秋心》。

《夢家詩集》

新月書店一九三三年三月第三版。書名由徐志摩題署。六十年後在珞珈山下武漢大學舊書鋪購得此冊，書品尚好，不勝欣喜。

這是新月詩人陳夢家的第一本詩集，一九三一年一月由新月書店出版

第一版，收詩四卷計四十首。同年六
月再版，又增補了當年春至夏所作短
詩十二首，別為第五卷，並加《再版
自序》於目次前。其中有言：「我總
是一片不愉快的陰天的雲，永遠望不
見一條太陽光的美麗；我也如常人一
樣企望著更偉大更鮮豔的顏色或是聲
音的出現，給人一點靈魂上的戰慄，
但是我不免於一粒平庸沙子夢想變成
一粒黃金的荒唐，我是無能為好的。
人，都有他夢想中的天堂指盼的方
向。但是我沒有。對於自己，更其對
於世界，我不曾摸索到一點更顯然的
明瞭；像一路風，我找不著自己的地
方，在一流小河，一片葉子，和一架
風車上我聽見那些東西美麗和諧的聲
音，但從來沒有尋到自己的歌。」

　　這是典型的新月詩人的苦悶和感
傷，和徐志摩的「我不知道風在往哪
個方向吹」並無二致。在這篇自序文
裏，他還說到：「我常常感到自己的
空虛，好像再沒有理由往下寫詩，長
期的變換多離奇的生活，才是一首真

梁遇春《春醪集》
（上海書店版）封面

陳夢家《夢家詩集》
（上海書店版）封面

陳夢家《夢家詩集》
（中華書局版）封面

實的詩。」浪漫、傷感的和天真的唯美主義，在冰冷的、堅實的和實際的存在主義面前，顯得那麼蒼白和無奈。

《夢家詩集》裏第一首小詩是《一朵野花》，也不妨看作整個詩集的「序詩」：

> 一朵野花在荒原裏開了又落了，
> 不想到這小生命，向著太陽發笑，
> 上帝給他的聰明他自己知道，
> 他的喜歡，他的詩，在風前輕搖。
>
> 一朵野花在荒原裏開了又落了，
> 他看見青天，看不見自己的渺小，
> 聽慣風的溫柔，聽慣風的怒號，
> 就連他自己的夢也容易忘掉。

詩人後來稱這一首詩代表著自己早期的「不被薰著的嫩」，而以後的詩，則當然就是「被薰著的」作品了，如長詩《陳夢家作詩在前線》、詩集《鐵馬集》、詩選集《夢家詩存》。由「不被薰著」而到「被薰著」，對於新月詩人來說，可是不容易的一步。他後來也清醒地認識到了這一點。他說：「現在我心中盤旋著一個大愛，這愛幾乎是萬仞的石級，需要一層一層爬，仍舊是一種類乎理想的真理能安居。我脫離了小小一簇花，一窪淺陋的塘水，登山望海，我逃不開的幼稚就是這石級上的平臺。」

《曲終集》

「曲終人不見，江上數峰青。」這是老作家孫犁先生自一九八二年《晚華集》以來的第十本「耕堂文集」。二十一萬字，包括芸齋小說、散文、雜文、耕堂讀書隨筆、耕堂題跋、芸齋短簡等體式。名為「曲終」，當是老人自謙，而實際上怎能以此為終。「文人之業，殆將不死不休乎。」何況曾經有詩「養精漫步跨世紀，蓄銳爭當百歲翁」的耕堂老人，就此封筆告別文壇，萬千讀者也不會答應的。

現代作家、編輯家孫犁先生

孫犁《曲終集》初版封面

孫犁《書林秋草》（三聯書店版）
封面

　　然則這部書又實在是一支卓爾不俗、聲震雲外的「天鵝之歌」。老竹之沉烈，晚霞之靜美，盡在其中。使人猶為不平的是，為什麼越是好書越是寂寞？看坊間多少粗俗平庸的文字大行其道，而錚錚然如金石之聲的《曲終集》卻只印行區區兩千冊；但願這不是出版家有意要把更多的讀者排斥在世間最好的一路文字之外，而僅僅是世紀末的短暫的徵候之一，轉眼間便會有所好轉的。唯願好書一路平安。

裁書刀下

先說「開卷」。曾經是六朝故都的金陵南京，不僅是春風勝遊之處，從來也是書香馥鬱之地。如今但凡喜愛讀點好書的文化人幾乎都知道，南京有座氣度不凡的鳳凰台飯店。之所以說它「氣度不凡」，是因為這家飯店創辦了一份名為《開卷》的讀書雜誌，免費贈給來店的客人和海內外的一些書愛者與文化人。雜誌雖小，然而自二〇〇〇年創辦至今，每月一期，從不脫漏，已連續出刊五年多了！這份品質淡雅、書香浮動的小雜誌，如今已經成為海內外眾多文化人、讀書人每月必不可少的閱讀良友，贏得了海內外許多文化名人的高度讚譽和眾多書愛者的狂熱擁戴。必須申明的是，我在這裏使用了「高度」、「狂熱」這樣的修飾語，決非一般的虛妄和客套，而是出自最真實的感受。相信讀過這份小雜誌的人都會有此同感。也算榮幸，自從《開卷》創刊以來，我一直忝列在她的贈閱名單之中，因此，我保留了她創刊至今的六十多期刊物。現在我可以肯定地說，她已然是我每月

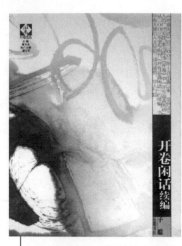

子聰（董甯文）著《開卷閒話續編》
封面

一次的最美麗的閱讀期待了。前不久我為《開卷》出刊五年寫了這樣一句話：「我尋求寧靜，可我得不到它。除非在一個午後，在一塊草地上的長椅上，輕輕地打開一冊小小的《開卷》。」

次說「閒話」和《開卷閒話續編》這本書。《開卷》雜誌上有個如今已是相當著名的欄目，名為「開有益齋閒話」，每期（每月）出現一次，內容大致不離《開卷》的編輯事務，用老詩人和翻譯家綠原先生的話說，「成年累月忙於報導有關作者的行蹤或寫作計畫，以及有關書稿的評點或出版資訊，被識者稱為《開卷》的『起居注』」。這些「閒話」文字長短不一，記事繁簡不拘，既是《開卷》的編輯日誌，即所謂「起居注」，也是以《開卷》為視窗，從《開卷》的視角，對每日、每週、每月過往的書人書事所做的冷靜觀察和真實記錄。幾年下來，這批「閒話」實在是不可等閒視之了。仍然用綠原

先生的話來評價：「它們不但由於富有時事意味而為當今讀者所歡迎，還將由於其史料價值而為未來的讀者所欣賞。」或者說，它們也當得起於光遠先生當初為「開有益齋」的題詞了：它將比我們任何人都活得長久得多。

再說「續編」。《開卷》在按期出刊的同時，還編輯出版《開卷文叢》，已經出版了第一、二兩輯共十冊，據說，第三、四輯也在籌畫中了。《開卷文叢》第一輯裏有一冊《開卷閒話》，即是對二〇〇〇至二〇〇二年「開有益齋閒話」專欄文字的選編和結集，可謂「正編」。所謂「續編」，是這個專欄的二〇〇三至二〇〇四年的文字的選編。作為一種延續讀品，也許可以預期，以後我們還將看到「開卷閒話」的三編、四編……乃至N編。果能若此，那無疑將是喜歡《開卷》的讀者的福氣和值得期待的一件事了。此是後話，現在暫且只說這冊「閒話續編」。

「閒話」的作者「子聰」即《開卷》雜誌執行主編董甯文先生，以及由他所代表的《開卷》所有編輯，大都長袖善舞，肯與天下讀書人廣結書緣。所以圍繞在《開卷》周圍以及出現在「閒話」裏的作者和書友陣容，真可謂「蔚為大觀」。也因此，「閒話」裏所報導的書人書事，不僅信息量大，而且涉及面廣，從那些已然成為「廣陵散」般的大師級的老學者，到那些名不見經傳而隱身在民間巷陌的可敬的「讀書種子」，甚至剛剛走出校園的一般愛書人，「閒話」的作者都肯與他們積極結緣，並且在文字裏留下他們的

子聰（董甯文）著《開卷閒話三編》
封面

人蹤書影，如同雪泥鴻爪，依稀勾畫著當代書愛者的精神地圖；哪怕是隻字片言，也傳達出帶著絲絲文化牽念的民間書聲。記得歷史學家有一個說法：歷史乃人人垂釣之溪。如果這個觀點是成立的，那麼，收錄和保存在這冊「閒話」裏的一件件、一條條看似瑣碎的書人書事，就是作者從時間和歷史的溪流上釣起的一尾尾銀亮的小魚。而小魚是甘美的。從這裏，我們也可以清晰地看到許多被越來越趨時、也越來越浮躁和淺薄的所謂「主流媒體」所遺忘、所忽略的文化老人的「漸行漸遠」的身影。僅看「續編」裏所記錄下的、在這不足兩年的時間裏默默遠去的文化老人，先後就有黃源、公劉、施蟄存、王辛笛、臧克家、吳奔星、張岱年、牧惠、張威廉等等。而這些老人晚年的行止和文字，許多都是首先在《開卷》及其「閒話」裏報導和發表出來的。與這些名字連在一起的，是一種溫厚的文化情懷，一縷不朽的文化血脈。他們

晚年的生活和精神活動中許多細節，幾乎不被那些「主流媒體」所注意，卻在《開卷》和「閒話」裏有了真實的、生動的、甚至是比較頻繁與詳細的記錄和保存。「閒話」的史料意義，也許正在於此。

最後要解釋一下標題中的「裁書刀」。因為聚集在《開卷》周圍的都是真正的愛書者和讀書人，所以有關書文化的一切附帶的雅好，在這個不小的群落裏都各有其主，例如有的人熱衷於明清刻本或民國版本的新文學舊籍；有的孜孜於作者簽名本；有的喜歡收集藏書票這種「漂亮的小玩意兒」；有的則熱衷「毛邊本」，成了魯迅先生所說的「毛邊黨」……「閒話」裏對這些書人雅好都給予了充分的理解和尊重。不僅尊重，有時還躬身親為，直接參與其中。因此，我們就看到了《開卷》雜誌和《開卷文叢》的「毛邊本」。承子聰先生厚待，我收到的好幾期《開卷》都是毛邊本的。這冊《開卷閒話續編》，更是「題簽本」加「毛邊本」，可謂珍貴之極了。讀毛邊書固為許多「毛邊黨」的雅好，然而對我等粗頑的「黨外」人士來說，讀起來卻殊感不便，深以為苦。要想開卷，必須刀不離手，邊裁邊讀，手、眼、腦並用，實在是麻煩。此即所謂「裁書刀下讀『閒話』」。自然，手握裁書刀讀書，其罪不在毛邊本，而在我自己的難登大雅之堂。正如面對生活中的美，而我卻缺少發現。

豁然開朗，簇生卷耳

　　在讀書界頗有影響的小型讀書雜誌《開卷》創刊五周年、出滿六十期的時候，睿智的谷林先生用「嵌字格」為之題詞：「豁然開朗，簇生卷耳」。前一句用了陶淵明描寫桃花源的話，「初極狹，才通人，複行數十步，豁然開朗」；後一句借用「卷耳」這種在《詩經》裏就被吟詠過的、具有清熱解毒功能的古老植物，帶出一個「卷」字。「簇生」即叢生的意思，含有蓬勃之意，想必還暗喻了一輯又一輯的《開卷文叢》。

　　我覺得這八個字用得真好，也很美，當時就寫了一封短信給《開卷》和《開卷文叢》的編輯者子聰先生說：《開卷》同人的文化情懷與編輯風誼，殊可欽佩。《開卷》題詞中，谷林先生、流沙河先生的不僅文美，字亦脫俗，可愛可賞，云云。承子聰君不棄，把這段短信錄進了他的《開卷開話三編》裏，真是「與有榮焉」。

《開卷閒話三編》承接著「初編」和「續編」，收錄的依然是刊發在《開卷》上的「閒話」文字。像前面的兩冊一樣，這些帶有編輯日誌和來往信件摘錄性質的文字，越來越引起了一些愛書人和讀書人的興趣，乃至追捧。因為這裏是一個很好的「資訊源」，從這裏可以知道，黃裳先生最近如何如何，谷林先生最近如何如何，黃宗江、文潔若、呂劍、姜德明、董橋、陳子善……最近如何如何。大凡這類書人書事，都是熱愛《開卷》的讀者所喜聞樂見的。這也是「開卷閒話」之所以能源源不斷地寫下去的最根本原因和主要動力支持。每一期的「開卷閒話」好比是一個資訊可靠的「廣播站」，子聰就是站長兼廣播員。我個人之所以也很喜歡看這些「閒話」，除了上述原因，還因為，從這裏能時常領略到一些在當今幾乎無從領略到的「尺牘之美」。

「打字既成，循覽一過，則見歲月如流，人事層出，……歲時令節有

子聰（董甯文）著《開卷閒話五編》封面

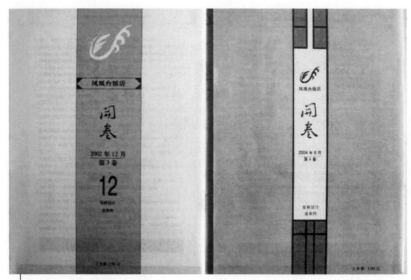

《開卷》雜誌（董寧文主編）

詩，歡愉疾苦有詩，朋好酬答有詩，出遊覽勝有詩。抒情記
事，靡不歷歷在目。」「……常想為《開卷》寫些小文，無
奈事忙乞昕，提筆來而不往，常懷惴惴。春寒料峭，賤體粗
安是舒。」（周退密）「弟何幸承諸兄厚愛，但坐觀其成，
遲早概無牽懸，而精力確是衰退，難期振作，讀書亦覺倦怠
也。草草奉答，敬頌時綏。此間昨夕得雨，而頃間已過午後
四時，猶未止歇，氣候雖見轉涼，然頗不適意，小柬恐須遲至
明日投郵也。」（谷林）「第八期很好，文潔若、黃裳，真好。
老友子善那篇也紀實。這些短文都雋永，……你們那裏能文
能字的人多極了，我只是欣賞，不敢動筆了。」（董橋）

似這等溫文爾雅的尺牘文字和情調，如今哪裡還有呢！它們大多是出自一些文化老人的筆下。而經常在《開卷》上露面的中年一代讀書人裏頭，李福眠、王稼句二位的書信寫得最是講究。例如，「猴年十二月三十一日清晨，暖冬之海上，冰天雪地。……去年今日，京魯寧滬書蟲……應姑蘇聽櫓小築主人王稼句之邀，雅集古吳，品閱文化滄浪叢書。輕舟遠逝，逐浪一年矣。」又如「……今日溽暑依然，蟬鳴嘹亮。北窗榴花，紅豔耀眼。午飯冷粥，鹹菜毛豆。涼潤乘興，檢出拙集二版一冊塗貽。枯毫殘瀋，未知能充塞芷蘭齋否？」（李福眠）

《開卷》的作者以文化老人居多。《開卷》是許多差不多已成「廣陵散」的文化老人，在「最後的日子裏」前來負暄散步的「小公園」。因此，每年的「開卷閒話」裏，總會錄下一些遠去的老人的身影與生平，以為默哀和懷念。僅在近三兩年裏，先後又有杜宣、梅志、陳原、王朝聞、馮亦代、宋原放、陸文夫、嚴文井、梅紹武、吳藕汀、巴金、葉子銘、呂同六等，默默遠去了。其中有的年紀並不大，如翻譯家梅紹武、呂同六，真是讓人痛惜。子聰君和《開卷》是在默默地做著許多老年人的文化關懷的事情。

使我猶感榮幸的是，本編「閒話」裏，也錄入了我的幾次簡短的通信。除了前面說到的那則，還有兩三則，當時雖然是信手寫下，現在意外重逢，卻倍感親切，而且也還有那麼一點評說「閒話」的意思，茲摘錄一二句存念：「久

子聰（董甯文）著《開卷閒話六編》
封面

未聯繫，但每月有開卷之樂，心存感激。……南京的書香令人嚮往，相比之下，武漢的文化風氣竟比喜馬拉雅山巔的空氣還要稀薄。」還有一則：「……這些『閒話』本來都從每期《開卷》上拜讀過的，現在集中起來再看，仍有新鮮感，其中的信息量和情趣，可謂常讀常新。但因邊讀邊裁（毛邊本），頗為費勁，可見弟非忠誠的『毛邊黨』人。」

董橋先生評價《開卷》上的文字大都「雋永」，「好就好在讀起來不吃力，讀後又回味無窮」。我覺得子聰的「開卷閒話」也是如此。

二十年前的一冊《詩魂》

　　書櫃裏有一本「百花文藝」一九八四年版的小開本散文集《詩魂》。這是趙麗宏早期出版的一冊作品集，也是我最早讀到的趙麗宏的兩本書之一（另一本是他的詩集《珊瑚》）。這本散文集是一位文學前輩贈送給我的。他也許並不是一個多麼出色的文學鑒賞者，卻是一個真誠和細緻的好讀者。因為當時我從這冊小書裏，看到了他寫在書眉和空白處的許多感想和眉批。現在，為了寫一寫我對趙麗宏散文的一些閱讀感想，我又找出了這冊二十多年前曾經給我留下了美好記憶的小書。那些零星的「眉批」文字，現在看起來也許並不怎麼新鮮和深刻，然而在二十多年前，我剛剛從文學道路上起步的時候，它們卻提醒著和引導著我，很認真地、不止一遍地閱讀和思考過這本美麗的《詩魂》，幫助我認識了同時代的一位重要的散文作家。現在，我且把書中的那些「眉批」選錄一些在這裏，與今天的讀者、也與這本書的作者趙麗宏先生一起分享。

詩人、散文家趙麗宏先生

「散文和詩歌，有著密切的聯繫。對於詩歌的欣賞，是進入文學的總紐。而抒寫散文，或許是創作實踐的起步。此作者是位年青朋友，讀其散文，知其頗為熟諳中外詩人。他從詩的角度進入文學家們的精神世界，在書寫形制上又接近散文詩。詩歌散文，首先貴在情真，唯情真，才能動人；唯動人，才具有美學價值。動人即引起共鳴，心有靈犀一點通，信然。」──這段文字寫在《詩魂‧自序》之後。趙麗宏出版此書時剛過三十歲，正是一位「年青朋友」。

「此文好。人生坎坷，能實現理想者幾希。生活中有無形的羈絆，桎梏著理想。哦，我的理想，你到哪裡去了！」──這是寫在《路遇》一文邊上的文字。《路遇》是趙麗宏早期散文中的名篇，寫的是作者在十年動亂結束之後，偶爾在街頭遇見了自己一位昔日的同學，一下子卻沒能認出來的一次經歷。短短的篇幅裏，刻畫出了十年動亂給他們這一代人所帶

來的青春創傷和精神摧殘，文字裏充滿了沉痛和反思的力量。在我的記憶裏，這篇散文在二十世紀八十年代的大學生中產生過廣泛的影響。我自己對這篇散文也有著深刻的印象。我後來也寫過一篇類似題材的散文《班長的故事》，可以說是對趙麗宏先生此文的「致敬」之什了。

　　「對於任何作家，首先是讀其作品，而不必受那些評論家的文章所左右。應該自作主張、自放眼光，切勿人云亦云。我個人對杜甫、李白同樣崇仰，對其作品同樣熱愛。窮而後工，蓋亦歷盡人間滄桑，然後才昇華為詩也。」「現實與理想的矛盾產生了詩；現實的叛逆者才能完成詩人的使命。」「《將進酒》是我最為欣賞的作品，實際上也是李白的代表作。不過李白畢竟天真狂放。他的自說自話，一是情真，二是闊大，故可愛也。」——這些文字是寫在《哦，李太白》、《我和杜甫》兩篇的天頭地底的。這是一個認真的讀者對他所喜

趙麗宏散文集《詩魂》封面

《趙麗宏文集》（上海文藝版）封面

二十年前的一冊《詩魂》

詩人、散文家趙麗宏先生

愛的作家的認同和呼應。同樣的文字，還有寫在《炊煙》邊上的一段：「我旅行在祖國的大地上，那是多麼的美好。人情如流水，緩緩地流過我的心房。啊，我多麼希望有朝一日，在這遼闊的大地上，到處都是我的家鄉，我可以無憂無慮地在任何地方徜徉……」可以想見，這篇《炊煙》，是怎樣喚起了一個讀者對祖國大地和對生活的熱愛之情。

　　除了前面提到的寫李杜的那兩篇，《詩魂》裏還有多篇文章寫到了一些歷史人物和歷史陳跡。這些散文同樣在一個讀者的心中激起了層層漣漪。「我登望江樓、訪薛濤井，於汩汩錦江之畔，想見其風采。此所以文章能留名於世者

乎？」——這是對《竹風》一文中關於成都望江樓和「薛濤井」那幾節文字的回應；「接葉巢鶯，平波卷絮，斷橋斜日歸船。能幾番遊，看花又是明年。更淒然萬綠西泠，一抹荒煙。此即宋人於亡國之後遊西湖之感。自然風物之感應人多矣。然物之感人，首先在於人的環境所引起的和其主觀精神的綜合，而且往往情隨時遷，並非固定不易。此文不僅有真摯沉鬱的感情，描寫自然風物亦精准傳神。」——這是寫在《西湖秋思》文末的一段評語。而在《渡》一文的空白處，也有幾句點評：「吾鄉也有一處『陳婆渡』，傳說是羊精所幻。人每渡至中流，輒被啖。後被鎮，遂消失。可見渡口亦多風險。人生渡口類此者多矣。」

　　「余青年時代所崇仰的外國詩人有普希金、拜倫、雪萊、萊蒙托夫及惠特曼諸家，令人痛心的是，他們的詩集均在『文革』中被燒毀和散失。文化浩劫，流水無情，殊可懼惕！」「此文也是對『破四舊』的懺悔。任何革命都會毀及無辜，所謂魚龍混雜、泥沙俱下者也。而以『文革』的瘋狂為甚。」——這兩段文字，是對《詩魂》和《她在人間》兩篇裏寫到的，上海街心花園裏的一尊普希金銅像，以及作者自己書櫥上的一尊雪白的維納斯塑像，在「破四舊」的風暴中被粗暴地推倒和毀壞的事件的呼應。從這裏我們可以看到，作為經歷過「紅衛兵」時代、從「文革」的風暴中走過來的那代青年人中的一員，趙麗宏是較早地在自己作品裏開始懷疑、審視、追問、反思和懺悔這場浩劫的作家之一。要

知道，收入《詩魂》裏的許多散文，在創作和發表之初，中國大地還正處在思想解放的前夜，天邊雖然隱隱滾動著真理的巨雷之聲，但許多人的心靈還沉睡在乍暖還寒的潮雪的日子。

　　一本在「雨夾雪」的季節裏熱切地呼喚春天的書，有如書中寫到的「炭火，燃燒在雪地裏」；一個極其真誠和細心的讀者，對書中的每一篇文字都用心讀過，並給予了回應。而我，只是一個後來的見證者而已。我在想，一個作家，一本書，能有魅力贏得如此真誠和細心的讀者來閱讀、思索和回應，無論對作家還是對閱讀者而言，都是一件幸福的事情。

「七月書旅」

　　著名學者江曉原先生有一個觀點我很贊成：多少年來，我們習慣於空疏浮誇的「學」風，喜歡徒托空言，大發議論。似乎只有在文章或著作裏提出了所謂「自己的觀點」——不論它們是平庸的陳詞濫調，還是卑之無甚高論的故作驚人之言——才算是具備了「學術性」。對此，江先生認為，其實，「描述」也有學術價值，「描述當頭，觀點也就在其中了」。

　　把黃成勇的新書《幸會幸會　久仰久仰》當成一本書話散文集來看，固然沒有錯，因為依照「書話的散文因素需要包括一點事實，一點掌故，一點觀點，一點抒情氣息；它給人以知識，也給人以藝術的享受」的標準來看，這本書可謂都具備了。然而在我看來，僅僅把這本書視為一本書話集，似乎還不夠恰當。按我的理解，書話文章，大致帶有閒適和玩賞的意味，而這本書裏的大部分文章，尤其是作為全書主體部分的十幾篇「七月書旅」，卻並非閒適和玩賞的文字，

黃成勇書話集《幸會幸會 久仰久
仰》封面

而是帶著作者強烈的感情投入的尋找
與發現之作。

「七月」派的詩人們，是中國現
代文學史和思想史上受盡凌辱和苦難
的一群人，是忍受著靈魂的救贖與自
救的煎熬，從血淚中走過來的那一代
知識份子悲劇命運的體現者。在這些
蒙難者的文學世界和精神領域裏，有
著更多的沉重與苦難的遺產，因此，
「七月書旅」也註定是一次次「文化
苦旅」，決非一般的書話文字所能擔
當和承受。然而黃成勇卻並不是要
對這些倖存下來的「七月」詩人的命
運和遭際空發議論。他要做的只是
「描述」。從尋訪他們的文蹤書影入
手，進而尋訪到這些倖存者的身影，
進入他們的書房和內心，並且把自己
的尋見和感受付諸描述。最終，讀者
們所看到的，是這些倖存者鮮為人知
的故事和目前最真實、最具體的生存
狀態和精神畫像。《書祭路翎》（路
翎篇），《受傷的旗》（孫鈿篇），
《所以切不要悲傷》（綠原篇），

《活著就是證據》（羅飛篇）……對於讀者而言，還有比向他們提供這樣一篇篇真實可信、清清楚楚的文字更好的寫作嗎？試看下面這些文字：

「望山居的客廳大小適中，在白熾燈的照耀下，充滿暖意。一面牆上懸掛著已故七月派詩人鄒荻帆手書小令和鄒夫人的水墨牡丹；一面牆上懸掛一幅草書，寫著『心事數莖白髮，生涯一片青山。空林有雪相待，古道無人獨還。』褐色的沙發茶几，已然擺著兩個玻璃小缽，裝滿橘子和花生。橘子上泛著油亮的光澤……先生細心地關照從寒風裏走來的我們：『今天寒流來了，你們恐怕要加衣服。』……」（《躍動的夜》）

「開門的是酷似胡風的張曉山先生。客廳幾個大書櫃裏，好些書名都似曾相識。書櫃下方置兩隻布套沙發，中間是一個木質茶几，牆一角立著胡風的雕像，靜靜地看著這間客廳。另一角是一張桌子，大概是梅志先生工作的地方，可以看見桌上放著幾十封信件。這是胡風曾經生活過的地方，好像他的氣場還籠罩著這裏的每一寸地方。而就是這個家庭，承載了中國在一九五五年的政治、文化、思想和精神的重大苦難。我坐在沙發上打量客廳擺設的時候，漸漸感覺到一種凝重。……」（《感受苦難》）

用江曉原先生的觀點說，任何文章，絕對「客觀」的描述其實是不存在的，在描述物件的取捨、描述語言的選擇等方面，也必定會有某種「觀點」的介入，也就是所謂「描述當頭，觀點也就在其中了」。

除了這一組「七月書旅」，這本書裏還有一些文章寫到了作者與呂劍、流沙河、高莽、戴文葆等文化名人交往的故事；作為一個愛書者，自然也少不了要寫到他在天南地北訪書經歷中的書人書事，如《呼蘭書事》、《長春書事》等。這些都是他的「流動的盛宴」。「七月書旅」在感情上難免有著「苦旅」的投入，而南北訪書的經歷卻是余光中先生某篇文章裏所謂的「甘遊」過程。一個真正的愛書人，對於書人書事的尋訪和描述，總會是興致勃勃、如數家珍的。黃成勇的這類文章，不僅顯示了他文字上一向的「信達雅」特點，重要的是，字裏行間傳達著一種真誠的文化牽念和人道情懷，顯示著一種善良正直的道義感和生命信仰。正是因為這份情懷，使得成勇的文化尋訪「往往也帶著淡淡的詩意」，進而也給了讀者一份揮之不去的牽掛和感動。

這本書也充分體現了山東畫報版圖書一貫的圖文並茂、版式疏朗，樸素而清雅的風格。其中著名作家和畫家高莽先生為書中人物所畫的十數幀肖像，以及作者自己選配的一些難得一見的舊版書影，不僅豐富了這本書的文化含量，也為愛書的讀者增添了搖曳多姿的書趣和閱讀情調。

老一輩人的書房

　　說到書的聚散與得失、書房的生成與營建，詩人綠原有一個出自個人深刻體驗的聯想：好比愛結網的蜘蛛有一種奇怪的本能，辛辛苦苦剛結出一面可以容身的網，忽然被一陣風雨摧毀到一絲不掛，但它並不灰心，重新又一縷一縷吐絲編結；再一次摧毀，再一次重新編結；又再摧毀，又再編結。綠原說，這種「同災難較勁」的本領，在許多愛書人和讀書人身上也不難發現。

　　《我的書房》一書收集了五十八位文人、學者、藏書家和愛書人所寫的有關自己書房的文字。如果再加上為這本書寫序的董橋、流沙河和綠原三位作家兼學者──他們在各自的序文中也同樣寫到了自己的書房──正好是一部六十人的「書房史」。其中以老一輩的文人、學者和愛書人占多數。這些人，大都是從遙遠的二十世紀初葉，肩負著文化的啟蒙與傳承的使命，背負著民族、家國和時代的無盡的苦難，忍受著靈魂的救贖與自救的煎熬，一步步跋涉過來的，可謂

《我的書房》（董甯文編）封面

《我的閒章》（董甯文編）封面

一代文苑英華和學界巨擘。這些人的「書房史」，也正是他們坎坷曲折的命運史和多災多難的精神史的一個微縮。

綠原的書房聚散且不必說了，他曾專門寫過一篇令人感喟的《書累記》。流沙河期望過，「鷦鷯所棲，不過一枝」，然而有多少年月、多少讀書人，不是在動盪不安、苟延殘喘和朝不保夕中度過，遑論書房！「誰說非要有個書房不可，我就不信。」風骨卓立的詩人早已對書房不存幻想，「什麼書房，我詛咒它！」「文革」中，紅衛兵上門焚燒了柯文輝辛苦積攢起來的五百本書，他用阿Q般的精神自慰：「莫難過，以後你還會有二千冊書！」靠的是這無根據的幻想，一個愛書人平復了心靈深處的創痛。出於同樣的原因，語言學家周有光在《有書無齋記》裏記下了友人的一句感歎：寧可無齋而有自由，不要有齋而無自由。老編輯家謝蔚明因為「右派」身份而被打入另冊，全部藏

書也被抄沒，只留下了一張抄家前自己坐在書房裏的照片。晚年見到這張照片，他想到的竟是劉禹錫的名句「二十三年成一夢，此身雖在堪驚」。翻譯家屠岸乾脆就用「萱蔭閣滄桑」為題來寫自己的書房史，小小書房的窗外，飄飛的都是國家、民族和時代的風雨之聲。

政治家死於官場，將軍死於陣地上，書生們也只希望長眠於自己書房，與心愛的書籍相始終，如學者許覺民所言，「書齋是我生命相連的第二生命所在」。正是為了這樣一個「堆書的地方」（陳四益語），老一輩文人、學者無一不付出了幾乎一生的努力和艱辛。一本六十人的書房史，也就是一部現當代知識份子的辛酸史。即使出生稍晚一些的如伍立楊、龔明德諸君，不也發出了「伺候八千冊要命的書籍，找一個安身立命之所，竟真的要經歷八千里路雲和月」的感慨麼。那麼，一旦擁有了自己的書房呢？翻譯家李文俊說：「即便調我去當廣東省或海南省的省長，我都不幹。」所謂「雖南面王而不易」。同樣是翻譯家的馬振騁則說，只有書房才能使人們「知道在哪兒坐下來，是會安下心來的」。人生有涯而學海無邊，因此，畫家田原才有「愧對書房」的感歎。翻譯家和畫家高莽則乾脆謙恭地聲明：「我的屋子，也叫做書房？」

董橋先生應該是見過東西方書房多多的人了，「高莽先生遠遠一聲感歎，寒舍遠遠響起了回音。」他的感受是：書房書齋書室從來都帶著布爾喬亞高檔的情味，訪書的雅趣

《我的書緣》（董甯文編）封面

遠比藏書的書房好玩。其實，「訪書的雅趣」又何嘗不帶「布爾喬亞的情味」。我們不妨這樣認為：藏書不如訪書，訪書又不如讀書。因為，同任何真正意義上的「藏書」相比——仍然用綠原先生的話說——就算你已經有了一個較為可觀的書房，你那幾本破書又算得了什麼呢！重要的是，你得讀它！西諺雲：一個人所讀的書，才是這個人的氣質最可靠的索引。也正是從這個意義上，董橋又說，「天下青山都是一簇簇亂疊起來的，整齊了反而減了嫵媚。」所謂的「亂疊」，當然不是指那些整整齊齊為「藏書」而集合在一起的書籍，而是一本一本地讀過、用過，經過了幾十年乃至一輩子或幾代人的閱讀和積攢而集藏起來的「蓬蓬茸茸」的書本。只有這樣的書房，才是靜水流深的、「活」的書房。

　　記得幾年前，讀過臺灣的一位女作家寫的一本《推開文學家的門》，真如踏進聖殿一般，讓人流連忘返。

現在，又有這麼多文人、學者、藏書家和愛書人，又慷慨敞開自己的書房，讓我輩觀看這姿容各異的風景。每間書房的主人，都曾為書的聚散和得失付出過惦掛、艱辛、乃至慘痛的經歷，我們來享受豐盈和完整的成果，這是一件多麼好的事情！不是說書房是不可以輕易示人的嗎？因為老話裏有「但觀架上，便知腹中」一說。然則從這一間間風格各異、趣味不一的書房裏，我所看到的，我所感受的，已經不是彷彿偷窺得逞或發現了他人的什麼隱私似的淺薄的滿足和快樂。我感到的是，一些當代知識精英和讀書種子超越了個人的悲歡與得失、一種具有神聖和永恆意味的追求與熱愛，一種糞土權勢、物欲和虛榮，而迷戀於書香、知識、真理，甘於寂寞和淡泊的人格魅力。有了一間屬於自己的書房，就有了董橋所謂的「文化牽掛」，有了孟子所謂的「充實之美」。

傾聽人類靈魂的聲音

　　作家莫言在北京大學世界文學研究所成立大會上做過一個發言，他說，如果沒有翻譯家，世界文學這個概念就是一句空話，只有通過翻譯家的創造性勞動，文學的世界性才得以實現。他進而說道，「像我這樣一批不懂外語的作家，看了趙德明、趙振江、林一安等先生翻譯的拉美作品，自己的小說語言也發生了變化，我們的語言是受了拉美文學的影響，還是受了趙德明等先生的影響？我毫不猶豫地回答，我的語言受了趙德明等先生的影響，而不是受了拉美作家的影響。」

　　莫言的例子使我們看到，翻譯家對文學的影響是巨大的。豈只是對文學的影響，人們早就以《聖經·創世紀》裏那座通天之塔「巴別塔」來象徵翻譯家們對於溝通人類精神世界、築建人類所嚮往的「大同」之境所付出的偉大的創造心力。因此，當翻譯家許鈞先生和睿智的編輯人唐瑾女士要為他們編輯的一套大型的翻譯家文叢起一個名稱時，他們不

約而同地想到了「巴別塔」這個具有神聖意味和挑戰與殉身精神的字眼。

　　《巴別塔文叢》集中展示了中國當代最優秀的一批文學翻譯家在不同的語言和文化背景下的精神遊歷成果。由於他們創作性的文字轉換，使我們聆聽到了那些代表著人類最崇高、最偉大的靈魂的聲音——世界文學大師們的聲音。這些聲音來自英語、法語、德語、西班牙語、義大利語和日語等語言世界。所以，「文叢」的編輯者能這樣闡釋「巴別塔」的含義：「『巴別塔』，通天之塔，它既是人類嚮往『大同』的歷史記錄，又象徵著人類追求心靈溝通的美好願望，更是翻譯家們默默耕耘、不懈求索的見證。」

　　翻開這十二卷文集，我們首先會看到，在每一位翻譯家的精神世界的最高處和最醒目的地方，都端坐著一位或兩位文學大師。那該是翻譯家心中的神明，是他們各自靈魂上的最偉大、最親密的朋友。楊武能先生有他的歌德；李文俊先生有他的福克納；方平先生有他的莎士比亞；屠岸先生有濟慈；林一安先生有馬爾克斯和博爾赫斯，施康強先生有巴爾扎克；葉渭渠先生有川端康成；郭宏安先生有他的波德賴爾和夏多布里昂……漫漫長夜裏，崎嶇譯路上，他們與各自的精神導師進行著靈魂的對話。

　　許多翻譯家把自己一生中最好的歲月、最赤誠的情感和全部的才華獻給了自己的大師。歌德翻譯家楊武能的一段自白，正可以使我們領略翻譯家與他們的「主人」之間這種動

《巴別塔文叢》封面之一

《巴別塔文叢》封面之一

人的精神聯繫。他說，還在他年輕的時候，無論是敢於用自己的靈魂和魔鬼打賭的老博士浮士德，多愁善感、狂放不羈的維特，還是英雄的普羅米修士，他們「都難以磨滅地銘刻在我心中，鼓舞著我在困頓重重的人生之路上前行，潛移默化地影響了我正在形成的世界觀和人生觀」。他在後來的人生旅程上，果然再也沒有離開歌德。因此他一再宣稱：「歌德與我同在」！

文學翻譯家終歸也是文化翻譯家；而「翻譯」也只是智慧和天才的翻譯家在原來的文本形象之外創造「另一個文本形象」的形式與手段。翻譯研究學者勒菲弗爾曾經說過，正是翻譯家們，「創造了原文、原作者、原文的文學和文化形象」。翻譯家們的勞動，幫助我們打通了走向世界的道路，使我們聆聽到了一支瑰麗的、多聲部的世界文化的交響樂。翻譯家們為採擷人類思想和情感的金枝美果而付出了最艱辛的勞動，甚至付出畢生的心血（如傅雷先生譯巴爾扎

克，朱生豪先生譯莎士比亞，畢修勺先生譯左拉⋯⋯），我
們超越了語言和民族的障礙來享受思想、智慧和文字的盛
宴。正是伴隨著那些「西行的足音」，我們領略了施康強筆
下的法蘭西文化風情，聞到了郭宏安筆下的塞納河左岸的書
香；我們聽到了林一安筆下的由馬爾克斯、博爾赫斯、聶魯
達、略薩、亞馬多、帕斯⋯⋯匯合而成的拉丁美洲的聲音；
我們更深入地認識了葉渭渠筆下的有著川端康成、加藤週一
和大江健三郎的日本；我們在但丁、達・芬奇的義大利之
後，又看到了呂同六筆下的卡爾維諾、蒙塔萊的義大利，莫
拉維亞、皮藍德婁和達裏奧・福的義大利⋯⋯呂同六先生把
自己的書命名為《寂寞是一座橋》，自然有另外一重意思，
不過他無意中給了我們一個省事的聯想：翻譯家更是一座
橋。他們用自己的心靈和才智，把更多的人從此岸渡到彼
岸，從一座語言孤島送到開闊的文化陸地。所以，只要我們
留心揣摩，就不難發現，當我們在閱讀夏多布里昂的時候，
與其說是這位 法國作家把他認識的巴黎貴婦介紹給了我
們，不如說那是郭宏安先生在向我們描述他所認識的沙龍人
物；在同樣一個伊豆半島上，我們其實很難分清，那是川端
康成在旅行還是葉渭渠在旅行。蜘蛛能夠在自己的蛛網上長
期爬伏，肯定有自己生命的秘密。只有身心融入其中的魚兒，
才能真正感知深水的溫度。翻譯家也是如此，在自己的母語和
文化根基之外，他們另有一種解不開、剪不斷的牽系，那同樣
連著他們的生命和靈魂，並且成為他們一生的心事。

翻譯家使大師們的聲音超越了語言、民族和時空的障礙，使那些人類最好的文學作品的生命與價值得以更廣闊的拓展和更持久的延續，然而他們有一種共同的和深刻的感受就是：譯事寂寞。越是與深刻、偉大、高尚的大師同行，越得忍受孤獨、艱辛和寂寞。這是因為大師們是孤獨、艱辛和寂寞的。他們必須同他們所「私淑」的大師一樣，「程門立雪」，遠離平庸與享樂，把整個人類的憂患裝在自己心頭，為人類擔憂，替人類守夜。他們也必須站在人類全部的文化成果之上，才能夠做到平等地與大師交流和對話。這就意味著他們必須付出比常人更多、更艱苦的努力，以取得進入大師心靈世界的資格。這就是翻譯家們的寂寞──一種偉大的寂寞。這大概也正是呂同六先生所說的「寂寞是一座橋」的含義。

但是詩人里爾克說：「你得守住你的寂寞。」只有這樣，你的靈魂才能接近那些偉大的頭腦，你的筆才能傳達那些睿智和深刻的思想，你的文字才能再現那些卓越的風格。這，又是十二卷文集不約而同地傳達給讀者的一種可敬可佩的「譯道行」了。

諾貝爾獎獲得者、詩人帕斯捷爾納克在他的小說裏曾借一個人物之口說，「如果你喜歡詩歌，那麼你一定就會喜歡詩人」。面對著十二卷文采斐然的《巴別塔文叢》，我想說的是：如果你喜歡外國文學，那麼你一定就會喜歡這些翻譯家。

「知識份子」的使命

英國學者布萊恩‧麥基（Bryen Magee）編輯的那本哲學對話集《思想家》（三聯書店版）裏，有一段話是針對「哲學家」說的，卻也無妨視為對全體「知識份子」的解釋：

「如果所有社會成員都是一些狐疑滿腹的知識份子，人人都不斷地檢驗信仰的假定條件，那就沒有行動的人了。另一方面，如果不對假定的前提進行檢驗，而將它們束之高閣，社會就會陷入僵化，信仰就會變成教條，想像就會變得呆滯，智慧就會陷入貧乏。社會如果躺在無人質疑的教條的溫床上睡大覺，就有可能會漸漸爛掉。要激勵想像，運用智慧，防止精神生活陷入貧瘠，要使對真理的追求（或者對正義的追求、對自我實現的追求）持之以恆，就必須對假設質疑，向前提挑戰，至少應該做到足以推動社會前進的水平。」

麥基從人類和人類思想的進步部分的結果中，獲得一個發現：在人類所有進步的過程中，那些能夠提出上述「惱人的問題」、並對問題的答案抱有強烈好奇心的人，總是會發揮著「絕對的核心作用」。美國哲學家羅蒂（R.Rorty）則把這樣一些喜歡提出「惱人的問題」的知識份子稱為「苦行的牧師」。他認為，他們是一批非常有用的人，少了這批人無論是東方的文化還是西方的文化都很難想像。一個社會能夠供養的「苦行的牧師」越多，為這些牧師提供閒暇進行遐想的剩餘價值也就越多，而這個社會的語言和規劃專案也會變得更加豐富和多樣。

　　在一些學人和智者的靈魂中，有許多東西是相通的和具有一致性的。沿著麥基和羅蒂對知識份子的思索和解釋而進入學者羅金遠的思考領域，我覺得倒不失為一條既準確又省事的路線。《不惑文存》是他近幾年來有關美學、哲學、社會學和經濟學問題的學術論文與演講的結集。其中有幾篇較長的論文和演講稿如《從傳統人到現代人》、《中國知識份子的遭遇和創新精神》等，著重探討了「知識份子」問題。在這些文章中，作者對古今中外尤其是自封建社會以來的中國知識份子的命運遭際和他們對自我人格和價值的建構與實現，對社會的貢獻建樹，對人類歷史和文明進程的影響和推動作用等方面，進行了梳理、考察和反思。中國傳統知識份子一向以儒家理想中的「士」自詡，把「士不可部弘毅，任

人文學者羅金遠先生

重而道遠，仁以為己任，不亦重乎，死而後已，不亦遠乎」
奉若圭臬。然而在這些人身上也有著濃重的悲劇的陰影。作
者在文中強調了知識份子「是所有民族文化共同體中的精
英」，認為現代知識份子的理想類型，一是本體意識上，以
自我的需要為本位；二是在思維方式上，能夠堅持科學的個
人理性；三是在行為狀態上，富於社會責任感。同時，他也
對限制著中國知識份子走向真正的獨立、自由、創新和發展
的環境，予以了分析和批判。他認為，在中國本土知識份子
身上，至少披染著這樣一些宿命的色彩：政治的鐐銬束縛

了他們的創新自由；經濟的拮据削弱了他們在人格上的獨立性；傳統的農業文化陰影遮蔽了他們創新的視界；此外，中國傳統的「人才如器」的用人之道，中國知識份子自身的諸多弱點，如依附性、中庸之道、官本位、安貧樂道、虛榮心、獨善其身等等，也都或輕或重地成為他們走向自由、獨立和創新的羈絆。相比羅蒂所描畫的西方知識份子，在羅金遠的筆下，生活在古老的東方帝國陰影下的中國知識份子，有著更多的悲劇性和「苦行」色彩。這幾乎就是他們的宿命。所以他一再強調：一個現代知識份子，當他不再將求取新知、追求真理、對假定的前提進行檢驗、質疑社會、維護社會正義作為自己生命的第一需求，而孜孜於個人的蠅頭利益或明哲保身、得過且過的時候，他也就不復成為知識份子了。

作者在二十世紀八九十年代曾著力於美學和社會學研究，出版過《美育概論》等著作。本集中有一部分文章仍然是關於美、悲劇美感、倫理道德和美育等美學問題的探討與研究。作者的文字在恣肆汪洋和雄辯滔滔之中顯示著一種智力的美，是所謂「知性的散文」。顯然，這種書寫上的縱橫睥睨正得力於作者視界的開闊和思考的力量。

其實，知識份子這個「編織物」是具有巨大的社會功利性的，「苦行的牧師」同時還是思維和語言創新的媒介。正因為這樣，一個社會的文化和文明才有可能出現比現在更有趣的未來。知識份子之為知識份子，本來就具有一些特殊而

奇異的需求。在這些「特殊而奇異的需求」之中，首先就有對於獨立地思考、自由地表達和書寫、真實而完整地呈現自己的心路歷程——亦即「用文字為自己的心靈立傳」的希求與熱情。而所有個人的心路屐痕，也無不連接著社會的心律脈動，標示著歷史的曲折蹤跡與走向。那麼，從這個意義上說，《不惑文存》也就不僅僅是一部展示個人進入「不惑之年」的心路歷程的書，而是一本呈現著強烈的思辨色彩和社會批判性的文集。無論是生活陋習、人性弱點和社會弊病，還是遮蔽在市場經濟和現代陰影之下的倫理缺失、文化淪喪與滯後機制，本書中都有切實的例證和不憚以最壞的結果所做的推測與解剖。讀者從中也可領略一個現代學人對於文學、美學、哲學、社會學和現代經濟學等多個領域涉獵之後而構成的一個多元的和堅實的現代知識譜系，以及基於這個譜系之上的智慧與思想的魅力。這樣的知識譜系是迷人的，這樣的智力與思想是美麗的。

一半是詮釋，一半是謀殺

　　從某種意義上說，對於一切經典文學名著的任何形式的改編，都可能是一種「誤讀」，甚至是一種對原著的「謀殺」。這是因為，能夠擁有經典性地位的文學作品，它們毫無疑問都是作家們窮盡心力，精雕細琢，渴望成為永恆的文字。這樣的文字越完善，越無懈可擊，它們的作者越有理由要求獲得後人更大的認可與尊重。

　　詩歌翻譯界有一句流傳很廣的話：「真正的詩，就是在兩種語言的轉換過程中，被翻譯家弄丟的那一部分。」也有人說成是：「真正的詩，就是翻譯家無法翻譯的那一部分。」化用一下這其中的意味來看待文學名著的改編，我覺得不妨也可以這麼認為：「真正的文學名著，就是任何人都無法改編的那種作品。」或者也可以這麼說：真正的文學名著的精華，可能就是被後來的改編者們弄丟的那一部分。總之，名著改編無論是出於怎樣良好的願望和動機，其結果從來都是吃力不討好的多，弄不好還會落個「褻瀆名著」的罵名。

英國十九世紀的瑪麗‧蘭姆和查理斯‧蘭姆姐弟倆用散文的形式改寫的《莎士比亞戲劇故事集》，是世界公認的在文學名著改編方面寥寥可數的成功範例之一。究其原因，在他們取得成功的前提是許多率爾操觚的改編者所不具備的。首先，他們姐弟對莎劇有長年精深的鑽研，可以說是全面掌握了構成莎士比亞戲劇風格的種種個性因素，是真正的「莎學專家」；其次，二人都寫得一手純正的英國式的好散文（他們的散文作品如《伊利亞隨筆》，如今已經是英國文學中的瑰寶）。而在這樣的前提下，他們從一開始就為自己將要從事的改編莎劇的工作定下了最高的標準：要儘量把原作的語言精華糅合到故事中去；要在全書裏儘量使用十六、十七世紀即莎士比亞時代的語言；要保持風格的統一，既為莎翁負責，也為莎翁的讀者負責，防止把莎劇庸俗化；等等。

魯迅先生的作品毫無疑問是中國新文學的經典。自從新文學有了魯迅，也就有了魯迅的解讀者、詮釋者和改編者。正如人類自從有了荷馬，也就有了荷馬式的微笑。不能說所有有關魯迅的解讀、詮釋與改編都是徒勞的，但就魯迅的深刻、淵博、孤傲的精神世界和沉鬱、蒼勁的藝術魅力而言，後來人所謂「普及魯迅」的諸多善良想法，在很大程度上恐怕都是一廂情願的。

「有我所不樂意的在天堂裏，我不願去；有我所不樂意的在地獄裏，我不願去；有我所不樂意的在你們將來的黃金

世界裏，我不願去。然而你就是我所不樂意的。朋友，我不想跟隨你了……」這是魯迅在《野草》中的自白。魯迅註定是孤獨和孤傲的。

最近看到一套《魯迅小說全編繪圖本》。編輯出版者的願望，自然也是非常善良和美好的：「隨著現代生活節奏的加快，影視媒體的衝擊，現代人閱讀欣賞習慣正在改變。文圖並茂的圖書因為其視覺形象的衝擊力和閱讀的輕鬆感正在為越來越多的讀者所喜愛。……因此，我們將魯迅全部小說以繪圖本形式出版，使魯迅小說以新的形式和讀者見面，可以給讀者新的審美愉悅；可以使出版者以獨特的版本形式在讀圖時代進行圖書出版的探索和研究；同時，可以滿足讀圖時代一般讀者輕鬆閱讀的要求和一部分讀者研究和收藏的要求。」（《魯迅小說全編繪圖本‧出版說明》）

果能達到這樣的願望和目的，當然不僅是魯迅，更是魯迅讀者們的一件幸事和福音。然而正是由於上述的狀況和理由，我一看到這套書的《出版說明》中的下面這段文字，就先感到了一種擔心：「本書是中國圖書出版界第一套文圖並茂的魯迅小說繪圖本，具有獨創性。作品既保持了魯迅原著的風格，並體現其精髓，在圖書形式上又有所創新；改編忠實於原著，保留了原作的藝術完整性。每篇作品都有魯迅專家所撰寫的『作品導讀』，使此書具有較強的學術性和權威性。」

談何容易啊。別的先不說，僅僅這個「繪圖本」的形式──說準確一點，是一個「卡通漫畫本」的形式──就先

魯迅先生木刻肖像之一

魯迅先生木刻肖像之一

魯迅先生

消解和謀殺了魯迅作品的深刻、嚴肅與沉鬱的氣質。那些採用了現代日本和歐美卡通漫畫手法而勾勒出的明顯帶有簡單和誇張的「臉譜化」的人物造型，那些採用「吐泡泡」的方式所添加的想當然的人物語言（對話），也許可以凸現和強化魯迅作品中時或閃現的幽默的一面，但一碰到沉痛和嚴肅的情節和細節，它的表現力顯然就蒼白軟弱甚至化為烏有了。而往往，魯迅作品真正的「精髓」和神韻就在這些地方。例如在《狂人日記》裏，我看到的只是一種人物造型上的過分的誇張，似乎意在突出狂人之「狂」，但貫穿在原作中的那種痛徹與深刻卻被劫持了；在《阿Q正傳》裏，我感到更多的是一種惡作劇式的熱鬧與搞笑，而魯迅先生本來的沉痛與悲哀，卻已經遊走。

任何一種文學名著的改編本，說到底都是一些處在危險邊緣的書。改編者不僅是在戴著鐐銬，而且是站在懸崖邊跳舞。改編者試圖將原作的文

字世界拆解再把它重建，而期間所丟失的，或許就是原作最真實和最珍貴的東西。即使是最高明的詮釋者和改編者，他也可能面臨這樣尷尬的抉擇：再往前邁出一小步，就有可能是謀殺。對於讀者來說，你也千萬別抱這樣的幻想：以為看了電視劇版的《紅樓夢》就等於讀了曹雪芹的《紅樓夢》了；看了蔡志忠的漫畫版《莊子》就等於讀過莊周了；讀了魯迅小說繪圖本，就等於讀了魯迅了。決不是的。「速食化」和「圖像化」的曹雪芹、莊子、魯迅，都不會是真正的曹雪芹、莊子和魯迅。

對於越來越成為時尚、使所有的作者、編輯出版者和讀者趨之若鶩的所謂「圖文並茂」書，我也有著自己的狐疑與警惕。我倒十分贊成這樣一個觀點：語言文字才是我們的文化靈魂的「臭氧層」，如果我們要努力地使它變得稀薄，那只能說明，我們在自尋毀滅。

為書籍的一生

　　二十世紀九十年代初，我由文藝部門調到出版社當編輯時，蔡學儉先生已從湖北省新聞出版局局長的崗位上離休了，這使我錯過了一些聆聽教誨、接受惠澤的好機會。不過，他從領導崗位退下來之後，並沒有完全告別編輯出版這個行當。他不辭勞苦，主編著一份在全國編輯出版界頗有影響的出版研究刊物《出版科學》，而且事必躬親，不避煩難，是一位積極的、老當益壯的編輯出版研究科學的結緣者。

　　他自二十歲起進入出版界，從助理編輯一直做到總編輯和出版局局長，可以說是新中國編輯出版事業的見證人和參與者，他的一生也是「為書籍的一生」。作為老一代的編輯和出版專家，他對省內外年輕一代的編輯出版人，總是極為關注並寄與厚望。記得有一年，他陪出版家劉杲先生在武漢找一些中青年編輯座談，我有幸忝列末座。正是從那次座談會開始，我與蔡學儉先生有了一些直接的交往，並且逐漸知

道了他早年的一些經歷：如他在求學時代就放棄了其他專業而選學新聞，志在寫作。大學時代就開始應約為香港《華商報》寫通訊並發表文藝作品；五十年代在中南人民出版社時和老作家、翻譯家郭安仁（麗尼）是同事，編過不少影響一時的文史哲方面的書籍……

九十年代中期，蔡學儉先生重新撿拾和縫綴了自己早年的那個文學之夢，出版了一部散文創作集《歸燕集》作為紀念。蒙他親筆題贈，使我在拜讀之後，受益匪淺，也感觸良多。其中最深的感觸就是：這個人，本來是應該和能夠成為作家的，卻因為對編輯出版的過分熱愛與執著，終難兩全其美，所以只好對文學忍痛割愛，而選擇了另一條不歸之路。這種情形就像弗羅斯特的詩中所寫的：金色的樹林裏分出兩條路，可惜我不能同時去涉足，當我選擇了人跡更少的那一條，從此決定了我一生的道路。

到了九十年代末期，在新世紀到來的前夕，蔡學儉先生把他大半生的感情與信念所系，也是他半個多世紀的編輯出版實踐、經驗和理念的記錄與總結，編成了《離不開這片熱土——我的編輯出版理念》一書。這是一部充滿了對於編輯出版的愛與知的書。所謂「愛」，是指作者半個多世紀以來對於新中國編輯出版事業的眷戀、忠誠與奉獻。正如作者在《後記》中所言，這些文章「是我在出版編輯這塊園地辛勤耕耘的真實記錄，是迄今未泯的職業忠誠感的自覺流露，反映了我的編輯出版理念和走過的編輯之路的軌跡」。

蔡學儉（老鳴）先生散文集《歸燕集》封面

　　他曾幾次提到，他很欣賞俄國著名出版家綏青那本《為書籍的一生》的書名。他為之欣慰和自豪的是，他這一生也可以說是「為書籍的一生」。即使是今天，他已年逾古稀了，自感「我的作為是有限了」，但仍未覺遲暮，對編輯出版這片熱土的眷戀有增無已。因此，在我看來，這本書的意義之一，便是透過這位老編輯出版家所走過的道路、所留下的「個人前進的腳印」，我們可以領略到一種為了傳承文明而獻身的高尚情懷，領悟到一種為著一項偉大的事業而薪火相傳的敬業精神。這種高尚的情懷和不朽的精神，也曾被許多老出版人套用馬克思的一段名言加以發揮和張揚，那就是：「如果我們選擇了最能為人類的幸福而勞動的職業，那麼，重擔就不能把我們壓倒，因為這是為大家而獻身；那時我們所感到的就不是可憐的、有限的、自私的樂趣，我們的幸福將屬於千百萬人。我們的事業將默默地、但是永恆發揮作

用地存在下去，而面對我們的骨灰，高尚的人們將灑下熱淚。」可以說，貫穿於作者所走過的編輯之路上的一道「靈脈」，不是別的，正是那種忠貞不二、無怨無悔的敬業精神和獻身精神。我們不妨把這種精神稱之為「編魂」。

本書的另一部分內容，是「知」的一面，即比較全面地傳達了作者對於編輯出版專業的真知灼見。作為一位有著五十多年編齡的老編輯家、老出版人，他不僅熟悉編輯出版的每一道工序和整個流程，而且在每一道工序中都有過或深或淺的實踐經歷和經驗積累，因此被劉杲稱為「將帥起於行伍」的行家裏手。長期的編輯出版實踐，從未間斷的理論思考，再加上多年的出版行政管理的經驗，這一切形諸文字，便不僅是為當代和後世留下了一些出版事業發展的真實記錄，而且也是「屬於建設有中國特色社會主義出版事業的經驗總結和理論探討」（劉杲先生語），具有一定的學術價值和文獻意義。可以說，它們是當代出版科研和工作指導性的文獻寶庫裏的一個組成部分。這時候，他的所有文字將不再僅僅是顯示著個人色彩，在一定的意義上也是一個時代、一段歷史和一代編輯出版人探索、前行的軌跡的記載。

具體說來，蔡學儉先生在本書中所論述的問題，涉及了當代編輯出版的方方面面，如選題策劃、圖書質量、圖書美學、編輯規程、市場經濟與出版改革、出版的可持續發展問題、編校質量、發行問題研究、出版理論研究、農村圖書市場問題，乃至出版史、活字印刷、未來出版業等等。對於

綏青《為書籍的一生》（葉冬心譯，三聯書店版）封面

綏青《為書籍的一生》（葉冬心譯，廣西師大版）封面

這些話題，他或是表達宏觀感覺，或是揭示微觀發現，或是從具體的「個案」入手，找出規律性的和帶有普遍意義的現象，或是從理論的高度，聯繫實際，打通其間的關隘，獨標見解。每一個話題都能做到中肯、扎實，實事求是，決不做言之無物的空洞文字和大而無當的官樣文章。

　　有位出版研究者曾專門撰文論述蔡學儉先生對當代出版研究的貢獻，僅是引人注目的就有這樣幾點：一是他為中國出版的可持續發展指出了切實可行的路徑：體制接軌；發輾轉型；科技投入；資源利用；人才培養；政策支持。這六個方面的問題，已經成為我們出版理論研究的中心、重心；二是對出版美學的研究，他是最早的一批學者之一；三是對畢升及活字版的研究，獨有建樹。細讀蔡學儉先生這部著作，我們會感到，這位研究者對他的評價言之不謬，蔡學儉先生是當之無愧的。

我與蔡學儉先生接觸愈多，愈能感受到他那質樸、穩健的學風、文風和開闊、達觀的人生態度。作為編輯出版界的小字輩，我也時常感受到他那平易近人、寬厚無私、充分理解和獎掖後進的長者胸懷。作為一位老編輯出版家，他知識廣博而且扎實，專業修養富足而深厚，即使是在桑榆晚年，求知欲仍然是那麼旺盛。這一切都堪為我們年輕一代編輯出版工作者的表率，也使我對那個誰也沒有看到過，卻是實實在在地存在著的「編魂」，有了更加感性和明晰的理解和認識。我知道，正是靠著這樣一個個「編魂」的支撐，共和國的編輯出版大廈巍然屹立，人類傳承知識與文明的薪火代代相續，直至萬世而不朽。

武漢的書香

　　據說，武漢舊書業最繁榮的時期是在抗戰前的三十年代。當時，從武昌橫街頭（今民主路橫街）至察院坡（今司門口）一帶的書店有三十多家，可謂密集如林，形成一條著名的書店文化街。惲代英一九二〇年創辦的，以傳播進步的民主思想和介紹新文化為宗旨的「利群書社」，就設立在橫接頭十八號。在漢口，舊書市則集中在統一街和華商街（今保成路）上，除了當時上海出版的新文學書籍外，還有大量的西文書和形形色色的抄本、刻本、石印本古書。此外，漢口交通路也是一條有名的書店街，當時國內一些知名的書局和出版社如中華、商務、開明、和世界書局等，都在這條路上開有書店。

　　半個多世紀之後的今天，武漢的舊書業早已勝景不再。有幾家專門收購和出賣舊書的店子，散落在武漢三鎮的一些不起眼的角落裏，不是特別留意的愛書人是很難發現的。然而就是它們，在寂寞中維繫著武漢這座老城的一縷古舊的書

香，使那些歷盡滄桑而倖免於難，帶著滿身的歷史風塵和時間創痕的舊書，得以仍然流傳在一代代讀者的手中。

在我的視野裏，武漢稍算有名的舊書店有兩三家。一是位於武漢大學正門前不遠處的「集成舊書」。比較起來看，「集成舊書」的規模最大，大概有十萬冊的舊書量吧？但稀罕的本子卻不多見，而且定價也偏高。我常去這家舊書店裏盤桓，曾經花了五百元買過一套二十世紀七十年代出版的二十卷本《魯迅全集》。這個版本其實就是對解放前魯迅夫人許廣平主持編輯的那套含有譯文的全集的重新錄排和翻印。周海嬰先生曾說這是姚文遠們拿它糊弄外國友人的。我見他書品完好，恐怕也是「絕版本」了，所以就買了回來。我還在這裏用十元錢買了一冊幾乎是嶄新的、倪墨炎先生早年的著作《魯迅舊詩淺說》（上海人民出版社一九七七年版）。

還有一家位於中南醫院至水果湖轉彎處的「中華舊書」，現在不知搬

在武漢舊書店淘到的舊書：嚴陣先生詩集《琴泉》封面

在武漢舊書店淘到的舊書：徐調孚先生翻譯的《木偶奇遇記》封面

上海文化書店設立在漢口的門市部

設立在漢口的生活書店的工作人員合影

到哪裡去了。我曾在這家舊書店裏，用了三元錢買了一本民國十九年開明版的阿·托爾斯泰的劇本《丹東之死》（巴金譯），書扉上寫著這樣一行小字：「意外之獲，欣喜若狂。這是我所收藏的第一冊有價值的舊版書。」另外還有三個不同形狀、不同主人的印章。我於是推想，這本年代久遠、紙頁發黃的老書，該是幾易其主，才到了我的手上？那麼，又是什麼緣故，使幸得此書而且「欣喜若狂」的那個人沒有留住它，讓它又一次流散到了寂寞的舊書店裏了呢？假如不是遇上了我這樣的愛書人，誰知道這冊古老的《丹東之死》還將去經受什麼樣的命運呢？

第三家舊書店設在洪山商場樓上，叫什麼名字已經忘了，也不知道現在是否還存在。不過那家書店的老闆卻很懂得舊書行情。他曾告訴過我，現代散文家和學者黃裳先生早年印的《錦帆集》，初版本非常稀罕，連黃先生自己都沒有收藏了，而他卻握有書品極好的兩冊！我在這家舊書店裏買到過老詩人公木的詩論集的簽名本，以及一套乾乾淨淨的上個世紀五十年代出版的《神曲》，還有一批品相完好而價格便宜的「網格本」外國文學名著。

所謂舊書，當然都是經過了許多人的手，也許已經失去了最初的挺括和潔淨了的。但它們的書香未曾泯滅，相反卻於滄桑之中透出一種古舊的芬芳。是故，查理斯·蘭姆說：一個真正的愛書人，只要他還沒有因為愛潔成癖而把所有的老交情都拒之門外，那麼，當他從公共圖書館借來一部

在武漢舊書店淘到的舊書：李霽野
先生翻譯的《四季隨筆》封面

在武漢舊書店淘到的舊書：成紹宗
先生翻譯的《磨坊文箚》封面

舊的《湯姆·鍾斯》或是《威克菲爾德牧師傳》的時候，無論這些書上有著怎樣污損的書頁和殘缺的封皮，它們對他仍然會具有無限的吸引力和親切感。它們的破損只表明：肯定有無數位讀者的拇指曾經伴隨著欣悅的心情，一遍遍翻弄過這些書頁；也許它還曾經給某一位貧窮的縫衣女工帶來過歡樂和幻想……在這種情景下，蘭姆說，「誰還會去苛求這些書頁是否乾乾淨淨和一塵不染呢？」

「書有自己的命運」，已經是一句許多人耳熟能詳的名言了。這句話的後面還有一句，那就是：「書雖有自己的命運，卻要看讀者怎樣對待它們。」伊林在《書的命運》裏曾說：「每一本傳到我們手裏的舊書，都像是從波濤洶湧的歷史海洋裏渡過來的一隻船。這樣的船在航行中是多麼危險啊！它是用脆弱的材料做成的。不是火，就是蛀蟲，都可能毀滅它。」即便是這樣，我們這個世界上還是有難計其數的好書得以保存和流傳下

來。保護那些古老而偉大的書籍不受傷害和毀滅的，不會是別的東西，只能是所有寫書人、讀書人和愛書人對於書的無限熱愛和發自內心的崇敬。

在武漢舊書店淘到的舊書：黃裳先生早期著作《錦帆集外》（文化生活版）封面

編讀書簡一束

——致王為松先生：
一九九五——一九九八

一

為松兄：

遵囑完成了您交給的任務，現寄上有關的東西：一，徐遲先生的照片三幀；二，徐的題字；三，徐的簡介；四，我的「訪問記」。「訪問記」其實已沒有什麼新內容了，你看看是否符合貴刊的要求。在《語文學習》上發表文字，我還是第一次，文字、語句上的不當之處，請兄務必嚴格把關，以免貽笑大方。如嫌文章長了，也可由你全權刪裁無妨。從《書與人》上見到你的大作，關於陳子展先生的，頓覺得我們在對二三十年代作家的熱愛上，有共同點，盼常賜教。謝謝您認真的編輯作風。徐遲先生向你致意。祝春天好！

又，謝謝你盛情約稿。我拜讀了錢理群先生的一組《舊作重讀》後，心儀萬分，只是我才學淺顯，無力為《語文學習》寫專欄文章。不過以後我會認真讀貴刊，碰到有合適的

欄目，或許會寄上一二篇求教的。我十年前當過幾年語文教員，是貴刊的訂戶。

（一九九五年四月二十四日）

二

為松兄：

　　蒙見贈《回憶台靜農》一書，不勝感激。厚厚實實的一部書，樸素大方，書品極佳，把轉再三，不忍釋手，更不用說其中的文章了。只看那一排作者的名字，就夠我們嚮往的了。此乃好書，讀來自會快意之至。謝謝你！從前次賜贈的《大家隨筆叢書・時人閒話》等，到這次的《回憶台靜農》，不難看出，你和陳子善先生的合作是完美和愉快的。蓋趣味相投，許多事兒一拍即合，出手即不凡也。現代文學領域的新一代編輯行家，陳先生首當其衝。我的書架上已有此公不少編著了。以後將會更多。最近正拜讀陳先生編的《賣文買書：郁達夫和書》，此書頗見編輯功力。照片亦收到，謝謝。你和徐老的合影照得可以。我已交給他了。都是好朋友了，錢款小事，勿要再說。我倒很慚愧沒能好好陪你在武漢轉轉。

　　《徐遲和他的同時代人》你見機而作吧，不必太為難。此類著作的出版只能是可遇而不可求的，有合適的叢書收入則順理成章，否則難矣哉！我也會留心聯繫，一旦能夠襄成一套小叢書的出版，則會及時相告的。兩本舊書，價格便宜得近乎白送。我碰上了多買了幾本，各寄給你一冊，如已有

可就近送人。另一冊拙作，系二十歲人時之「少作」，為賦新詞強說愁，今日看來，幼稚自不待言，不足道也。很羨慕在上海仍可經常地逛逛舊書坊。武漢三鎮則踏破鐵鞋難尋覓了。有一二家所謂舊書鋪，其陳列的舊書面目可憎，毫無書品可言。你似乎有些「述而不作」的名士作風。我勸你還是「作」一點吧，權當是為了「賣文買書」。

　　余不一一，盼常賜教。即祝新年大吉！

（一九九五年十二月十二日）

三

為松兄：

　　大箚收到，友情濃濃，不勝欣喜！李輝與曾卓先生有過多次交談，所以文章寫得恰如其分。你剪寄的樣報正好有用，我正在為曾卓先生編一本關於他的研究資料集，包括文人們寫他的散記之類。謝謝你！

　　《海上風叢書》已見到，買到其中幾本，如《寫在圍城邊上》、《上海：記憶與想像》、《作別張愛玲》和《人文精神尋思錄》。還為美國的一位友人買了以上幾本寄了去。這套書很好。裝幀也大方不俗。如蒙賜贈，請只寄《感覺餘秋雨》和《欲望的城市》，我現在只缺這二本。《徐遲和他的同時代人》讓你太費神了，可以暫且放下不管了。……知兄在使用電腦了，很好。徐建華先生好像早就在用電腦寫作了。他給我的一部童話書稿不錯，已作為我們的重點選題，上半年即可發稿。我在窮忙。當然，文章還在寫，因為讀書

沒有放下，所以總要且讀且寫的，也可以叫做「賣文買書」，不寫，書就買不成了。盼常賜教。武漢有事兒，請吩咐。

　　祝編、撰並安！

（一九九六年三月十日）

四

為松兄：

　　大箚及《餘秋雨》已收到。謝謝。那扉頁上的文字實在是很好的「書話」。此情可待成追憶，不久的一天，我將有文記之。即使述而不作亦可成妙文一篇也！接受老兄的贈書多矣，不禁慚愧。回贈一冊肖像攝影集《中國詩魂》，聊做紀念，秀才人情書一冊耳。

　　蒙關注，一再詢問「情感老書」之著落，十分感激！為出版計，你為我出的主意甚是，我當採納。「東方出版中心」裏如有熟人，請兄代為試探一下，看有否可能忝列其中。毫無可能，萬勿勉強。另件附上書名、內容簡介、目錄、樣稿，以便交談。此類文字，談不上什麼學術性，只是一種讀書隨筆，略具文采，卻難領風騷。況吾輩並非名家，人微言輕，不容易獲得出版家們的青睞的。

　　最近買得陳子善先生編選的《周作人集外文》（解放前部分）兩巨冊，不勝欣喜！陳先生對於現代文化史料方面的貢獻未可限量，真正是功莫大焉，善莫大焉！請代為致敬、致意。

　　祈常賜教。祝春天好！

（一九九六年四月九日）

五

为松兄：

　　大箚收悉。王唯銘先生題贈的大著亦拜讀一遍，非常感謝！我的這套《海上風叢書》因有了老兄題贈的「餘秋雨」和唯銘賜贈的大著而具有了珍貴的收藏價值。唯銘才氣沖天，而兄之《口吐蓮花》也是不可常有的妙文。一文一書，互相映照，使我知道，下一個世紀的海派作家，在本世紀末，已經開始了偉大的創作，而且一開始就如此耀人眼目了！我很榮幸，為兩位新的海派文人作了見證人。請讓我再重複一遍，書乃好書，文亦妙文！捧讀再三，不忍釋手。請代向唯銘致謝！朋友的朋友，也就是朋友了。

　　到了新的編輯室，一切從新開始，想是忙得不可開交了吧。我正在和徐遲先生一起擬挑選《絕版名譯十種》包括文學、傳記方面的。如果有了眉目，而兄又有興趣的話，可以再詳細談談。不得了，現在滬上的新書好書應接不暇。我期待著一批更新的選題從你的手上誕生出來。

　　即祝編安！

（一九九六年五月十二日）

六

为松兄：

　　大箚收悉。訪流沙河先生的大作也拜讀了。我已經拜讀過你的好幾篇文人訪問記、印象記的文章了，覺得它們充

滿了書卷氣，而且含著機智。這就與一些平庸的人物訪問記區別了開來。只要能做到手勤，你肯定還是出手不凡的。我很高興，原來我們還是「本家」，而且你還是徐城北先生的「弟弟」。（且讓未來的史料家來考證這句只有你我才明白的話吧！）

我的《劍橋的書香》寫得很淺，只是表達了我對劍橋——更確切地說，是對劍橋的書香的敬慕和嚮往之情。寫此文時，尚未讀到金著，現在當然是讀了，覺得金耀基先生才是最有資格寫劍橋的人。以《劍橋的書香》作書名，是出版社的編輯朋友越俎代庖而為之的。還有那本關於外國作家的《孤獨者》——後來經編輯友人的建議，也改書名曰《戀曲與挽歌》。我的書還沒到能進入《閣樓文叢》的水平，我應有自知之明。所以你向「文彙」力薦的好意，我誠惶誠恐，恐怕又要讓你為難了。你千萬別去勉強人家。非常感謝你為我做的這些事兒，包括不斷地寄有關樣報給我，而我能為你做的太少了。最近，我與曾被我視為「你的女友」的殷健靈小姐聯繫上了。她正處於創作的上升期，在兒童文學界是引人注目的「新生代」中的一員，我想爭取她的支援，適當的時候為我們寫一本書。她似乎也願意。

餘不一一。常賜大教。即祝夏天好！

（一九九六年七月五日）

七

為松兄：

　　大箚收到。蒙選用拙作《華老師》於上海補充教材中，十分感激。我對這篇文章也多有偏愛，如今被你慧眼識出，快樂何如！校樣隨信奉還。三套《學人文叢》，蔚為可觀，羨煞人也！到時一定為之搖旗鼓吹！到明年下半年，我可以有兩本略為可觀和完整的書稿供你挑選：一為專寫三十年代文學家的書，叫《情感的老書》也可，叫《未完成的「拉奧孔」》也可；另一本為略帶學術意味的讀書散文集，全是近一二年新寫的，主題大都是文化傳承方面的。到時你可任選一種，看看是否適合《青年學人文叢》。但願一九九七年此時，我的寫作年表上又添一本新書。我的生活大約屬於枯坐書齋的那一種，須臾離不開書。出去就是逛書店，回家就關進書房。

　　最近山東教育出版社的友人贈我一套二十卷本的《王力文集》，我一本本地流覽，真是欣喜至極！王了一先生不僅是語言學家，更是文學家，文采大師。想不到老先生一生竟有這麼多的著作問世！知你忙碌至極，望注意張弛，從長計議。有什麼需我幫助做的，可吩咐。另寄敝社一冊所謂「豪華版」的古詩詞欣賞集，供你欣賞。

　　祝秋天好！

（一九九六年十月二十八日）

八

為松兄：

前天寄上一信一書，想已收到。我在《劍橋的書香》裏曾寫到過一位好友，青年學人孫建江先生（後來又寫過關於他的兩篇文章），他有一部《二十世紀兒童文學導論》在學術界（主要是國內外的同行間）評價很高，建江為人為學也都很可信賴。他的這部書印數不多，多分贈一些好友和對兒童文學有些興趣的人。也寄你一部，供你瞭解建江。我想的是，以後你再考慮學人（青年學人）隨筆文叢一類的選題的話，可以把建江也考慮進去的。他寫的文化隨筆、文學理論隨筆，比我的好，比我的更有份量。以後你們也可以互相認識的。我向他介紹過你，所以他對你已不陌生了。他在浙江少年兒童出版社做編輯。

專此，祝好！

（一九九六年十月三十一日）

九

為松兄：

兩通大箚陸續收悉。你的「學人工程」將是明年讀書界的又一道迷人的風景，我相信。先預訂，以便先睹為快。對孫著的看法，頗中肯，我會將其中的幾行轉達給他，對他以後的修訂會有啟發和參考作用的。最近我也買回了一台新的

電腦，裝了你所說的軟體。元旦一過，就著手為一家出版社寫一本關於普希金讀書生涯的書，二十萬字，爭取上半年能完工。上次寄給我的一部《三教九流源流考》，很有意思，我已跑馬觀花看了一遍，長了不少見識。謝謝。

祝冬天好！

（一九九六年十二月二日）

十

為松兄：

你好！新年好！大箚收到。因徐遲先生的遽然遠行，我這一個多月來一直處在極度的哀傷和忙亂之中。現在先生的事已經辦完，我的心情也稍稍平靜了一些。不過還有他留下的很多事情待做。他生前有過一些交待，包括委託我編完他的文集和譯文集以及回憶錄的下部等等。我想，在今後相當長的歲月裏，它們都將成為我生命和事業的一部分了。我自己都不知道，我對他的精神依戀有多麼深。對於我，他不僅是一位導師、朋友和前輩，更是一位親人。對於他的去世，外界傳言很多，而且會越來越盛的，海外幾家刊物和出版社已打過多次電話找到我，希望我來撰寫能夠接近於「真相」的文章，甚至寫成一本書，他們可以最快的速度出版，但我都婉謝了。待外界的文章都寫完，我再來看看該怎麼做。文章我一定是要寫的，而且，我相信，這篇文章也應該成為我所寫的《未完成的「拉奧孔」》的最後的、最有份量的一篇壓卷之作的，或許，有人也在期待著這麼一篇文章吧？而現

在，我既寫不出來，也實在不願寫的。外面的很多妄議，似乎都是會使徐老的靈魂不得安寧的。但是人已遠去，而又無力自衛，所有是非，恐怕只好留待歷史來做評定了。謝謝你對我的這本書的期待。上海書店是知道我有這麼一本東西的，提出過希望給他們。但我也婉謝了，只說還沒最後寫完。我現在最想與他們談的，只是《徐遲文集》和《徐遲譯文集》出版的可能與否。還要謝謝你把關於曾卓的文章寄給我。你為曾卓先生做了不少事情了。我會請他贈送一套《曾卓文集》的。本來，《徐遲文集》也有機會送你的，誰也沒有料到他走得這麼匆忙，致使跨世紀的夢想沒有實現。好在，他也提前渡過了忘川，提前到達了彼岸。對於這樣一位嚮往未來、熱衷於探索未知領域的詩人來說，死，何嘗不是另一種再生？好吧，就寫這些，餘再敘。

敬祝新的一年一切順利！

（一九九六年十二月三十日）

十一

為松兄：

我剛從武夷山和廈門回來。最近又忙乎著要搬一次家，在東湖邊分到一套新房，三室二廳，七樓，站在陽臺上，東湖煙水盡收眼底。以後你來武漢，可以有間寬敞的書房讓給你住的。大約六月底我就可以在新的書房裏工作了。三面牆的頂大的書櫃，所有的書都可以自由地插架、上架了。也

許，這是最令你羨慕的吧？哈哈！謝謝你一再留心收集和惠寄有關徐老的資料給我。我以後相當長的時間內恐怕是無法和徐老的「精神囑託」分開了的。我的寫作和工作中的一部分時間，是用於徐老及其作品上的，這一點請你放心，我會做到問心無愧的，有朝一日能自豪地告慰於徐老遠去的靈魂。別的，我儘量避之，不再往來就是了。你的安慰與鼓勵，對我來說十分珍貴，令我感激和自信。謝謝你，親愛的朋友！我擬將我所寫的關於徐遲的全部文章（約三十來篇，十八萬字）編成一本書，書名就叫《未完成的天才》。其中的文章多數是史料性質的，一部分是頗花了一點功夫的，如我為《徐遲散文選集》（百花文藝版）寫的一萬五千字的《序言》，徐老生前看過，覺得頗為滿意；還有一部分則屬徐遲著譯的書話、書評、隨筆。總之，這本書記下了徐遲的方方面面，也表達了我對徐遲各個領域、不同年代的文學活動、文學交往、人生選擇等等的看法，記下了我心目的「這一個」。我今年冬天可以全部完成。這本書對我來說，也是頗為傾心和看重的一部，我會慎重地處理好它的每一段文字的，是要為一些歷史「負責」的一本書。

　　謝謝贈我臺灣學者散文選集。又是一本好書！篇篇可讀，頁頁可圈可點，讀此一本，勝讀無數別的書。向陳子善先生致以一個讀者、一個愛書人的敬禮！

　　余不一一，祝夏安！

（一九九七年六月九日）

十二

为松兄：

新春好！接大函，甚喜！知你在不停地編輯叢書，且有與《哈佛—燕京叢書》比美之志，好極了！要做就做一個優秀的編輯出版家，你有這方面的資質、優勢和前景！讓我祝福你，親愛的兄弟。我去年為中少社寫了一部青春小說（長篇），為長江文藝出版社寫了一本《普希金讀書生涯》（樂黛雲主編《世界文化巨匠讀書生涯叢書》之一），今年也許可以看到這兩本新書。還有一些零星小書，不值一提了。徐雁先生主編的《華夏書香叢書》裏的《黃葉村讀書記》，是我近一二年書話隨筆的結集，泥沙俱下，難為編輯者了。今年準備再寫一本讀書隨筆集，已得大半，初擬書名《書房斜陽》。另外的工作是編輯一套八本的女作家們的長篇兒童小說叢書。如此看來，我像是一個勞動模範了。我已搬進新居，很大的房子，七重天，陽臺上可遠眺東湖和武漢大學的珞珈山。歡迎你再來武漢，上我七重天小住。貴社那套《童年散文小叢書》，看上去很可愛，我能忝列其中，也算榮幸了。寄上新出的一本小書《同有一個月亮》，不足與書人道，唯可與小兒語（為孩子們寫的小故事）。

祝春天好！不知何日再相聚？

（一九九八年二月十二日）

十三

為松兄：

　　大箚及《傅斯年印象》收到。你編了一本非常有價值
的書，而且編得很嚴肅，會受讀書界歡迎的。傅氏近幾年才
得以在大陸獲得重新認識，但關於他的著作出版得卻並不太
多。我買過幾種，包括你的書中提到的那幾本，現在又可加
上你這一部了。這種工作需要有人來做，而且，也不是每個
想做的人都能夠做得了的。你做得非常好。你寫的這篇序就
很漂亮，不僅有內容，而且有文采。我每年總會寫出幾本小
冊子的，但都是沙上的足跡，速朽的文字，也許只有自我娛
樂的價值，同時證明自己尚且「勤奮」。寄上最近的一冊詩
集，便中請翻翻，多屬濫情之作。盼常賜教。得便請來武漢。

　　祝編安！

（一九九八年四月二十五日）

十四

為松兄：

　　連續兩次在《濟南時報》的「海之右」相逢，不勝欣
喜。尤其是幾年前的區區小事，兄仍紀念於心，且寫在美文
裏，我覺得既榮幸又慚愧。向你致謝！你的文章其實是相當
漂亮的，見解也很獨到。我在《中華讀書報》上也見過你好
幾篇文章，都認真拜讀了。山東教育出版社的一位朋友約我

為他們組織一套學術小品叢書，我想，你有合適的人選（包括你本人）是否可以向我推薦幾位？標準是：人與文不僅要有分量，且能有些銳氣，而不是老生常談。我現在（以後也是）會寫得少些了。我們出版社成立了圖書編輯部，讓我負責，主要精力都得投入到這上面來。閱讀不會減少，寫作時間肯定要少一些了。期望在合適的時候見一面，聽你談談編輯經驗，並有以教我。

專此，即頌編安！

（一九九八年八月十九日）

十五

為松兄：

大箚及《學人文叢》收悉，驚喜莫名，快活何如！這套書前月在北京七屆國際圖書博覽會上我就見過翻過，有點愛不釋手。我知道這是你的勞績。這套書不僅學術文化含量高，而且做得別致不俗，頗有創意，向你致敬致謝！「黃葉村」是美麗的，但黃葉村讀書隨筆就不見得漂亮了。推介文章中的「美麗」云云，當屬溢美與鼓勵之詞。呈上一冊，請兄便中翻翻。《剪風裁雨》系為《出版廣場》寫的一年專欄，略微有點可讀性，其餘均不足觀，系為買書而賣出的文。不過我很自豪的是某一頁裏出現了「王為松」三個字，也是一紀念。關於與老兄的交往，容我在適當時候另寫專文記之。

《古文字詁林》乃艱巨的文化工程，十年磨一劍，也是值得的。你將為後代留下一片碑林，何樂而不為？希望你做好，這是功德千秋之事，勝過一切浮躁焦火之舉。等待著拜讀兄之大著。我想，那時候我的讀書與記事還有抒情的東西就彙於一篇文章之中了。寫一寫書人徐虹北，乃我一願也！曾見過你編的一部王元化先生譯的關於莎士比亞的著作（論稿？），當時一猶豫，沒有買下，再去找就不知道往哪裡去找了。你手上還有沒有樣書？如有，祈望得到一本。王元化先生的著作，我幾乎是全的。你提到了聶雙小姐，她是我們常常不期而遇的虹橋。不知你見到過她沒有。那一次她路過武漢，一見，使我大吃一驚的是，她有一對美麗的、長已過膝的大辮子，「國寶」級的，足可問鼎吉尼斯紀錄了吧？（不過，我在這裏提醒你來日得見，只可看，不許動，那美麗的國寶級的辮子受朋友們保護的！）我前些時假西安書市到陝北、壺口、呂梁山、華山、龍門等地轉了一大圈兒，前不久又去了趟哈爾濱呼蘭河蕭紅故居。如是，年底能否再去上海書市，就難說了。要是去，會去找你的。我們確實很久沒有見面了，真想你啊！我在西安見過陳子善先生了。我明年只做一套《嚴文井文集》，工作相對集中點。但編輯部的瑣事多，讀書和創作受影響是不可避免的，沒有辦法。

　　即頌編安！

（一九九八年十一月九日）

附錄　鉛字時代舊稿四篇

陽光下的抒情
——詩人曾卓散記

剛進入二十世紀八十年代，一次偶然的機會，我在一位朋友的筆記本上講到了一首小詩《寂寞的小花》：

在深山中那一片荒涼的峭崖上
我看見了一簇不知名的美麗的小花
「寂寞」她低聲地說，「勿忘我！」

是的，從那時時，這一簇「不知名」的美麗的小花所散發的淡淡的馨香，便悄悄地然而是久久地縈繞在我年輕的心中。

後來，是我們的文藝理論老師告訴我，這首小詩的作者，是一位著名的老詩人，早在四十年代，就寫過好多動人的抒情詩。但是，他像現在許許多多的老作家一樣，他的名字，從我們的詩壇上消失很久很久了，他的名字叫曾卓……

再後來，當我自己也怯怯地踏上了詩的小路的時候，我便常常悄悄地報刊上尋找著他的名字、他的詩。彷彿帶著某種珍藏在心底的希望與愉悅，或者說是帶著一種最虔誠的崇拜吧。

　　好像從來也沒有想到，我會這麼快地來到這麼多年老的和年青的詩人、作家們中間。更沒有想到，這次到沙市參加文藝創作座談會，我還會親眼見到那首總難使我忘懷的《寂寞的小花》的作者，並且我還會和我的幾位新結識的年輕夥伴一起，毫不拘束地坐在他的身邊，盡情地聽他給我們講詩，講生活，講美，講遙遠的過去與未來。……而且每次都講得很久。

　　該用怎樣的筆調來描述這位老詩人呢？

　　乍一看，這是一位普普通通的老人，像我們平常見到的許許多多的老人一樣。無情的歲月，在他的臉上刻下了無數道深深的皺紋，而生活的艱辛與坎坷，又使得他滿頭過早了染上了白霜。

　　我們坐在他的身邊。年輕的女詩人曾靜平情不自禁，趁老人轉身為我們倒茶時，低低地向我讀出了兩句詩：

　　　　它的彎曲的身體，
　　　　留下了風的形狀。

　　我知道，這是那首被公認為是老詩人的代表作的《懸崖邊的樹》中的句子。是啊，在過去漫長的不公平的歲月裏，

我們的老詩人不正像一棵被一陣陣「奇異的風」吹向懸崖邊的孤獨的樹麼？但是，他最終沒有跌進深谷。他艱難地跋涉著，現在又重返詩壇，並且帶來了好多好多深情的歌。

當我們關切地問道：「曾老，您身體還好麼？」這時，老人笑了。彷彿在安慰我們，又彷彿在鼓勵自己，他說，不要緊的，真正熱愛生活的人是永遠也不會老的。過去的歲月縱然嚴酷，但那只不過是對我的一種特殊的考驗與鍛煉。現在好了，我們都滿懷信心和希望，站到陽光下了。你們看，陽光正在照耀著我的白髮呢！

這時，我們都在一起笑了。還是那位年輕的女詩人反應得快，她說：「曾老這是陽光下的抒情哪！曾老的心好像比我們還年輕。但願曾老，每天都讓我們聽到，您的更多的陽光下的歌聲吧！」

不錯的。老詩人現在送給我們的哪一支歌，不是真正的「陽光下的抒情」呢？哪一支歌，不是充滿著對於新的時代、新的生活的深深的愛，對於祖國和光明的熱烈的讚美與歡呼呢？

聽吧，詩人自豪地唱道：「是的，我還愛著！」「我比年輕的時候更熱切地期待著春天的來臨。」「愛是我的生命，愛是我的青春」。即使──

當生命的燈熄滅的時候
我的眷戀，我的祝福，我的愛

將化作一朵永遠永遠

在空中飄流的雲……

（《是的，我還愛著》）

正因為這位老詩人理解這種愛的價值與歡欣，所以，他又滿懷信心地告訴一切認識和不認識的，而都在暗暗地關注著他的朋友們：「不要憐惜我滿頭的華髮還在大江上奔波吧。」（《再過神女峰》）他說：

我總還是不能

停住我的腳步

因為我的身邊，常常

還響著另一個更嚴峻的聲音

「向著我來！前進！前進！……」

（《呼喚》）

啊，這召喚著老詩人前進的聲音，是「暴風雪後的春天」的聲音，是「冰裂雪融的大地」的聲音啊！是我們的從艱難困苦中走出的祖國的聲音，是我們的人民用血和淚共同迎來的這個嶄新的、朝氣蓬勃的時代的聲音啊！

那麼，諦聽著這進軍的號聲一樣響亮而莊嚴的聲音，我們又怎能長久地依迴於痛苦的昨天而不向著光明美好的未來飛奔呢？

……從曾老的這些振奮人心的詩篇，我們又談到了我們這些年輕人自己的詩。老詩人熱情地鼓勵我們說：寫吧，正是寫詩和歌唱的時候，為什麼不放開喉嚨，盡情地唱呢？

當我們提出了對當前一些新詩的看法，例如某些作品似乎缺少一種強烈的感染力量等等問題時，曾老說，寫你們最願意寫的吧，寫你感受最深的吧。但要記住：「詩神是不能欺騙的，她要求的首先是感情上的真實。」曾老認為，一切藝術特別是詩的藝術的最高境界的「樸素和自然」，不單是語言上的，更重要的還是思想感情上的。「如果詩沒有為自己的感情所溫暖，如果自己的血液沒有流貫在詩中，那麼，無論有著怎樣的豪言壯語，無論有著怎樣華麗的詞句，那並不是詩。」

他希望每一個年輕的詩歌作者都能成為「美的尋求者」，而真正的美的尋求者是那些熱愛生活，在生活中睜大眼睛的人。「所以詩人必須在生活的洪流中去沐浴自己的靈魂，必須心中有光，才能在生活中看到詩，才能在詩中照亮他所歌唱的生活。」「一個人的詩的也反映著他的生活的道路。」而每一個詩的作者必須嚴格要求自己，才能達到時代的要求，一個詩人，你給詩多少，詩就會給讀者多少，你把全部的身心沉浸在詩中，讀者才會把全部身心沉浸在你的詩中。詩也反映著一個人「人格的成長」啊！

談到這兒，我忽然想到了曾老的那些真切感人的愛情詩。如果說，幾十年來人生之路上的風暴、泥濘……是對我

們的詩人的思想上意志上的錘煉，那麼，伴隨著而來的愛情上的磨難與痛苦更是對於詩人的心靈與感情上的折磨與考驗。

　　不是麼？當我們靜下心來，靜靜地捧讀著《有贈》、《是誰呢？》、《我能給你的》、《感激》、《雪》……這些情深意切的篇章時，我們怎能不為詩人幾十年來愛情上的分離與思念之苦而深深惋惜，又怎樣能不為詩人的堅貞、執著而終於迎來「那兩隻在暴風雨中失散的小船，又在平靜的港口相會了」的今天而由衷地高興呢？是的，孤獨而憂傷的日子終於過去了。彷彿是一個「從感情的沙漠上來的旅客」，我們的老詩人又遠遠地看到了那盞召引著他「生命的燈」、愛情的燈……於是，詩人抑制不住內心的激動與喜悅，他感激而深情地唱道：

在一瞬間閃過了我的一生，
這神聖的時刻是結束也是開始。
一切過去的已經過去，終於過去了，
你給了我力量、勇氣和信心。

你的含淚微笑的眼睛是一座煉獄。
你的晶瑩的淚光焚冶著我的靈魂。
我將在彩雲般的烈焰中飛騰，
口中噴出痛苦而又歡樂的歌聲。

（《有贈》）

這是多麼誠摯而熱切的心靈的袒露。讀著這樣的詩，難道能夠認為，這僅僅只是屬於個人的愛之吟唱嗎？難道能夠承認，我們沒有從中領會到一些別的人生意義嗎？

　　從某種程度上說，這些愛情詩集中體現了曾老的為人，體現了曾老的詩的特色：細膩真摯的感情的自然流露與樸素、凝練的語言的完美結合，使詩達到了一種情真意切的境界，令人感受到詩人那顆從痛苦中振奮起來的心的躍動與渴望。我覺得，這些愛情詩最有資格作為曾老抒情詩的代表。難怪不久前，老詩人作為中國詩人代表團團長到南斯拉夫參加斯特魯卡國際詩歌節，在朗誦會上，滿懷深情朗誦的正是自己的愛情詩。曾老說，中國的愛情與外國的不同，因而中國的愛情詩也就有了自己的特色。

　　離開沙市以前，我們又去看望了老詩人。曾老年事已高，又擔任武漢市文聯的領導職務，特別是每天都有許許多多的青年朋友，寄給他大量的發表和未發表過的作品，等著他閱讀、回信。我們都為他的精力和身體擔心。曾老卻平靜而又激動地說：「現在有志的青年很多，希望也正在他們手中。他們把自己的作品寄給我，這是對我的信任。趁著我還能動，我應該為我們這個偉大的時代做點貢獻，更有責任為那些可愛的青年朋友做一點哪怕很小很小的事情。」

　　可不是嗎，曾老近幾年寫的那些精彩的詩論，那些評價和分析青年人的作品的親切的文章，不是早就使我們受益匪淺了嗎！

不僅如此。曾老還無限感慨地對我們說，過去的年月，由於種種原因，自己寫詩很少，現在，他還想爭取時間，多寫一點作品，把心中想唱的歌都唱出來，以不辜負許許多多年老的和年青的朋友對他的關心。他告訴我們，他年輕的時候就非常嚮往和熱愛大海，經歷了無數次的雨雪風暴，如今對大海仍然一往情深。於是他寫下了《生命的激流》《海之謎》《征服大海的人》《海的夢》等等許多關於海的詩作。一位夥伴說，在艱難的人生的海洋上，曾老可真是一位飽經風霜的老水手了。曾老笑笑，告訴我們，他即將出版的一本新詩集就定名為《老水手的歌》。

其中《老水手的歌》這首詩我是讀過的。我還清晰地記著這樣一些句子：

　　白髮的老水手坐在岩石上

　　面向大海，敞開衣襟

　　像敞開他的心……

我們都為老詩人這新的追求、新的成績而喜悅。我們默默地祝願著曾老的生命永遠像大海一樣寬闊、美麗，洶湧澎湃，奔騰不息。

這時，老詩人站起身，緊緊地拉著我們的手，熱烈地祝願我們也寫出更多更好的作品來，獻給我們這共同的時代。最後，他把他的一首題名為《火與風》的詩寫給了我。不，

不僅僅是給我，老詩人這是把老一代文藝工作者的期待與信任，寫給了我們所有的青年朋友，寫給了在探索和追求中，「一面艱難地跋涉，一面歡樂地歌唱」的整個的一代人——

　　微火，在一陣風前
　　滅了，失去了光亮
　　理想的烈焰
　　在狂風中愈燒愈旺

　　　　　　　　　　　　　　　一九八四年三月五日

【附記】

　　這是我在二十多年前（那時我才二十來歲），第一次見到曾卓先生之後寫下的一篇散記，曾經發表於湖北《書窗》雜誌詩歌特大號上。文章的膚淺與拙稚顯而易見。因為這是我寫曾卓（也是我的所有作家散記中）的第一篇，所以仍不揣淺陋，亦不再做修改，保留在這裏，作為紀念。

關於通感的筆記

　　心理學家認為，人的各種感官(眼、鼻、耳、舌……)甚至思維、感情等知覺領域內，彼此都是可以相通的。不同領域所感知的色彩或聲音等，也是可以互相影響和交流的。例如紅、橙的色彩能夠引起我們溫暖的感覺，而我們看到藍、青的色彩，又會產生寒冷的感覺。色彩好像有了溫度。這便是視覺與觸覺的相通。

　　又如我們常說某種聲音很「尖」，或者「軟綿綿」的，或者「甜蜜蜜」的、「酸溜溜」的等等，這便是聽覺與觸覺、味覺的相通。作為語言藝術的詩歌，毫無疑問，它既要求作者善於從各個方面去對自然世界和社會做細微的體察與感知，正像詩人郭風所說的，「要把視覺、聽覺、觸覺、味覺等各方面的感覺器官統統開放起來，觀察周圍的人和物，以致領略自然界的各種聲、香、味。」(《關於創作》)最終從新穎的角度表現出自己對生活、對不同的審美客體的獨特的甚至是微妙的感受與理解。只有這樣，才能達到促進詩歌

語言的豐富多彩，增強詩歌語言的獨創性、新鮮感以及彈性的目的。

「通感」作為一種特殊的藝術修辭手法，恰當地運用到詩歌中，正好具備了這樣一些不容忽視的美學意義。詩人運用通感，就不再是科學意義上的一種生理感覺的挪移或替代，而是一種把五官調動起來，互相溝通補充，以此來完成藝術形象的手段，是一種帶上了作者不同主觀感情色彩的能動的表現，是一種創造。或者可以說，詩人運用通感，是借「移覺」來達到「移情」的目的。

錢鍾書先生對中國古典詩歌中的通感做過很詳細的例證論辨工作。他的論文名篇《通感》（原載《文學評論》一九六一年第一期，收入《舊文四篇》一書）以及《管錐編》中的有關論述，引起了許多人對中國古詩詞中的通感的注意。需要說明的是，我國古代詩人及詩論家們雖然在他們的藝術活動中，還沒有明確地使用「通感」這個概念，但不能說這一藝術現象一點也沒被注意。有人就舉出我國古代典籍《列子‧仲尼》中的「眼如耳，耳如鼻，鼻如口，無不同也，心凝形釋」和《禮記‧樂記》中的「故歌者，上如抗，下如隊，止有槁木，倨中矩，名中鉤，累累乎端如貫珠」等等，來證明這些聽聲類型、耳目相通的論說，實際上就是關於通感的比較模糊的論述，只是還沒有上升到理論的高度罷了。

從中國古典詩人們的創作實踐中，我們的確可以肯定通感也是其中的一種藝術傳統。古典詩歌的藝術高峰唐詩中

就有大量的運用通感的詩句。以淒戾瑰麗詩風著稱的李賀，就有「魏官牽車指千里，東關酸風射眸子」（《金銅仙人辭漢歌》）、「歌聲春草露，門掩杏花叢」（《惱公》）、「楊花撲帳春雲熱」（《蝴蝶飛》）、「冷紅泣露嬌啼色」（《南山田中行》）等句子。「酸風」是觸覺通於味覺，寫出了強風刺人眸子時的真切感覺，又再現了一種淒惻的意境。「歌聲春草露」是視覺通於聽覺，把人們對於春草上晶瑩的露水的視覺上的美感，轉移到訴諸聽覺的歌聲上來，別有意趣。「春雲熱」則是觸覺通於視覺，表現了一種感受，加強了描寫物件於讀者的可感性。「冷紅泣露嬌啼色」意思是說嬌豔的野花含著清冷的露一樣的淚花。「冷紅」又是觸覺與視覺的相通。以清奇孤僻為詩藝特色的賈島，在愁苦的日子裏感受到夜間促織聲聲有如鋒芒刺痛了悵然的心：「促織聲尖尖似針」（《客思》）這是聽覺與觸覺的相通。多愁善感的孟郊在冬至將至、滿懷鄉思的時候說：「秋月顏色冰」（《秋懷》）。冰即寒冷的意思，色彩有了溫度。韓愈說「君歌聲酸辭裏苦，不能聽終淚如雨」（《八月十五夜贈張功曹》）；李白說「明月不歸沉碧海，白雲愁色滿蒼梧」（《哭晁卿詩》）；杜甫不但從訴諸於視覺的霧中聞到香氣：「香霧雲鬟濕」，而且又覺出「香」的味道有「細」的形狀：「風吹細細香」……所有這些，都是通感在古典詩歌中的具體運用。

　　一提到現代詩歌創作中的通感，我們首先會想到艾青，想起艾青對日本著名音樂指揮家小澤征爾的描寫：「你的耳

朵在偵察，／你的眼睛在傾聽。／你的指揮捧上／跳動著你的神經……」（《小澤征爾》）艾青受過西方象徵主義的影響，對於通感自然更是深諳此道。他的詩歌創作實踐了自己提出的「給思想以翅膀，給情感以衣裳，給聲音以色彩，給顏色以聲音」（《詩論》）的美學主張。《小澤征爾》一詩中通感的運用，簡潔而巧妙地活畫了一個「音樂陣地的將軍」全神貫注又如醉如狂的指揮場面，不落窠臼，獨出心裁。再如他的「這無止息地吹刮著的激怒的風，／和那來自林間的無比溫柔的黎明」（《我愛這土地》），其中的「黎明」經過奇特的修飾，是那樣親切可感。通感的運用既加強了詩的抒情效果，又豐富了詩的容量。他寫維也納在艱難沉悶的日子裏，「一秒鐘，一鍾地／在捱受著陰冷的時間」（《維也納》）；他寫太陽是「以轟響的光采／輝煌了整個天穹」（《吹號者》），前者是觸覺與時間、知覺相通，寫出了維也納悲哀歲月的淒冷；後者用「轟響」修飾訴諸於視覺的太陽的光彩，不僅逼真地寫出了太陽剛剛噴薄而出時的壯觀景象，而且使特定環境中的氣氛和整個詩的格調，與自己的愛憎色彩得到了合諧統一，給予我們的藝術美卻是那麼清晰強烈。

現代派詩人戴望舒，也有不少運用通感寫成的精彩的詩句，像「房裏曾充滿過清朗的笑聲，／正如花園裏充滿過百合的香馨。」（《獨自的時候》）在這裏，詩人借人們對於百合花芬芳的美感而喚起對於笑聲的美感，聽覺、味覺、視

覺交融一起而形成鮮明的意象，表達了自己的一種懷念的感情，同時也給讀者插上了一雙審美聯想的翅膀。詩人何其芳說「青色的夜流蕩在花陰如一張琴。／香氣是它飄散出的歌吟。」（《祝福》），朱自清也描寫過：「微風過處，送來縷縷清香，彷彿遠處高樓上渺茫的歌聲似的。」（《荷塘月色》）詩人彭燕郊則這樣寫鋼琴演奏：「多麼優美的旋律／像天鵝的秀美的頸子」；「像蒲公英的羽毛……的音符／到處飛翔了……」結果「整個大廳在屏息斂氣裏，微微喘息著／躍進音樂的濃厚的星雲裏。」（《鋼琴演奏》）

　　三位詩人感覺微妙，創造出的意境更微妙。這是通感的妙用。當代詩歌中，這樣的例子更多。李瑛把春天快活的小雛雞看成是「朵朵毛茸茸的歡樂」（《生命》），把抽象的化為有形；傅天琳將秋天的紅豔豔的蘋果理解為「葉子和花兒合唱的歌」（《我是蘋果》），把有形狀的化為訴諸於聽覺的。顧城在陸地的邊緣感覺到「聲音佈滿／冰川的擦痕」（《愛我吧，海》）；而舒婷在下班路上覺得「鈴聲把碎碎的花香拋在悸動的長街」（《路遇》）；梁小斌則說：「當我闖了禍回頭看望，／爺爺天鵝絨般的目光，／深深地埋藏著沉鬱的思想。」（《爺爺的手杖》）多角度的感受，奇特的詞語組接，不但使詩的語言新穎生動，而且使形象所包孕的感情色彩鮮明強烈，給人的印象是極其深刻的，讓我們不得不驚歎於詩人們在運用通感這種修辭手法方面的探索創造精神。

通感的理論最早在西方形成。通感在西方詩歌特別是現代派詩歌創作中的運用，是極為廣泛的。象徵主義甚至把通感標榜為自己的一大特色。法國浪漫主義詩人波德賴爾認為，大自然是一個「象徵的森林」，而大自然中的味、色、音感應相通。在其《浪漫主義藝術》一書中，他又提出了一個論點：「一切——形體、運動、色彩、氣息——在精神世界裏如同在自然界裏一樣，都是意味深長、彼此聯繫互相轉換、感應相通的。」波德賴爾自己就曾運用通感寫下過「像孩子的肉體一樣芬芳，／像笛音一樣甜蜜，／像草原一樣碧綠」這樣的詩句。

象徵主義大師魏爾侖也在這種觀點下寫過「白楊仍在訴無邊的悲哀，／噴泉仍在吐銀白的呢喃」等奇特新穎的詩句（《詩探索》一九八一年第一期所載《法國象徵主義詩歌概觀》一文，對此做過比較詳細的譯評）。但我們應該認清，有些現代派和先鋒詩人片面追求奇特的詞句對感官的刺激，或者膜拜錯亂的官能幻覺和意象，以奇為美，濫用通感，以至許多作品成為內容空虛的荒誕的文字遊戲，如「一陣響亮的香味迎著你父親的鼻子叫喚」之類，既無情理可循，也說不上有絲毫的美感，因而也就失去了藝術價值。

越來越多的新詩創作者都注意到了在詩中運用通感這一特殊的藝術修辭手法。通感之於詩歌美學價值大致可以歸納為以下三點：

一是豐富詩歌抒情狀物的藝術表現力。艾青曾強調過：
「對於外界事物的形體、色彩、密度、溫度、聲音以及它們
的運動和變化的正確而又迅速的反映，是一個寫詩的人所應
該具備的素質。」（《詩論‧詩與感情》）通感就可以使作
者直接地表現一種瞬間的印象或一種微妙而複雜的感覺，或
某類特殊感情的變異。有時可以使抽象的不可捉摸的東西具
體化，有時又可以讓無生命的東西人格化。這樣不但可以創
造與眾不同和鮮明生動的詩歌意象，而且可以從中加重藝術
形象的感情色彩，凸現主觀意念的個性特徵。所以說通感的
運用是詩歌藝術在反映客觀世界和主觀意念的手段上的擴大
與豐富。

　　二是增強詩歌語言的張力。微妙的、多層次的感情的表
達，在語言上自然就需要一種新的詞語組合形式。通感的運
用便可逐漸離棄一些過於實在、過於呆板和陳舊的詞句，而
另外形成許多更為機智精妙的，富於彈性、富於新鮮感的詩
歌語言。這樣既豐富、更變新了詩歌的語彙倉庫。

　　三是提高讀者的審美趣味。詩人們對於傳統詩歌藝術的
新的理解與刷新精神，永遠值得讀者敬佩。特別是越來越多
的詩人自覺地向內心走去，向我們袒露了自己真誠而隱秘的
內心世界，在詩中不斷地表現了自己的獨特的、細膩的和微
妙的感覺，這就促使讀者不得不用一種嶄新的、與之相適應
的審美心理和態度宋對待。我們只有在想像和感官上發揮相
應的甚至是高超於其上的主觀能動力，自覺地擴大我們各種

感官的審美範圍(而不只是因襲於陳舊的鑒賞習慣和思維判別方式，或還只是通過字面等)，才能對新穎的藝術形象做出全面的、清晰的、正確的理解與認識。通感的運用，正能夠全面地調動起讀者的各種感官積極性，引起多方面的審美欲望，即從多方面去體察作者的良苦用心，去正確地感受藝術內容，以達到與自己的內心世界的應和，產生共鳴，最後獲得更為豐富，更為真切的美感。所以說通感的運用是能夠提高讀者的審美趣味的。

【附記】

本文是我在二十世紀八十年代初，剛剛開始學習詩歌時寫的一篇詩歌筆記，曾在《書窗》雜誌一九八五年第一期「詩歌特大號」上發表過。近日翻動陳年雜誌看到了它。這是鉛字時代留下的一篇拙稚的「少作」。因為是一篇學步時的文字，不忍丟棄，也不必藏拙，所以收錄於此，雪泥鴻爪，留作紀念。

家在江南黃葉村

　　要研究湖北的民間音樂，就不能不涉及鄂東南一帶特別是地處「吳頭楚尾」的陽新縣的民間音樂；而要論述陽新縣的民間音樂，又不能不波及一位為之付出了近三十年心血的挖掘、搜集、整理和研究者。他就是鄂南民間文化學者費傑成先生。三十年的風風雨雨、坎坷磨難，三十年的情懷不改，疾心不變。追尋費傑成的人生和藝術足跡，尤如在寫一部鄂東南民間音樂文化的開拓和研究史。

一、桑梓俚曲與人生雅歌

　　地處鄂贛邊區的陽新縣，不僅是吳楚文化豐厚的沉澱地，而且由於它在土地革命時期一度成為湘鄂贛邊區鄂東南蘇區的中心，因而這裏又有著極其豐富和燦爛的革命文化傳統。費傑成從小就受著故鄉民間音樂文化的濡染和老蘇區革命文化傳統的薰陶。

　　童年時，他跟著村裏老藝人耍過歡快的《拋彩球》，牽著盲藝人的長竹竿沿村唱過淒涼的《過街》和《長工謠》，

也無數次聽過纏綿悲切的《哭嫁歌》和亢奮有力的插田號子和東路漁鼓……要不是一個偶然的機會，即一九六五年春天他被縣採茶劇團發現並招收為學員，他可能會成為一個地地道道的民間藝人。

民間音樂改變了他最初的人生道路。但民間音樂從此也成了他生命中沉重的十字架。它給了他理想、歡樂和希望，也給了他更多的艱辛、磨難和痛苦，但最終它造就了他，成全了他。

進了縣劇團之後，一個來自艱辛的鄉村和貧寒之家的青皮後生，憑著他的熱愛、聰穎和毅力，很快地成了一個「角色」。不僅學會了舞臺表演，而且學會了演奏各種民間樂器甚至作曲。更重要的是，他對家鄉民間音樂文化的理解，對民族傳統藝術形式的認識和迷戀，都由此開始。這是真正的不解之緣，也是難以述說的鄉土情結。

然而，他生不逢時。「文化大革命」一來，這個初涉塵世鄉村青年，竟一夜之間被定為「白專道路」物件而被迫交出手中的樂器，不容分說就便被趕下舞臺而遭返回鄉勞動去了。他不知道自己錯在哪裡。就因為自己比別人更喜歡音樂嗎？鄉親們也不明白這個質樸善良、吹拉彈唱樣樣在行的好後生到底觸犯了什麼「王法」。他是他們的兒子，他們依然敞開寬厚的懷抱擁納了他。他們甚至為他年紀輕輕就受到這樣的冤屈而大鳴不平。他們見他沉默寡言、彷彿要跟自己的小命「賭狠」似地下死力氣幹著犁耙挑馱等繁重的農活，便

從心裏疼愛起他來。他們想到了一個保護他的方式：組織一群人代表「貧下中農」的心願到太子公社去提要求，要求讓他進公社的中學去教孩子們學唱歌。

他沒有辜負鄉親們的一片好心。當時的學校哪裡有什麼音樂教材，於是他運用自己已學到的知識，採用鄉親們慣聽的家鄉民歌和漁歌的曲調，靠著一把破胡琴，自己創編了十二首易學易唱的兒童歌曲。這十二首兒歌竟成了當時方圓幾十裏家喻戶曉的「流行歌曲」。鄉親們看在眼裏，樂在心頭，鼓勵他說：「怕啥？薛平貴也有個落難的日子呢！你儘管編些好聽的歌子教伢崽們唱。想找葫子刨皮，我們擔著！」

樸實的話語是一片拳拳的桑梓之情。親情鄉誼濃如酒，給青年費傑成帶來了終生難忘的溫暖、信心和勇氣。「誰言寸草心，報得三春暉。」一顆迷戀著音樂的心，如同穀雨時節的青茶，你越掐，它越長得豐盈。

這期間，他已經開始暗暗地收集起流傳在家鄉的一些民間曲藝形式和曲調，收集起流傳在一些老爹爹老婆婆口頭上的歷史歌曲來了。許多年後，費傑成在一封寫給友人的信上說：「是靠著那些桑梓俚曲，我才開始譜寫起人生的雅歌來的……」

二、《祀稷鑼鼓》之夢

一九八三年六月，費傑成整理編撰的一部二百多頁的《祀稷鑼鼓研究》出版問世了。著名音樂理論家楓波先生在

為該盡收眼底所作序言中評價道：「『祀稷鑼鼓』規模氣勢之宏大磅礴，樂器之眾多，曲牌之豐富，套數之完整，目前在我省民間吹打樂中實屬罕見。它是我省古代民間器樂曲的瑰寶，它凝聚著楚地音樂文化的古老傳統，凝聚著楚地音樂的特有風格，不僅為研究民間吹打提供了活的例證，也為民俗學、社會學等學科提供了極為寶貴的史料。」

不久，著名音樂史學家、中國音樂研究所研究員吳釗先生也抱病致函費傑成，給予此書以熱情的肯定和高度的關注。在全省民族器樂採編會上，武漢音樂學院副院長史新民先生說：「『祀稷鑼鼓』是一個重大發現，其價值不亞於編鐘樂舞。」與此同時，全國幾十家報刊、電臺和電視臺也聞訊作了熱情的報導和宣傳。

面對自己歷盡大半生心血而獲得的成果，費傑成這位輕易不肯落淚的中年漢子，竟禁不住淚流滿面！他的眼前，一瞬間也閃過了他的許多難忘的記憶……

那是一九七二年的冬天，隨著當時「運動」的升級，他又被迫離開家鄉的那所中學，被派到馮加灣水庫工地去築堤。但他沒有想到，他這次竟會因禍得「福」。

築堤民工中，藏龍臥虎。有十幾位當地有名的民間藝人也在其中。一種欣喜而天真的念頭，竟使他忘記了自己是「專政」物件而如遇知音般地與老藝人們結識了。老藝人明道宗，年邁體弱，家境艱難。無錢買煙抽，就只好抽芝麻葉了。費傑成看在眼裏，有一天竟大著膽子悄悄逃到附近的石

料山上賣工一天，掙了九角工錢，正好夠為老明頭買一條「紅花牌」香煙。老藝人拿著一條子煙捲，感激得不知怎麼才好。費傑成低聲地說：「後生別無他求，只希望您老人家給我唱幾段民間曲子。」老人不知道那些舊曲還有人這麼看重。

有一天，費傑成無意中看見老明頭抽煙時用的燃眉紙上有些工尺譜符號。他敏感地一把奪了過來。原來，這就是流傳在鄂東南的一部大型民間風俗樂曲的工尺譜手稿。他只隱約聽說過，可從沒見到。老人告訴他：「我從藝做吹鼓手大半輩子，學會了這套『祀稷鑼鼓』。有一個抄本，想到反正如今不時興了，大多讓我抽煙做了燃眉。」

當時剩下的只有十五段殘譜了。費傑成又是驚喜又是疼惜。他告訴老人，這可是咱家鄉的祖傳寶貝啊！老藝人反倒安慰他說，以後有功夫再為他續補出來，然而不久，老藝人竟一病不起，匆匆地離開了人世。費傑成帶罪收藏起了這份珍貴的殘譜。

一九七四年，陽新縣文化局突然通知他回縣文化館工作。儘管其時還有種種「莫須有」之罪名如同泰山壓頂，但費傑成心中最大的重負仍是那份殘缺的樂譜。他已明白，如果不把這份樂譜挖掘補全整理出來，既對不住死去的老藝人，也愧做一個故鄉人子，更是對故鄉寶貴的民間文化遺產的失職。從此，他便利用下鄉的機會，處處留心，先後走訪了太子、海口、潘橋、東源等十五個區鄉的二十多名老樂手。

蒼天不負苦心人。在採訪中，他先後搜集到五個《祀稷鑼鼓》的手抄工尺譜本。但他發現，這些本子大都記錄零亂，缺章少節。其中太子區樊莊村費友德樂師保存的本子，是他十一歲時起就保存著的，中途又補抄了某些章段，距今又有半個多世紀了，而依照此本已造就了前後五代樂師計三百多人。但由於鄉村樂師符號觀念模糊，多數符號欠準確，有些譜點明顯帶有隨意創造。為了早日譯出全譜，費傑成只有啟發他們一字一句，一個個聲部地來演奏，來查對。

一九七九年春，他在海口的東湖村，找到了年近九十歲的音樂師胡國祥老人（藝名「畫眉鳥」）。奇跡就這麼出現了：費傑成為音樂師端屎倒尿，洗衣劈柴。精誠所至，金石為開。老樂師竟然迴光返照似的蘇醒了他的久遠的記憶。他抱病背誦了這套大型鑼鼓套曲的全四十九支曲牌名稱和工尺譜點，從而全部證實了整個套曲的曲牌、演奏、分佈以及歷史沿革等情況，同時為費傑成後來參照旁系藝人的傳唱結構，對其進行藝術上和民俗上的全面考察、分析和研究，提供了真實可信的原始依據。

如今，一套凝聚著新老幾代藝人心血的大型鑼鼓套曲，終於重見天日了，費傑成能不激動嗎？收到樣書的當天，他就一個人悄悄地離開了文化館下鄉去了。他是去一一拜見那些相濡以沫的老藝人去了。在明道宗、胡國祥幾位老藝人的墳前，他默默地坐了很久很久。他知道老藝人地下有知，也該得以寬慰和安息的。桑梓有幸，藝術有幸啊！

三、家在江南黃葉村

著名書法家、文學家吳丈蜀先生為費傑成寫過一個條幅：「落紅滿路無人惜，踏作春泥透腳香。」（楊萬里詩句）費傑成自己則更喜歡蘇軾的兩句：「扁舟一棹歸何處，家在江南黃葉村。」這自然使人想到他的采歌萬里而無怨無悔的人生足跡。

一九七九年春節剛過，正月初三他便打起一個簡單的背包，冒著風雪出發了。這是真正的芒鞋破缽，雲遊無定，且一走就是整月或數月。先是搜集革命歷史民歌。他徒步從沿鎮出發，沿著當年紅五軍和紅三軍團走路的道路，採取「梳篦戰術」，逢村必到，逢老人必問。

這一次歷時四十五天，他徒步走遍了陽新、大冶、通山、咸甯和江西武寧、湖南平江等縣的二百多個村灣，直接採訪紅軍歌手一百八十三人和民間老藝人二百四時多名。白天啃幾口乾糧，喝幾捧山泉水，晚上就像流浪漢一樣借宿藝人家中。其間走了多少路是無法計算的，但收集到的鄂東南革命民歌卻有三百多首。為考證一首《彭德懷的五八軍》，他冒著大雪孤身翻越了茫無人跡的紫金山，因為迷路直到子夜時分才趕到山后的星潭鋪村，當夜只好瑟縮在一家店鋪的屋簷下，像彭德懷們當年露宿三溪街頭一樣。太陽升起的時候，他抓起把雪搓了搓麻木的手、臉，繼續行走，最後終於找到了紅軍歌手王義根。其時逢老人病危，聽說是唱紅軍

歌，老人艱難地支起身體，為眼前這個頂風冒雪前來的人唱了他一生中最後的一次歌。第二天老人就去世了。如今這首珍貴的革命民歌收錄在上海出版的《中國民歌》第一卷中。

他慚愧於自己兩手空空，身無分文，不能幫助所接觸的歌手和藝人們一點什麼。但他有一顆善良而熱誠的心。去老紅軍吳青山家裏聽他唱《東路哦呵腔漁鼓》時，一進門他就先去挑水和劈柴，幫老人煮飯燒茶。老人說：「前些年也有人來收漁鼓，但我一見他們進門的神氣勁我就不想唱。今天呀，我不能動彈了，就躺在鋪上唱吧！」老人興致勃勃地唱了十多曲快要失傳的漁鼓唱段。一星期後，他又接老人到他家裏，夜夜唱到半夜。

一九八一年，費傑誠參加了《湖北省民歌集成・咸寧地區卷》的編選工作。他先後走遍了鄂東南數縣的三百多個村莊。這年「五一」節期間，因過度勞累，他大清早就暈倒在通城縣的北港村。老鄉們把他抬進附近的衛生院。針劑一停他就趴在床上記譜和審查錄音。醫生不理解：「這人怎麼這麼不顧惜生命呢！」

陽新縣潘橋鄉佘家畈村的老藝人佘玉卿，因唱哦呵漁鼓，「文革」中受到不公平的批判。一九七九年他去見老人，老人態度淡漠，顧慮重重。於是他幾次請示當地政府，講說挖掘哦呵漁鼓的重要性，終於弄清了事實真相，不僅組織召開了為老人平反的群眾大會，而且還為老人開闢了書場。連續幾天，老人眉開眼笑，表演了東路哦呵漁鼓五大聲

腔二十多段唱段，既受到了群眾的歡迎，也為這個曲種的整理提供了豐富的材料依據。

　　一捲舖蓋，一頂斗笠，一支火把，再加上一顆誠懇而火熱的心。鄂贛邊區的村村灣灣，幕阜山群中的一條條小路，他認清了也走熟了。不是一天，而是十年、二十年啊！留在山中的是腳印，是汗水，是心血，而挽回的卻是幾百萬字的民間音樂資料手稿。經過他潛心的搜集和系統的整理，鄂東南五大曲種、三十多個聲腔、一百餘段原始板腔曲牌，呈現在我們的面前。其中他主編的縣卷民間曲藝集成二十五萬字；省卷收錄二十餘萬字；國家曲藝集成收錄了《東路哦呵腔漁鼓》、《西路哦呵腔漁鼓》、《龍港道情》、《陽新說書》等四大曲科計十四萬字。

　　可是，有誰會想到，當他獨自跋涉在鄂東南山區的風雪路上和幕阜山中的炎陽之下時，他的一家四口正擠在一間七平方米的小房裏；他六十幾元的月薪，可以默默地塞給那些為他唱歌演奏的歌手樂師，而他的妻子卻常常去郊外挖些野菜度日。人生的「雅歌」啊，誰能掂得出它的代價與份量？

四、亦餘心之所善

　　他始終未能跨進音樂高校之門進修或深造，但他不是沒有過這樣的機會。他長年生活在物質世界的底層，但已安之若素了。當武漢音樂學院的進修通知書寄到陽新縣點名要他時，他正在幕阜山腹地，「只在此山中，雲深不知處」。但

在他擔任文化館長的十多年間，卻親手選派了七名文化輔導幹部去上大學進修。他自己則只選擇了不脫產的「中國函授音樂學院」理論作曲專業。四年的業餘學習，成績斐然。

為了活躍農村群眾文化生活，他先後撰寫《歌曲寫作淺談》、《音樂基礎知識》、《表導演基礎知識》三套有地方特色的鄉土文化藝術教材，輔導鄉村劇團的活動。他研究鄂東南的民間音樂，寫出了《單鼓初探》、《論道教音樂的二律辯證思維》等數十萬字的理論文章。他整理創編了拋彩球、打花棍、楓林車燈、扇子花、打單鼓、板凳龍、竹板調等十幾個地方曲藝形式，又還於民間，使它們成為有代表性的傳統地方藝術形式。為此他先後七次受到國家文化部、湖北省政府、政協湖北省委、省文化廳等部門的表彰。如果說，事業是有血脈的，那麼，貫穿於其中的那條血脈，則是凝結著深深的愛的──對於文藝事業的愛，對於民間文化遺產的愛，對於養育過他的桑梓鄉親的返哺和知遇之愛。

「亦餘心之所善兮，雖九死其猶未悔。」這正是他對於大半生孜孜不倦地從事著的民間音樂挖掘整理的全部信念。「我願化作一個小小的音符，獻給一個偉大的時代和智慧的人民──引我走路的母親。」這是他在全縣專業技術人才會議上說的一段話。這是他樸素的心聲，也是他最高的願望。就在我著手寫這篇文章的時候，他一個人又背著鋪蓋到王英庫區去了。家在江南黃葉村。那裏才是他的音樂天地，那片淳厚的鄉土，才是他的整個生命和事業的根。

漫漫愛之旅

　　我的面前擺著詩人綠藜先生近幾年出版的三部詩集：
《愛之旅》（安徽人民出版社）、《沒有芬芳的和芬芳的
愛》（解放軍文藝出版社）、《中國的羅曼斯》（長江文藝
出版社）。這是他自二十世紀五十年代後期起消失於詩壇，
經過二十餘年的沉默而於八十年代「複出」之後獻給讀者的
心歌。然而據我所知，這些已經印刷的作品僅僅是他這些年
來辛勤創作的一小部分。他的許多更為自珍的大詩例如總題
為《中國的羅曼斯》的多卷詩稿中的許多長詩、組詩，因為
種種原因卻難得問世。這大概有待於公正而有膽識的出版家
和評論家們來挖掘了。因此，要對綠藜的創作做全面的評價
和論述，則是十分困難的。況且我自知不是什麼評論家，
甚至缺少作為一個評論者——尤其是來評論綠藜這樣的詩人
和這樣的詩作——所應具備的起碼理論素養和詩的眼光。我
只是作為綠藜詩作的一個忠實的讀者，作為一個與老詩人有
著多年交往的「忘年小友」，記下一些未必準確的感受和感

想而已。我甚至還覺得，要瞭解綠藜，要讀透綠藜，只力求嚴肅認真地讀他的詩即可，他說過，詩是他生命的精華。他的思想，他情感，他的靈魂以及他的信念、理想、生命的歷程，對藝術的追求等等，都有他不同的詩作足資憑證。

一、綠藜傳略

綠藜，又名烏卜蘭、歐福德、藜冰寒等，原名史智敏，近年來他發表作品時也常用他的現名：陳志民。一九二九年秋，綠藜出生於河南省潢川縣。整個童年和少年生活如他自己所說，是「陰鬱、絕望，像一座巨大的墳塋」。一九四五年前後，他開始在故鄉的《豫南日報》等發表詩和散文詩。一九四八年，青年綠藜滿懷熱情地奔赴解放區，革命把一支新聞工作者的筆交給了他，先後任新華社、長江日報、湖北農民報、湖北日報的編輯、記者及文藝組、記者組負責人。這期間他業餘從事詩歌、散文詩、文論、雜文等文體的寫作，發表了許多受到文壇歡迎的作品。一九五二年前後，曾結集出版了《三石四鬥五》等幾部敘事詩和散文小集。一九五五年，因為一場突如其來的風暴即所謂「胡風反革命集團案件」的株連，使初露才華與鋒芒的青年詩人因詩歌而獲罪，被迫沉默。此後便是整整二十二年漫漫的「化石」期。其間的磨難、坎坷、痛苦、辛酸，「九死一生」的生活，則非本文可以敘述的了。人是活過來了，而竟無公開之一字見諸報刊。

一九七八年五月，詩人在春天的陽光下「復活歸隊」。同年在《詩刊》再度發表詩作。自此，已經不再年輕的詩人有若鐵樹開花，朽木複萌，創作激情一發而難收。新時期十年是詩人創作的高峰期。他的作品散見於全國百餘家報刊雜誌，累計數字當在百萬言以上。而未得機會發表的作品，則更數倍于此。

　　如今詩人的創作激情一如既往。不是最後一次，不是入海時分，一顆老而彌篤的詩心有若黃昏霞光，光華四射。時光是驚心動魄地迫促的，但他仍在以全力擁抱它們，追趕它們，爭分奪秒。詩人的生平創作概況已被《中國文學家辭典》（現代分冊）等多種辭書收錄。

二、七月流火中的顆粒

　　綠藜有一首寫於一個七月（五十年代），改於另一個七月（七十年代），而定稿於再一個七月（八十年代初）的散文詩《我是七月流火的顆粒》。他在詩中這樣寫道：

> 無論什麼節候君臨大地，我都永遠屬於七月。
>
> 我酷愛她的火，光，熱，棱角，尖銳，生命力，獨特的面容，獨特的旋律；
>
> 而我本身就是一粒後燃的火星。
>
> 我矚望、鑽研七月以外的十一個月。而唯獨把七月緊緊地摟在懷裏；或更深地躍入永生的七月的大海，與之血肉相連，水乳交融。

無論歲月墜入何等深險的絕穀，我都赤嬰般地
為她呼號著希望；無論把我置入何物，置入何地，均
系暫時，我只永遠屬於七月分娩的泥土；無論賦予我
的形體多麼細微，我都感到滿足，我是七月裏辛勞的
開掘者、收穫者靈敏的器官！

（《愛之旅》）

　　這首散文詩大致可以告訴我們，他與作為現代文學史
已經公認的詩歌流派「七月派」的關係。詩人視自己為七
月流火中的顆粒，並且於「七月迅猛的呼吸中」聽到對於
自己的「呼喚的迴響」，倒不僅僅因為自己自寫詩之初直
到今天一直與「七月派」主要詩人如綠原、牛漢、曾卓、羅
洛、A・S（馬希良）等人有著深厚和密切的詩的交往（事
實上，同屬「七月派」的詩人中，有的已成至死不渝的詩友
卻終其一生天南海北而未曾謀面），也不僅僅因為自己曾因
「七月」而獲罪，從而和「七月派」的詩人們一樣　度消失
於詩壇。重要的是，詩人從創作之初便是「七月」的自覺的
追隨者、捍衛者和發展者。無論從創作思想、創作理論、創
作精神與風格上，都直接受著他們的影響，並且承接了他們
的詩歌的精髓。

　　周良沛先生在一九八二年編選《七月詩選》時曾這樣
概括過「七月」詩人們的創作精神：他們「好像都愛從時代
的大道上寫人生」，而從他們的詩中又可看到「詩人怎樣投

身時代，從生活，從人民，汲取詩的靈感」（《七月詩選‧序》）。簡而言之，「七月派」的詩大都是「時代激情的衝擊波」。

綜觀綠蘩的詩歌創作，我們時時都能感到一股股強勁的時代的熱風和強烈的生活氣息撲面而來。無論是對《大地喲，我的土地》的歌唱，還是《讓我們歡呼黎明和大地的婚禮》的讚美；無論是滿懷激情的《吹號者賦》，還是《為中國的脊樑譜寫的英雄交響樂》；無論是對《黃河船夫》、《中國的曠野和城市呵》的浩歎，還是《當代中國冶金工人抒情詩》等一系列被他命名為「鋼鐵羅曼斯」的篇章……其中既有時代的苦難與歡樂，也有人生道路上的奮鬥與拼搏；既有擁抱生活、禮贊生命與創造的熱情，又有對於狂風黑雨的詛咒與挑戰！

詩人與時代和人民同步，與祖國，與土地同命運共甘苦。他的所思所慮，所愛所憎，所悲所望──一句話，他的詩的靈魂，大致可以用他一九八五年十月二十五日，即他五十五歲生日前後完成的長詩《生命之歌》中的一節來囊括：

　　我們明朗的天空來之多麼艱難：／該怎樣描繪它／時
　有縷縷片片可疑的暗雲／以明朗天空的朝拜者的名義
　／糾集招搖於我們的頭頂：／該怎樣透視它／一條真
　實的大希望之路──／民族命運生死攸關的通道正在
　拓展／之上奮進著無與倫比的英雄群體，／該怎樣謳

歌它／暗中有毀路者設置障礙在伺機而動，／該怎樣
剖析他們的幽靈／春天辛勞地哺育著復活的土地。／
大森林一片喧騰／新生林帶大潮般向陸地的邊緣湧
動。／有蟲情／但在滅蟲者的佇列中／混隱著暗施毒
劑的肖小，／該怎樣撕破他們的面紗／難以數計的心
靈嗷嗷待哺，／可是，在稀世之珍的鮮乳中／虐嬰者
頻頻滲雜以鴆汁，／該怎樣捆住或斬斷他們的手腳／
芒種時節的農夫／胼手胝足夜以繼日，／他們最想聆
聽什麼／無辜的少女想聽見什麼／──（當她如花的
面容被殘忍地烙下謠諑的恥辱的標記）／失足於泥淖
的少年想聽到什麼？──（他惶惑痛楚天良未泯。／
看，歌者，／他向你伸出了顫抖而直拗的手，）……
／能否確切地理解並滿足他（她）們，／只是一個詩
美學的警策／抑或同時也是／一個嚴峻的倫理學的拷
問？／歌呵，／請忠誠勇敢地感應與回答！

　　既然如此，綠蒂的詩中（靈魂中？生命中？）就不可
能不含有，不，應該說是顯而易見地充滿了（曾經被一些人
輕率地視之為「不唯是過時的，簡直就是該死的」）憂國憂
民的大憂患意識。而這種對於歷史、土地、祖國、民族靈魂
的憂患之思，也正是自屈原以來的中國幾千年詩歌傳統的內
核。所有的「七月派」詩人都緊緊地擁抱了這個傳統。相比
之下，綠蒂在某種程度上有過之而無不及。那正如詩人自己

所言，「我的情懷／命令我，必須如此！」（《手指・武器・歌詩》）

　　優秀的詩人必須具有清醒的歷史感。而不具備時代感的詩，又何談歷史感呢？然而他又不是時代精神的單純的傳聲筒。他的詩又必須融進時代以及自我對詩的良知與真誠。明於此，則綠蠡下面的兩句詩就不難理解了：「那麼，馬雅可夫斯基沉宏激奮憤懣如霹靂的鼓聲呢，／可否借來為我一用？／──我們的首席鼓手過早地離去，／整個隊伍唏噓難禁天地動容……」（《生命之歌》）

　　這是一種繼承之上的自審、自責與自醒。詩人五十歲時曾說：「歷史把我／又一次推上了舞臺／派的是什麼角色／一時，還不容易／說得準確、明晰」（《五十歲之歌，即又一個起點之歌》），而在五十五歲時，他卻希望在自己「嶙峋的前額上深鑴上如下的字句」：「白天以雙腳牢牢追隨拓殖者的步武，／夜晚以胸膛與大地的心搏緊相偎依。」

　　不是矯情（綠蠡不是那種矯情的人），這實際正是他於「七月流火」中煉就的，而且老而彌篤的一顆殷殷的赤子丹心。流火的顆粒的火焰，照亮了他的全部的歌聲，也照亮了和燃燒著我們的心靈。

三、為中國的脊樑譜寫的交響樂章

> 在無限欣悅地躍入火海／而化灰之後／如果有必要
> 為我留下一幅速寫像／還是請絕對真實地畫上一棵細

瘦、醜陋的蒺藜／並寫下這樣的題詞：植物中典型的
庸才／犯過刺痛對手的罪孽／農夫灶膛的柴薪／老嫗
手中的木杖／大地鬢髮間／微末難見的一朵小黃花

　　這是綠藜為自己寫的一首《遺像與墓誌銘》。多少年來
坎坎坷坷的生活磨難，造就了詩人「不會舞蹈，不善歌吹」
的秉性。他「難以體味從高處滑落下來的甜美滋味」，卻嘗
遍了面朝黃土背朝天的人間最底層的辛酸與炎涼。他寧願做
一個平凡的勞動者的歌者。他為忠懇的農夫、艱辛的母親、
辛勞的工人兄弟以及以熱血以生命奔赴於祖國最艱辛的陣線
的士兵們──所有那些被他視為「中國的脊樑」的人們──
唱過許多他能夠唱出的「俚曲」。

　　年青時他曾寄赤子的深情和大愛於貧窮的娘親，寄摯誠
的含淚的祈祝於中原的故鄉。經歷了人世的風風雨雨之後，
命運的車輪又把年老的歌者送到了一片陌生鋼鐵的疆域。他
寫道：「鏗鏘輝煌有聲有色的拼搏／馬上便激勵得我熱血沸
騰／悠悠寸草之心呀，只屬於／真實的陽光，一如既往，至
死不渝！」（《答友人》）這是詩人時刻不忘的使命與反哺
之情使然。

　　有人說，除了歷史，誰也無權濫唱頌歌。綠藜也執意
於此。但他又寫道：「此刻，如果讓我讚頌／我就要讚頌母
親」（《唱給母親的歌》），他把他（她）們稱為「我們的
心，我們的靈魂」（《吹號者賦》）。他的總題為《吹號

者》和《鋼鐵羅曼斯》以及《鷦鷯》的幾輯詩，即是他這方面的表達。他堅信「我們新興力量的鐵流／是何等地源遠流長！」只要能在那「寬厚／溫熱的胸懷裏喘一口氣；只要能臉頰貼著臉頰地讓淚水酣暢地迸流……」他相信自己即使「千次流血，萬般受辱，都可以忍受……」而面對這樣一個無與倫比的再生父母般的群體，他常常提醒自己：「我唯有肅然仰望，任沉思的長鞭／抽打侏儒般的小我……」（《為中國的脊樑譜寫的英雄交響樂》）

四、獻給藝術大師們的玫瑰

　　青年詩人王家新在他的《讀〈聽笛人手記〉的手記》中說到過，在他的書架上，他是把老詩人曾卓的《聽笛人手記》和康・巴烏斯托夫斯基的《金薔薇》擺在一起的。我在想，假如綠蘩的一系列獻給藝術大師們的詩篇能夠集中出版，它也是應該和上面的兩本書擺在一起的。它們實在都是一種富有強烈的詩意的藝術採擷，一種對於藝術特別是對於藝術家們的生活及其崇高、深沉、博大的心靈的深切的體驗和誠摯的探尋，一種對於人類最偉大的人格的清醒的愛與知。所不同的是，前兩者用的是散文體的形式，而綠蘩則是詩體的表達。這是詩人雙手虔誠地捧獻給藝術大師們的心靈的玫瑰。

　　所謂的大師，在綠蘩的心靈中，他們是這樣的一些人：終其一生（無論伯納德・肖、雨果那樣耄耋高壽，抑或拜

倫、梵・高那樣生命匆促），皆以博大的愛心，以殷切的熱血，以無與倫比的天賦與天才，以極端自覺。至死不渝的對於人類理想和藝術勝境的追求，嘔心瀝血地從事著文藝的嶄新星座的創造工程！而果然，一顆顆光華璀璨的、不可替代但相映生輝的巨大恒星升起了，而且一旦升起，永遠閃爍，永不墜落。他們既是文學穿蒼恒久聳立的高標，又是藝術宇海（乃至整個人類精神領域的）不滅的航燈！

就我已經讀到的詩篇，僅異域的大師，綠蕪就已寫過貝多芬、蕭邦、帕格尼尼、德彪西、埃杜阿特・默里克、歌德、李斯特、巴勃羅・聶魯達、亞歷山大・普希金、波特賴爾、西貝柳斯、畢卡索、巴爾扎克、惠特曼……他不無謙恭地把他的這一系列詩篇稱為「詩肖像」。不，不是肖像，應該說是雕塑──詩人是在用自己的血肉感情，用自己的切實的愛與知重塑這些曾經「像永不止息的風暴震撼著／歷史、世紀的／幼樹、叢林、喬木／像無法計量的光源／給燦爛的群星、天體／大海的珍珠／高山的晶石……以輝煌」的人類最偉大最尊貴而又最樸素的靈魂的化身。或者還可以（應該說是肯定的）以為，詩人是在「用自己內心的火光照亮了物件精神的奧秘」（詩人綠原語）。

不是嗎？一個內心貧乏的人，一個靈魂不是有那樣一種良知與崇高的人，面對藝術大師們的生平與作品，他是難以從中發現、理解，領悟那些崇高、深沉與博大的。詩人從他們身上獲得的，也不是什麼淺顯的消遣，而是一種可以照亮

與點燃自己的光芒與火焰，一種可以充實和磨礪自己，把自己從深淵和平庸中提升起來的精神力量，一種人生啟示與支撐。

綠蒂在他的長詩中也這樣寫到過：

> 我想念你們！／屈原、李杜、艾青……／瓦爾特‧惠特曼、巴勃羅‧聶魯達……／我日思夜夢逼真地看見你們的：／崦嵫、天姥、泰岱、雙尖山……／尼亞加拉、馬丘‧比丘……／越過汗漫的時空的天塹，／互相遙望致意焦灼難安。／他們都不是虛浮的雲，／是燃燒的冷峻巨岩所組成；／不是一聲聲歎息，／是無盡的啟示與囑託……

（《生命之歌》）

綠蒂的這些為藝術大師們深情地勾畫的詩肖像，又確實是一件件帶著詩人心血的精心的藝術品。如《德彪西》一章中的詩行：「大海／在月光下／做著夢／空幻而幽靜／大海／和它的夢／一樣飄忽而朦朧……」其韻致有如德彪西的樂曲縈繞耳際。其他如《西貝柳斯》、《心靈的蝴蝶的趨向──聽蕭邦〈搖籃曲〉》等篇，都以它本身所具有詩的魅力，那樣摯切地把我們引向了真正的藝術和藝術家的心靈的居所，精神的天國。詩人的這一束束獻給藝術大師們的玫瑰，在我們的詩壇上別具芬芳和姿態。

五、沒有芬芳的和芬芳的愛

詩人的愛情（乃至他整個的生命歷程）正如同「充滿了怕與愛的生活本身」（巴烏斯托夫斯基語），有「芬芳的」，也有「沒有芬芳的」。詩人說，「不知為何，沒有芬芳的，往往居多，即使萬分不情願也毫無辦法」。

一般人看來，綠蘩的愛情篇什，較之他歌唱祖國、時代、人民、土地，探求歷史、人性和藝術大師們的靈魂的篇章，似乎顯得有些不便類比。但我覺得它們仍然是詩人生命中的一個重要的部分。透過他為數不少的愛情之什，我們仍然可以窺見詩人心靈中的真誠、美好與善良，並且可以看到詩人對於人性的認識有著怎樣的高度和深度。他的一首《有贈》足資憑證：「從我這裏，你將得不到什麼了不起的幸福／是的，確是如此／……但是，一切屬於我的安恬／（如果有的話）都屬於你／一切屬於你的煩擾／我都盡力一體承擔／一切你認為值得接受的，我都給／一切你覺得不宜於收納的，我全不出示……」

而在《蜻蜓之戀》中他寫道：「給我一個／僅僅給我一個葉尖／我就為你跳回春芭蕾之旋舞……」

對於個人的愛情，綠蘩有自己的看法。他說過：「愛情的天地再大也不過芝麻一粒／不然，我們何苦日夜開拓廣大的疆域／那裏，才真正是躍虎騰龍，馳電奔雷／整個祖國都在它灼熱的襟懷之內」（《愛》）。但是，如果確是「至誠

的愛的天使」如期而來，詩人也絲毫不隱瞞自己對愛的渴望
與執著的情懷：「我不能不迎迓她／我不能不擁抱她／我不
能不把她化入／我的血液，我的靈魂／我的心音，我的夢幻／
我不能不請她／（即便是暫時地）／高踞於我歌詩聖殿／最尊
貴的席座／立即傾盡全力譜寫一支交響詩……」（《別》）

　　事實上，多少年來坎坎坷坷的命運使得詩人的愛情也
倍受磨難與顛沛。綠蘗常常自嘲於這充滿了周折與辛酸，又
委實是「羅曼斯」味道十足的愛情經歷。他在回答一些友人
善意的詢問時，不無自嘲地寫道：「荒涼的淒清的旅途！連
綿的苦雨！無盡的泥濘！殘忍的饑餓！難捱的寒冷！（雨具
被狂風吹損，渾身濕透了，只有貼身的汗衫是溫熱的……）
——就是這樣走進路邊的茅店的，就是這樣愛上的……」
（《生活羅曼斯之一》）

　　是的，沒有玫瑰，沒有芬芳。說得嚴峻一點，有的只
是「從一個囚室／到另一個更慘酷的／囚室／從一條候鳥之
路／到另一條更蠻荒的候鳥之路……」（《我的愛情》）但
詩人對於人間的真情永遠懷有最大的希望和信念。他說過：
「沒有愛錯，這就夠了。我還要愛下去，直到最後一息。我
不後悔——即便還需要一死再死……」（《沒有芬芳的和芬
芳的愛·後記》）

　　當然，綠蘗的愛情詩非一時一地所作。我們無須去考究
他的這一首是獻給誰的，那一首又是獻給誰的。一首愛情詩
一旦變成了作品存在，無論獻給誰都是一樣的。重要的是，

我們可以透過它們而揣摸到詩人漫漫愛之旅途上的那顆永遠善良和摯誠的心。那是一顆永遠充滿大愛的心。

行文至此，我覺得也有必要說說詩人那為數不少的抒寫真誠而深篤的友情，懷念生命中的良師摯友的懷人之什。它們實在也是詩人孤獨而坎坷的生命中的具有更廣泛的意義的「愛」的一部分。

當詩人、翻譯家綠原「退居二線」後，應邀前往民主德國訪問。臨行前致綠藜長信相告。詩人念及二人幾十年的手足般的交情，感慨不已，徹夜寫成長詩《長旅》以送兄長。詩中寫道：

> 又訪萊茵，又叩柏林／又見維特，又聽夜鶯／你與日爾曼的──／善善惡惡，濁濁清清／落落起起，死死生生之緣分／越發深沉而不可解脫了／……此行十萬八千里／一步一回首，白雲繞胸襟／此行乃思想者之長旅／一站一沉吟，一驛一清新／不是最後一次／不是入海時分／先行而後退／退而為長行／行行退退，退退行行／也有淚水，也有歡欣……
>
> （《長旅──送L.Y.訪民主德國》）

長詩裏充滿了對友情的良善的依戀，對人間真情的透徹的理解與感佩。同樣是兄長般的詩人兼翻譯家羅洛，一九八一年在西藏南部高原旅行時寫了長詩《穿越喜馬拉雅》。綠藜收到羅洛寄來的長詩後，「反復吟誦，愛不釋

手，向晚猶心潮滾沸，深宵難寐。子夜既過，方伏案朦朧入睡，夢與吾友暢遊冰雪之鄉，往返盡在須臾之間」。醒轉後，詩人驚喜莫名，感觸良多，因一揮而成洋洋百餘行長詩《夢遊冰雪之鄉詠懷》。長詩想像詭麗豐富，情思如高山飛瀑，融人生體驗，生命夢幻，大自然的奇麗多姿和久遠的歷史變遷於一體，淋漓盡致地表達了詩人非凡的氣魄和情懷。這是一闋充滿大愛的華章。類似深切動人的詩作還有《李索開之歌》、《雙子座》、《有贈——致A‧S》等。

詩人是這樣看待這些經過漫漫歲月而沉澱下來的彌足珍貴的人間真情的：「你的聲音和他的聲音／奇妙地罕見地／彙為泥土與雷電的和絃／使我感到渺小生命的強大／友誼負載著撫愛著我／我要繼續航行／穿越卑劣而怯懦的命運的／暗礁」。（《有贈——致A‧S》）

六、瀑布江河般的詩歌風格

在詩的內容與形式之間，綠蒂這樣敘寫過他的苦惱：「巨大的愛和憎燃燒著我（這大約無須重述因由了吧），巨大的焦急和自責之痛煎熬著我。苦於尋覓不到足以準確塑造我的愛與憎形象的字詞符號線條聲色（痛快淋漓地表達愛憎不那麼容易，痛快淋漓而又恰如其分地表達愛憎尤其不那麼容易）……」應該說，這種苦惱不是詩人獨有的。

事實上，綠蒂的詩作所顯現的風格已經非常明顯了，正如詩人羅洛所言，它們不是小巧的工筆劃，而是大塊的油彩

的塗潑；不是小溪和池塘的清麗；也絕少悠揚的笛聲，而是生活的曠野上響起的激昂的號角，是高山峽谷間奔騰而下的瀑布與江河的風格。

綠蘊在《答友人》一詩中有這樣幾句：「本末倒置地在聲韻律呂上／刻意求工，終不過是雕蟲小技／唯有大氣磅礴而又能信手揮灑／才算是進入了爐火純青的勝地」。「大氣磅礴而又能信手揮灑」，這正是綠蘊幾十年來對詩的追求。詩人自己也多次坦誠地承認自己「不願總是那麼徐緩地吐納」，而特別「喜愛疾驟的肺葉運動」。（《我是七月流火的顆粒》）

我們似乎還可以這樣看，綠蘊的詩作，並非是想以它們的種種熟稔的、精美的技巧與今日的一些以標榜「去憂患化」，以「反傳統」，以「超現代」以及以種種非詩、反詩、玩詩而粉墨歌舞於詩壇的人們去爭一日之長。不是的。綠蘊的詩也是屬於「另一個世界」。它們是以心以血以全副靈魂所進行的莊嚴的詩的創造和浩大的靈魂的工程。它們不是詩人輕率的操作和營造，而是嘔心瀝血的大愛與大憎的結晶。從這一點上看，它們與任何形式無關，甚至於任何技巧問題對於它也未必很關緊要。何況幾度死死生生、冰河夜渡的綠蘊，對於真正的詩的傳統，即便沒有完全地徹悟，恐也大致能夠入乎其內而出乎其外；對於斑駁陸離的現代氛圍，亦能夠吸其所當吸、呼其所當呼的。這一點，我也可以肯定地認為，非今日的某些自以為是「詩壇精英」和「先鋒」的人們所能與之類比，望其項背的。

但綠蒂的詩又是以多樣的形態出現的。他寬容地說過：「只要比我單調，竦竦作響的／生命底顫音動聽、深沉、靈智／我都承認，感佩它──／為我的師尊，樂音之楷模／我不敢，我沒有多少資格／要求更多、更高、更苛／我只能唱出如此平庸的『1、2、3』／為什麼要求別人出口即天籟呢」（《等待著你的歌》）。知人知詩的羅洛就此分析綠蒂的詩，認為他既然有激動的時候，也有平靜的時候，有歡樂的時候，也有痛苦的時候，有清晨，也有正午和黃昏，因而他的詩就不可能不以多樣的形態表現出來，以多樣的聲調詠唱出來。

　　　　黎明／嗓音最清亮，肺活量最理想／我唱剽悍的、雄強的、進攻的歌／黃昏／疲累了（甚至有一點心力交瘁的痛楚）／我盡心竭力唱出必要的適當的力度／黃昏的海洋，有時寧靜，有時洶湧澎湃／寧靜時，我向她撒播溫柔的音符／洶湧澎湃時，我和以激昂的旋律／風暴過去，天空總是異樣明潔／我趕緊躍入波心洗滌困頓／卻刻意染一身星月海風的富麗的音色……

　　詩人這首題為《海之子》的詩，似乎也可以幫助我們更貼切地理解和探尋他的創作風格。

七、漫漫愛之旅

　　羅曼・羅蘭說約翰・克利斯朵夫的生命像一條奔騰不息的河流，而詩人綠藜的詩歌告訴我們，他的生命則更像是一條佈滿荊棘的坎坎坷坷永無盡頭的驛路。「路漫漫其修遠兮，吾將上下而求索。」綠藜也許比許多人更景仰屈子的探索精神。

　　他寫過一首回憶自己青年時代尋求理想與希望的《海旅》：「三十年前，我隻身東往拜海／已隱隱聽得生命的潮聲……」經過了幾乎使船毀人亡的狂風暴雨之後，詩人已進入老年了。他北望遙遠的家山，四顧無邊的曠野，彷彿是自言自語地說道：「山在孥雲摘星之高標，／水在生命西極之懸圃。／而路，在腳下。／路從足出。／而腳，在腳下。／路從足出。／有腳，何愁無出途。／縱無繁花之明眸，／不怯怠，不惶悚，／前方自有——／犬吠雞鳴，廣疇新屋，／親情鄉誼濃於酒。／歐福德呵！那就是／你漫漫愛旅之新驛／那才是——／你清貧此生之歸宿」。（《路》）

　　不堪回首，漫漫愛之長旅；眷眷難舍，一片赤子丹心。我不知道，多舛的命運的驛車還會將年老的詩人載往哪裡，載至何處。但是我們可以這樣地祈祝和感佩年老的詩人：「無論何時何地，我都將在那裏生活，融合進那裏泥土……終其一生，忠實地完成自己對於土地的極小極小的使命」。

世紀映像70　PC0301

幾人相憶在江樓
──追尋現代文學史上的人影書蹤

作　　者／徐　魯
主　　編／蔡登山
責任編輯／林千惠
圖文排版／郭雅雯
封面設計／秦禎翊

發　行　人／宋政坤
法律顧問／毛國樑　律師
出版發行／秀威資訊科技股份有限公司
　　　　　114台北市內湖區瑞光路76巷65號1樓
　　　　　電話：+886-2-2796-3638　傳真：+886-2-2796-1377
　　　　　http://www.showwe.com.tw
劃撥帳號／19563868　戶名：秀威資訊科技股份有限公司
　　　　　讀者服務信箱：service@showwe.com.tw
展售門市／國家書店（松江門市）
　　　　　104台北市中山區松江路209號1樓
　　　　　電話：+886-2-2518-0207　傳真：｜886-2-2518 0778
網路訂購／秀威網路書店：http://www.bodbooks.com.tw
　　　　　國家網路書店：http://www.govbooks.com.tw

2013年4月BOD一版
定價：560元

國家圖書館出版品預行編目

幾人相憶在江樓：追尋現代文學史上的人影書蹤 / 徐魯著.
　-- 一版. -- 臺北市：秀威資訊科技, 2013.04
　　面；　公分
　BOD版
　ISBN 978-986-326-077-6(平裝)

855   102002464

讀者回函卡

感謝您購買本書，為提升服務品質，請填妥以下資料，將讀者回函卡直接寄回或傳真本公司，收到您的寶貴意見後，我們會收藏記錄及檢討，謝謝！
如您需要了解本公司最新出版書目、購書優惠或企劃活動，歡迎您上網查詢或下載相關資料：http:// www.showwe.com.tw

您購買的書名：＿＿＿＿＿＿＿＿＿＿＿＿＿＿＿＿＿＿＿＿＿＿

出生日期：＿＿＿＿＿年＿＿＿＿＿月＿＿＿＿＿日

學歷：□高中 (含) 以下　　□大專　　□研究所 (含) 以上

職業：□製造業　□金融業　□資訊業　□軍警　□傳播業　□自由業
　　　□服務業　□公務員　□教職　　□學生　□家管　□其它＿＿＿

購書地點：□網路書店　□實體書店　□書展　□郵購　□贈閱　□其他

您從何得知本書的消息？

　　□網路書店　□實體書店　□網路搜尋　□電子報　□書訊　□雜誌
　　□傳播媒體　□親友推薦　□網站推薦　□部落格　□其他＿＿＿＿＿

您對本書的評價：(請填代號　1.非常滿意　2.滿意　3.尚可　4.再改進)

　　封面設計＿＿＿　版面編排＿＿＿　內容＿＿＿　文／譯筆＿＿＿　價格＿＿＿

讀完書後您覺得：

　　□很有收穫　□有收穫　□收穫不多　□沒收穫

對我們的建議：＿＿＿＿＿＿＿＿＿＿＿＿＿＿＿＿＿＿＿＿＿＿

＿＿＿＿＿＿＿＿＿＿＿＿＿＿＿＿＿＿＿＿＿＿＿＿＿＿＿＿＿＿＿

＿＿＿＿＿＿＿＿＿＿＿＿＿＿＿＿＿＿＿＿＿＿＿＿＿＿＿＿＿＿＿

11466
台北市內湖區瑞光路 76 巷 65 號 1 樓
秀威資訊科技股份有限公司 　　收
　　　　　　BOD 數位出版事業部

⋯⋯⋯⋯⋯⋯⋯⋯⋯⋯⋯⋯⋯⋯⋯⋯⋯⋯⋯⋯⋯⋯⋯

（請沿線對折寄回，謝謝！）

姓　　名：＿＿＿＿＿＿＿＿　年齡：＿＿＿＿　性別：□女　□男

郵遞區號：□□□□□

地　　址：＿＿＿＿＿＿＿＿＿＿＿＿＿＿＿＿＿＿＿＿＿

聯絡電話：(日) ＿＿＿＿＿＿＿＿　(夜) ＿＿＿＿＿＿＿＿＿

E-mail：＿＿＿＿＿＿＿＿＿＿＿＿＿＿＿＿＿＿＿＿＿